Max Annas hat an einem Forschungsprojekt zu südafrikanischem Jazz in East London, Südafrika, gearbeitet. Inzwischen lebt er in Berlin. Er hat zahlreiche Bücher zu Popkultur, Politik und Sport veröffentlicht. In einem früheren Leben war er Journalist. Für seinen ersten Kriminalroman «Die Farm» wurde Annas mit dem Deutschen Krimi Preis 2015 ausgezeichnet, für den zweiten, «Die Mauer», mit dem Deutschen Krimi Preis 2017.

«Nur wenige Autoren … haben Berlin so konsequent aus der Sicht eines Illegalen auf der Flucht beschrieben. Die Hauptstadt als Falle, aber auch als Höhlensystem, in dem die Illegalen und ihre Freunde ein eigenes Habitat der Papierlosen schaffen.» (Tobias Gohlis)

«Ein eindringlicher Großstadtthriller!» (Frankfurter Rundschau)

«In ‹Illegal› gibt der gefeierte Krimiautor von Anfang an Gas: ein Mord, ein Schicksal, Verfolgungsjagden zu Fuß durch Berlin. Alles erzählt ohne Fett und Schlacke – aber mit viel Empathie für die Hauptfigur.» (Stern)

max annas

ILLEGAL

roman

ROWOHLT TASCHENBUCH VERLAG

Veröffentlicht im Rowohlt Taschenbuch Verlag,
Reinbek bei Hamburg, September 2018
Copyright © 2017 by Rowohlt Verlag GmbH,
Reinbek bei Hamburg
Umschlaggestaltung Hafen Werbeagentur, Hamburg
Umschlagabbildung Paul Bucknall/Arcangel Images
Satz Whitman PostScript
Gesamtherstellung CPI books GmbH, Leck, Germany
ISBN 978 3 499 29138 8

Für Nik Moyake,
Chris McGregor,
Dudu Pukwana,
Louis Moholo-Moholo,
Mongezi Feza
und Johnny Dyani –
The Blue Notes

illegal

TEIL 1

1

«Messi oder Ronaldo?»

«Ist mir so egal. Wird Zeit, dass das mal ein Afrikaner wird.»

«Meinetwegen auch … Kann sein, dass du recht hast.»

«Didier Drogba Weltfußballer des Jahres. Das hört sich gut an.»

«Drogba spielt aber nicht mehr.»

«Ja, schon.» Die Ampel schaltete um auf Rot, bevor die beiden Männer die Straße überqueren konnten. «Aber du weißt, was ich meine.» Kodjo griff Saif an den Arm. Beide blieben stehen. «Die Bullen», sagte er. «Dahinten.» Zeigte mit dem anderen Arm die Reichenberger Straße hinunter.

Saif fror in der Bewegung ein, einen Fuß noch auf der Straße. Beide blickten in die Richtung, in der zwei Streifenwagen vor einem Asia-Imbiss geparkt waren.

«Es ist mitten in der Nacht», sagte Saif.

«Ich weiß.»

«Siehst du irgendwo ein Auto, das noch fährt?»

«Es ist aber Rot.»

«Und seit wann bleibst du stehen, wenn Rot ist? Und keine Autos kommen?»

Kodjo zeigte nur auf die beiden Polizeiautos.

«Hm.» Saif setzte den zweiten Fuß auch auf die Straße. «Hab ich gar keine Lust drauf.»

«Warte einfach.»

Saif drehte sich zu Kodjo und grinste.

«Und wenn es nur ein Gefallen ist, den du mir tust.» Im Augenwinkel sah Kodjo, wie ein Mann in Uniform aus dem Imbiss herauskam. In der einen Hand hatte er eine Plastiktüte, in der anderen einen Schlüssel, mit dem er auf die Autos zielte. Es fiepte kurz, und der Polizist blickte sich um. Gestikulierte in Richtung Imbissfenster. Dann öffnete er die Tür zum Fond des einen Autos und stellte die Plastiktüte auf den Rücksitz. Dabei fiel sein Blick auf Kodjo und Saif.

Trotz der Entfernung sah Kodjo, wie der Uniformierte sie mit seinem Blick heranzoomte, dann schloss er die Tür und schaute erneut zum Imbiss. Er lehnte sich an den Wagen, den Kopf aber wieder zu ihnen gewandt.

Genau in dem Moment zuckte Saif. Ganz kurz nur. Als wäre ein scharfer Kitzel durch ihn gefahren. Die Ampel für die Autos schaltete auf Gelb.

Der Polizist bemerkte es und zuckte ebenfalls. Eher so, als hätte ihn jemand in den Nacken geschlagen. Aber er entspannte sich wieder. Lehnte sich erneut an. Autoampel auf Rot.

Saif hatte die Bewegung des Bullen genau beobachtet. Und Kodjo war sich später ganz sicher, dass nichts weiter geschehen wäre, wenn Saif die Füße stillgehalten hätte. Aber es geschah automatisch, dass er den Hammerschlag spiegelte, der durch den Körper in der Uniform gefahren war.

Der Bulle guckte jetzt ganz genau hin. Aus dem Imbiss kamen drei weitere von der Sorte, alle mit Tüten an der Hand. Zwei Männer, eine Frau. Die Ampel für Fußgänger schaltete auf Grün.

Die drei anderen schauten zu ihnen hinüber, weil ihr Kollege sie anglotzte. Saif wurde ganz starr. Der erste Bulle drückte sich vom Auto ab, ohne den Blick von ihnen abzuwenden. Kodjo legte Saif eine Hand auf die Schulter.

So blieb das Bild stehen. Für den endlosen Bruchteil einer langen Sekunde.

Dann drehte sich Saif um und begann zu laufen.

2

Kodjo brauchte eine Weile, um sich zu orientieren. Saif war schon etliche Meter weit weg, auf dem Weg zum Görlitzer Park. Seine Schritte waren deutlich zu hören. Er hatte seine Schuhe vor ein paar Tagen noch stolz herumgezeigt. Neue Sohlen.

Ledersohlen.

Dann waren da die Uniformen. Der eine, der zuerst aus dem Imbiss herausgekommen war, führte die Gruppe an. Er hatte mehrere Meter Vorsprung. Vielleicht war er einfach schneller auf den Beinen. Oder er war motivierter als die anderen. Er hatte auch etwas mehr Zeit gehabt, den Entschluss zu fassen, Saif und ihn verdächtig zu finden. Was auch immer es war, dessen sie sich verdächtig gemacht hatten. Es hatte schließlich nur damit angefangen, dass der Bulle begonnen hatte zu glotzen.

«Stehenbleiben!», rief er jetzt.

Das war der Moment, in dem Kodjo seine Lethargie abschüttelte. Er machte einen Schritt nach vorn auf die Straße. Das führte dazu, dass einer der drei Nachzügler aus der Gruppe ausscherte und versuchte, ihm den Weg Richtung Landwehrkanal abzuschneiden. Kodjo atmete tief ein und hielt die Luft in der Lunge. Der erste Bulle hatte an Vorsprung gewonnen und höchstens noch 20 Meter bis zu ihm. Also ließ Kodjo die Luft wieder aus der Lunge und lief in die Richtung, in die Saif eben verschwunden war.

«Stehenbleiben!», rief der erste Bulle wieder.

Kodjo hörte das Wort als Echo in seinem Kopf, als er sein

bestes Lauftempo erreichte. Er wusste, dass ihn die Uniformen nicht einholen würden. Zu gut war er im Training. Und in Form. Und anders als Saif hatte er seine Laufschuhe an den Füßen. Gleich hatte er die Wiener Straße erreicht. Den Görli sah er vor sich. Wo Saif nur abgeblieben war?

«Stehenbleiben!» Die Stimme klang nicht mehr so frisch wie noch vor einer Minute. Fern schon.

Als er nach rechts abbog, bemerkte Kodjo das Blaulicht. Da kamen noch mehr. Sie mussten irgendwo am Bahnhof der U1 sein. Zeit genug, die Straße zu überqueren und im Dunkel des Görli zu verschwinden. Wo Saif nur war?

«Stehenbleiben!» Der erste Bulle hatte auch schon die Wiener erreicht. Das Blaulicht war jetzt in der Nähe. Kodjo wartete ein Auto ab, das ihm entgegenkam. Dann überquerte er die Fahrbahn und rannte auf Höhe der Glogauer Straße in den Park hinein.

«Im Park», hörte er den Bullen noch rufen. «Er ist im Park.» Als Kodjo den Weg erreichte, der den Görlitzer Park längs durchschnitt, hörte er die Bremsen eines Autos quietschen. Das Blaulicht war auch schon da.

Nach Treptow musste er. Das war noch ein ganzes Stück zu laufen. Aber wenn ihn niemand aufhielt, konnte er am Ende des zentralen Weges hinter dem Kanal verschwinden. Da sollten Autos erst einmal hinkommen.

«Pass auf!» Er rempelte jemanden an. An die Brothers hatte er nicht gedacht, die hier ihre Geschäfte machten. «Sorry!» Er lief weiter. «He!» Schon wieder stand einer im Weg. «Fuck!», rief eine tiefe Stimme hinter ihm. Und: «Cops!» Scheiße, er hatte die Bullen direkt zu den Dealern geführt. Ein Pfeifton mit drei unterschiedlich langen Tönen war zu hören. Ein Signal für irgendetwas. Die Cops würden ihren Frust einfach an denen ablassen. Auf der anderen Seite ... Kein Weißer findet einen Afrikaner nachts im Görli. Jedenfalls nicht den, den er sucht.

Kodjo nahm Tempo raus. Joggte jetzt. Hundert Meter noch, bis der Park zu Ende war. Dann schnell über den Kanal laufen und schließlich die Treppen runter und in Treptow irgendwo verschwinden. Er wurde von drei Leuten überholt. Die hatten es noch eiliger als er. Andere Afrikaner. Sie verschwanden auf der Brücke. Gleich hatte er es geschafft.

Schreie von irgendwo hinter ihm. Die Bullen waren schon im Park. Hoffentlich war Saif ihnen entwischt. Die drei, die ihn eben überholt hatten, kamen wieder zurück. Noch schneller als zuvor. Sie waren panisch, atmeten schwer. Kodjo blieb stehen. Blickte ihnen hinterher. Ging einige Schritte weiter auf die Brücke zu. Sah den Schein des Blaulichts zwischen den Bäumen. Scheiße. Die Cops nahmen das wichtig. Die meinten das ernst. Wahrscheinlich warteten sie am Ende der Treppe und schauten sich an, wer da auftauchte. Oder sie waren schon auf dem Weg in den Park.

Zurück.

Aber er wollte sich auf gar keinen Fall auf demselben Weg blickenlassen, auf dem er gekommen war. Sie würden ihn kriegen. Also nach rechts. Richtung Görlitzer Straße. Jetzt wieder schneller. Am Teich vorbei und in den Schatten des Gesträuchs. Auf der Görlitzer fuhr gerade ein Krankenwagen entlang. Dahinter ein neuer VW. Bestimmt Bullen in Zivil. Er musste vorsichtig sein beim Überqueren der Straße. Auf der anderen Seite hatte er dann ein ganz neues Blatt in den Händen. Sie hatten ihn in den Park hineinlaufen sehen, aber noch nicht heraus.

Kunststück. Er war ja auch noch mittendrin.

Kodjo stand schon auf der Mauer, die den Görlitzer Park von der Straße trennte. Hinter sich hörte er jemanden aufschreien. Ein «Ah!» und ein «Don't hurt me!», und dann ein «Das ist er nicht!». Irgendwer sagte etwas in schlechtem Deutsch. War das Bayrisch? Schwäbisch? Aber so schlecht es auch war, das Wort «Neger» erkannte er. Ein Bulle.

Noch ein «Ah!». Sie schlugen den, den sie erwischt hatten. Sorry Brother. Meine Schuld. Dann dachte er kurz: Saifs Schuld.

Wo war Saif? So eine Scheiße.

Die Straße war nun leer. Er sprang von der Mauer und duckte sich. Kroch zum nächsten Auto, das an der Straße geparkt war, und blickte über die Motorhaube. Das Blech war ganz warm. Der Wagen stand sicher erst ein paar Minuten hier.

Blaulicht. Kodjo machte sich klein. Verschwand zwischen dem Schotter des Trottoirs und dem Radkasten des warmen Autos. Er stellte sich vor zu verschwinden, löste sich auf für ein paar Sekunden und sah, wie das flackernde Licht an ihm vorbeifuhr. Im Park mehr Geschrei. Schmerz. Die Stimme wandelte sich vom Schrei zum Wimmern. «Hier rüber!», rief einer. Und dann: «Ich hab ihn!»

Kodjo tauchte wieder auf und beugte sich über den Wagen. Die Straße war leer. Hinüber und ducken. Der VW passierte ihn erneut. Jetzt schaute er genauer hin. Ein Mann am Steuer. Die Frau neben ihm sondierte die Straße. Runter! Der Wagen fuhr vorüber. Kodjo atmete aus.

Aus dem Park war er raus. Aber wohin konnte er? Cuvrystraße. Schlesische Straße. Rüber über die Spree. Nach Moabit mit der S-Bahn. Der Plan war gut. Aber was, wenn ihn eine Streife sah? Nahmen sie alle Schwarzen fest, die sie kriegen konnten?

Mehrfaches Sirenenheulen irgendwo. Sie rüsteten immer noch auf. Auf den zentralen Eingang zum Park rollte ein Gefangenentransporter zu. Bremste. Eine Gruppe Uniformen hatte darauf gewartet und schleppte Leute aus dem Park heraus. Eins, zwei, drei, vier, fünf zählte er. Schwarze Männer alle. Nur wegen ihm. Drogen würden sie keine finden bei ihnen. Hoffentlich war wenigstens alles in Ordnung mit ihren Papieren.

Kodjo richtete sich auf und ging zur Ecke Görlitzer Straße und Cuvrystraße. Aufrecht. Eine Frage der Würde, dachte er. Aber auch eine Frage der Haltung. Im Wortsinne. Wenn sie alle Schwarzen einsammelten, übersahen sie vielleicht den, der nicht rannte. Der nicht panisch war.

Na ja … der nicht panisch wirkte.

Kodjo war panisch. Wo war Saif? Noch eine Gruppe Bullen mit noch einer Gruppe junger Männer. Sie schoben sie in den Gefangenentransporter. Gleich war er an der Ecke angekommen. Eine ganz neue Situation.

Motorenlärm hinter ihm. Instinktiv zog er den Kopf ein. Drehte sich um. Wieder der VW. Er verschwand im nächsten Hauseingang und drückte sich an die Tür. Und war überrascht, dass diese nachgab. Vorsichtig schob er sie mit dem Rücken so weit nach hinten, dass er im Dunkel verschwinden konnte. Durch den Spalt sah er den VW passieren, kurz bevor sich die Tür wieder schloss.

Dann war es dunkel.

Kodjo ging in die Hocke und lehnte sich an die Wand. Hier war es erstaunlich kühl. Und irgendwo war am Abend gekocht worden. Es roch nach Fisch und Knoblauch. Draußen waren wieder Rufe zu hören. Aber gedimmt. Er verstand kein Wort. Konnte Freund und Feind nicht voneinander unterscheiden.

Langsam gewöhnten sich die Augen ans Dunkel. Der Herzschlag verlangsamte sich. Ob er erst einmal hierbleiben konnte?

Über ihm war es heller als hier hinter der Haustür. Er nahm Stufe für Stufe, bis er auf halbem Weg in den ersten Stock das

Rundfenster zur Straße sah. Ein kleines Fenster, Kodjo musste sich durch die Öffnung in der Wand drücken, um den Kopf an das Fenster zu halten. Er sah die Straße und das Grün des Parks. Der VW passierte schon wieder. Von oben, dachte er, ist der Blick viel besser.

Leise ging er weiter hoch. Erster Stock, zweiter, dritter. Zwischen dem dritten und vierten quetschte er sich wieder an ein Fenster und blickte hinaus.

Jetzt lag der Park offen vor ihm. Er wurde surreal beleuchtet durch die zahllosen Blaulichter. Patrouillierende Polizeiautos, Uniformen ohne Zahl, so hatte er den Görlitzer Park in der Nacht noch nie gesehen. Erneut spürte er dieses Gefühl der Schuld. Er hatte für das Chaos gesorgt. Er hatte den Wahnsinn über die Leute dort gebracht.

Saif.

Saif, dachte er. War er entkommen?

Am Rande seiner Leinwand lag der Eingang des Parks an der Falckensteinstraße. Dort standen und leuchteten mehrere Polizeiautos. Einer in Uniform schickte weitere Uniformen in den Park und zeigte danach in die andere Richtung. Sucht dort. Wie konnten sie so sicher sein, dass sie ihn nicht schon lange hatten?

Dann sah er Saif. Da war eine Bewegung im Gebüsch ihm gegenüber. Er konnte ihn genau erkennen. Saif sprang von der Mauer herab.

Nein. Tu es nicht. Bleib, wo du bist.

Saif duckte sich kurz hinter einem Wagen, genau wie er es selbst getan hatte. Schlauer Saif. Bleib so. Kodjo blickte zum Eingang des Parks und dachte: Jetzt. Lauf.

Da sah er Saif, wie er aufstand und zu laufen begann. Nicht zu schnell, aber mit langen Schritten. Er kam gut vorwärts. Richtung Kanal. Dort musste er nur noch am Ufer entlang und irgendwo verschwinden. Vielleicht war dort wieder dichtes Gebüsch, so genau kannte sich Kodjo dort nicht aus. Und die Cops konnten nicht alles kontrollieren. Nicht jeden Quadratmeter. Nicht jeden Strauch. Gleich war Saif schon am Ufer angekommen und verschwand von seiner Leinwand. Kodjo atmete aus.

Aber da kam Saif schon wieder. Er rannte in die andere Richtung. Scheiße. Hinter ihm her ein Mann und eine Frau. Das waren die aus dem VW. Doch Saif war schnell. Er musste nur in die Cuvrystraße hinein. Saif schlug einen Haken. Um einen geparkten Wagen herum. Der Mann war irritiert. Aber die Frau blieb ihm auf den Fersen. Saif schlug noch einen Haken.

Und rutschte aus. Die Ledersohlen.

Er fiel mit der Seite mitten auf die Straße. Hatte die Hände rechtzeitig am Boden, um sich abzustützen. Da war die Frau auch schon auf ihm. Sie schlug ihm mit der Faust ins Gesicht. Der Mann kam auch angelaufen. Er rannte in Saif hinein wie in einen Ball. Trat ihm mit Wucht in den Körper. Kodjo sah, wie sich der Leib seines Freundes zusammenzog wie der einer Schlange. Er konnte den Schmerz tief in sich spüren.

3

Oberhalb der vierten Etage gab es zwei Türen ohne Klingelschild. Der Dachboden. Kodjo schätzte die Möglichkeit, dass die Leute aus dem Haus dort nachts ihre Wäsche auf- oder abhängen würden, als eher gering ein. Er setzte sich, an die Wand gelehnt, auf den Boden und holte sein Telefon heraus. Es war vierzehn Minuten nach zwei. Wann waren Saif und er den Bullen begegnet?

Irgendwo unter ihm wurde eine Tür geöffnet. Ein Licht-schein strich durch den Hausflur. Kodjo hörte auf zu atmen und drückte das leuchtende Display des Telefons gegen seine Brust. Drei Schritte in den Flur hinein. Drei Schritte zurück. Niemand sagte ein Wort. Die Tür wurde wieder geschlossen.

Von draußen kam eine vielfache Sirene. Strategie, dachte er. Sie holten die Leute aus dem Schlaf, damit sie sahen, dass gegen die Dealer vorgegangen wurde. Niemand konnte sagen, dass an dieser Front in Berlin nichts passierte. Alle würden sich an die Nacht erinnern.

Er musste hier weg.

Nur wie? Er konnte nicht einfach da raus. Die Cops wür-den auch am Morgen noch patrouillieren. So eine Gegend wie den Görli im Griff zu haben … das ließen sie sich nicht entgehen. Eine Demonstration der Macht. Und er war mit-tendrin.

Die Liste der gespeicherten Namen und Nummern im Tele-fon war lang. Er blieb bei Linde stehen und scrollte weiter nach unten. Kodjo starrte kurz auf ein paar Namen und kletterte die Liste wieder hoch.

Linde.

Genau die falsche Zeit. Sie hatte das Café gerade abge-schlossen und war in der ersten Tiefschlafphase. Sie würde ihn verfluchen. Sie würde das Telefon gar nicht hören, so müde war sie. Sie hatte es sowieso ausgeschaltet. Eine Sekunde lang blickte er auf das Display. Dann noch eine. Und drückte auf Grün.

Es biepte. Er wartete.

Das Biepen ging weiter. Schließlich hörte er Lindes Stim-me. «Linde Buchmüller, Nachrichten nach dem … Sie wissen schon.» Noch ein höheres Biepen als die vorherigen. Kodjo wusste nicht, was er sagen sollte.

Wer kam noch in Frage? Da klingelte das Telefon. Hektisch drückte er auf den grünen Knopf. Hoffentlich hatte das niemand gehört. Er hielt das Telefon ans Ohr.

«Kodjo?» Das war Lindes Stimme. Zur gleichen Zeit wurde im Hausflur wieder eine Tür geöffnet. Der Lichtschein war derselbe wie vorhin. Kodjo hielt das Telefon ans Ohr gepresst und sagte kein Wort.

«Kodjo?», fragte Linde wieder. «Was ist los? Bist du in Schwierigkeiten?»

Die Tür wurde wieder geschlossen.

«Du musst mich abholen», sagte er so leise wie möglich.

«Bist du verrückt? Weißt du, wie spät es ist?»

«Klar weiß ich das.»

«Warum muss ich dich denn jetzt abholen? Wo bist du überhaupt? Ich bin eben erst schlafen gegangen.»

«Das weiß ich doch.»

«Aber ...»

«Ich brauche deine Hilfe.»

«Wo bist du?»

«Am Görli.»

«Am Görli?»

«Du musst mit dem Auto kommen.»

«Was ist los? Du bist so leise.»

«Ich kann nicht lauter reden.»

«Okay ... . Erklär es mir.»

«Ecke Cuvry und Görlitzer. Ich bin da in einem Haus. Du musst davor stehenbleiben. Beifahrertür offen. Schick mir eine Nachricht. Warte dann. Oder besser ... Schick mir eine Nachricht, wenn du ankommst, und noch eine, wenn kein Bulle in der Nähe ist.»

Linde sagte nichts.

«Okay?», fragte er.

«Jaja … Ich hab dich verstanden. Aber warum fragst du nicht Marie? Die ist genauso müde wie ich. Aber die hat morgen wenigstens frei. Und sie wohnt um die Ecke.»

Kodjo atmete tief ein. «Weil du weiß bist.»

4

Nachdem er das Gespräch beendet hatte, stellte Kodjo das Telefon stumm. Nur nicht noch einmal die Leute im Haus alarmieren. Vielleicht hatte die Person, die die Wohnungstür zweimal geöffnet hatte, die Cops gerufen. Jetzt gerade kamen sie unten an. An der Haustür. Gleich hatten sie ihn.

Aber gerade hörte er keine Geräusche mehr von draußen. Minuten vergingen. War die Polizei abgezogen? Wenn … garantiert hatten sie ein paar zurückgelassen, um die Gegend zu beobachten. Hatte das alles wegen ihnen begonnen? Wegen Saif, der nicht stillhalten konnte? Wegen ihm, der die Bullen in den Görli geführt hatte? Was mochten sie mit Saif anstellen? Er hatte keine Papiere für Berlin. Durfte sich gar nicht hier aufhalten. Lebte hier, arbeitete hier, aber alles ohne den nötigen Papierkram. Registriert war er in der Nähe von Dresden. Aber wer wollte dort schon leben?

Schritte unten im Haus. Waren sie das? Kamen sie nun, um ihn zu holen?

Das Licht ging an. Kodjo blickte durch den Spalt zwischen den Treppen. Ein Schritt. Und noch einer. Tapsig. Jetzt auf der ersten Treppe. Er sah eine Hand auf dem Geländer. Die Schritte stoppten. Gingen wieder. Stoppten wieder. Die Person bewegte sich nicht mehr. Dann ging das Licht wieder aus.

«Scheiße!», hörte er jemanden zischen. Erneut waren Schritte zu hören. Schwer. Kodjo hörte den Mann stolpern. Er hatte beschlossen, dass es ein Mann war. Tapp. Tapp. Tapp. Das Licht ging an. Betrunken war er. Und stellte keine Gefahr dar … außer wenn er versehentlich bis ganz nach oben wankte, weil er seine Wohnung nicht fand. Schlüssel klirrten. Stochern an einer Tür. Noch ein gelalltes «Scheiße!». Es war ein Mann. Die Tür wurde geöffnet und zugeworfen. Das Licht ging wieder aus.

Wie lange mochte Linde brauchen?

Konnte er schon bis zur Haustür gehen? Besser nicht.

Das Telefon brummte. «Warte noch.»

Trotzdem stieg Kodjo langsam die Stufen hinab. Zwischen der dritten und der zweiten Etage sah er hinaus. Da war Lindes Ford. Aber er konnte nicht sehen, was auf seiner Seite der Straße geschah.

Kein Blick auf den Bürgersteig möglich. Und keine Sicht in den Wagen hinein.

Er ging zwei weitere Etagen hinab und drückte sich an das Fenster unterhalb des ersten Stockwerks.

Da war sie und telefonierte. Starrte geradeaus und redete mit irgendwem. Was konnte so wichtig sein? Um diese Zeit.

Er sah auf das Display seines Telefons. Zwanzig Minuten vor vier.

Jetzt beendete Linde das Gespräch. Sie hackte auf ein paar Tasten des Telefons. Der Text erreichte ihn. «Komm!»

Leise ging er die letzten Stufen hinab und öffnete vorsichtig die Haustür. Linde blickte ihn an. Die Beifahrertür war angelehnt. Sie nickte. Schnell rannte Kodjo zwischen den geparkten Autos hindurch, öffnete die Tür und warf sich in den Sitz.

«Duck dich», sagte Linde, als sie losfuhr. Sie bog in die Cuvrystraße ein und bald noch zwei oder drei weitere Male ab, während er versuchte, sich so klein wie möglich zu machen. «Oberbaumbrücke», sagte sie.

«Bullen?», fragte er.

«Keine zu sehen.»

«Ouf», sagte Kodjo und setzte sich auf.

«Okay ... jetzt bist du mir aber eine Erklärung schuldig.»

5

«Und wie bist du da rausgekommen?»

Huff holte ein paar Flaschen Bier aus dem Kühlschrank.

«Für mich nicht.» Kodjo hielt die Hände abwehrend nach oben. «Zu früh für mich. Ich muss gleich zur Arbeit.»

Huff reichte Benny aus Benin und Sani aus Nigeria je eine Flasche und blieb selbst am Kühlschrank stehen. Er hatte die Geschichte noch nicht gehört.

Kodjo blickte sich in dem winzigen Raum um. Das Hinterzimmer des kleinen ghanaischen Ladens, den Huff mit seiner Frau Eula in Tempelhof betrieb. Lebensmittel und Schönheitsprodukte. Huff war eine Legende in der ghanaischen Community, immer einen Rat, immer den richtigen Kontakt. Und wenn es irgendwo lichterloh brannte, setzte man sich in dem Zimmer zusammen und fand eine Lösung. Huff war schon seit mehr als 20 Jahren in Deutschland. Kühlschrank, Tisch, ein paar Stühle. Ein Fernseher auf dem Kühlschrank. Kodjo hatte schon erlebt, dass sich hier mehr als 30 Leute versammelt hatten, etliche von ihnen standen dann noch im Laden und schauten in den Raum hinein, in dem lebhaft diskutiert wurde. Das war damals gewesen, als Dudu von dem Nazi in Lichtenberg niedergestochen worden war. Zum Glück hatte sie überlebt.

Als Kodjo überlegte, wie er die Geschichte noch einmal erzählen konnte, fiel ihm auf, dass Huff das Poster von Asante Kotoko abgehängt hatte, seinem Lieblingsteam in Ghana. Er musste ihn fragen, warum. Die Wand war so leer jetzt.

«Habt ihr von der Razzia gehört?» Issa, der Senegalese, kam ins Zimmer gestürmt. Atemlos. «War gerade im Radio. Görlitzer Park ... Sie haben ihn umstellt und alle eingesperrt.»

Issa atmete aus und sah in die Gesichter der anderen. «Ah, okay. Klar ... Ihr wisst davon.»

Als keiner etwas erwiderte, sagte er: «Was? Wen hat es erwischt?»

«Du musst die Geschichte noch einmal von vorn erzählen», sagte Huff. Er griff in den Kühlschrank. «Willst du nicht doch ein Bier?»

Kodjo schüttelte den Kopf. Issa hob eine Hand und nahm die Flasche.

«Okay», sagte Kodjo. «Ich muss gleich zur Arbeit. Also mache ich es schnell. Ich war gestern mit Saif unterwegs ...»

«Der Syrer?» Benny.

«Er kommt aus Afghanistan.»

«Ah ja, sicheres Herkunftsland ...» Benny kicherte.

«Also ...», sagte Kodjo. «Wir waren bei einem Freund von Saif und wollten dann zu ihm nach Hause. Tempelhof. Es war nach eins, und ich wollte den Heimweg vermeiden, bin ja gerade in Moabit. Lieber zu Fuß zu ihm und am Morgen mit der U-Bahn. Das ist eigentlich sicherer. Wir waren da an einer Ampel. Ganz beschissene Situation. Kein Auto unterwegs, aber es ist rot. Niemand bleibt da stehen. Aber da waren zwei Polizeiautos ganz in der Nähe. Also machst du es automatisch falsch. Gehst du über die Straße, halten sie dich an. Bleibst du in der Situation stehen, sieht es auch komisch aus. Und Saif hat einfach die Nerven verloren und ist weggerannt.» Kodjo holte Luft.

«Papiere?» Issa.

«In Ordnung. Für Sachsen.»

«Sachsen? So eine Scheiße. Der arme Kerl.» Wieder Issa.

«Da sind sie uns natürlich hinterhergelaufen. Eine ganze Armee. Das ist passiert.»

«Aber es gibt keine Residenzpflicht mehr für Sachsen, oder?» Kodjo kannte den Typ nicht, der die Frage stellte. Er hatte Koteletten wie ein Soul-Star aus den 70ern, war also sicher legal. So ein Aussehen traut man sich nur, wenn es egal ist, ob einen die Bullen anhalten.

«Gelaufen ist er trotzdem», sagte Kodjo. «Was weiß ich, was er da gedacht hat.»

«Und warum seid ihr ausgerechnet in den Park?»

«Wir haben nicht lange überlegt. Wir waren auf der Flucht. Unser Fehler.» Kodjo dachte, dass er Saif nicht noch diese Sache anhängen musste. Er hatte es gerade schwer genug.

«Und ihr seid entkommen?» Issa.

Eula steckte den Kopf durch die Tür, während Kodjo den Kopf schüttelte. «Saif haben sie gekriegt. Ich bin irgendwie rausgekommen.» Er hatte keine Lust, die Geschichte mit Linde wieder zu erzählen. Auch wenn er ohne sie nicht davongekommen wäre.

«Huff», sagte Eula. Sie winkte ihrem Gatten, der das Zimmer verließ.

«Und wo ist Saif jetzt?» Wieder Issa.

«Irgendwo, wo die Tür von außen abgeschlossen ist.»

6

«Hast du noch geschlafen?» Linde stand hinter der Theke und mischte Apfelsaft und Mineralwasser. Aus den Lautsprechern kam französischer House. Plucker, plucker.

«Nicht wirklich. Zwei Stunden, danach ging es nicht mehr.»

Das Café Hibiskus war spärlich besetzt, die Frühstücksrunde längst vorüber. Kodjo wusste, dass der Eindruck täuschte. Die Lunchwelle stand kurz bevor, und in einer halben Stunde schon würde sich das Lokal wieder füllen. Er winkte Ellen und Dimi, die im zweiten Gastraum Tische eindeckten. «Dann bin ich zu Huff gegangen.»

«Viele Reservierungen heute», sagte Linde noch, als er in der Küche verschwand. Er grüßte Leticia, die in einem kleinen Topf rührte, mit einem Kopfnicken und zog sich um. «Was gibt's heute?»

«Die Leute werden den Salat mit Fisch bestellen und das Kalbsschnitzel. Ich brauche den ganzen Rohkostterror, und du wirst Kartoffeln stampfen, bis dir die Arme weh tun.»

«Super.»

«Eng gewesen letzte Nacht?»

«Spricht sich herum. Oder?»

«Linde hat ein paar Sachen erzählt. Hast du eigentlich gar keine Möglichkeit, wieder legal zu werden?»

«Schwierig. Sehr schwierig.» Kodjo öffnete den Kühlschrank, in dem die Beigaben zu den Salaten gelagert waren. Er holte Tomaten heraus, rote und grüne Paprika, Möhren, verschiedene Kräuter in Töpfen und Selleriestangen. «Es sieht nicht gut aus.»

«Du kannst heiraten.»

«Wer will mich schon?»

Leticia schüttete irgendeine Flüssigkeit in einen Topf, in dem Fleisch schmorte. Der Dampf aus dem großen Kessel erfüllte die ganze Küche. «Kannst du? Oder kannst du nicht?»

«Nicht so einfach. Ich bin ja illegal, weil Sandra sich hat scheiden lassen.»

«Das hat sie gewusst ... Dass du illegal wirst?»

«Natürlich.»

«Und warum ...?»

«Ich hatte meinen Job verloren.»

«Welchen Job?»

«Ach, bei einer NGO. Davor war ich wissenschaftlicher Mitarbeiter an der Uni. Aber auch bei einer Stiftung. Andere Sachen auch. Was man so macht, wenn man Historiker ist.»

«Tough. Wirklich. Und du kannst jetzt nicht noch einmal heiraten?»

Kodjo begann, Möhren in feine Scheiben zu schneiden. «Schwierig. Und außerdem bin ich schon seit drei Jahren illegal. Da wird das nicht so einfach ...»

«Und wenn du Vater wirst?»

«Ja. Vielleicht ...»

Leticia legte die Hand auf ihren runden Bauch. «Bei mir kannst du jedenfalls nicht mehr landen.»

«Es geht los.» Ellen legte einen Zettel in die Anreiche. Leticia nahm ihn in die Hand. «Selleriecreme und Salat mit Loup de Mer. Ich brauch gleich die Rohkost ...»

«Fünfertisch. Bitten um zügige Abwicklung.» Dimi steckte seinen Kopf durch die Anreiche. «Fünf verschiedene Gerichte. Gelegenheit für euch zum Warmwerden.»

Leticia nahm den Zettel an. «Salat mit Fisch, Kalbsschnitzel, Penne, der Lachs und ... was ist das? Ah ... der Fencheleintopf. Okay ... Let's rock.»

Kodjo spaltete schon einmal gespaltene Paprikastreifen und griff nach dem Kressetopf. Und dachte an Saif. Das Beste, was ihm geschehen konnte, war, nach Sachsen zurückgeschickt zu werden. Als straffälliger Flüchtling. Noch einer mehr. Und das Schlimmste ... Hing davon ab, wer den Fall bearbeitete.

Es gibt keine Logik in diesen Dingen, dachte Kodjo. Er wusch die Petersilie und steckte sie in die Salatschleuder. Während er das Ding zum Drehen brachte, erkannte er *7 Seconds*. Youssou und Neneh. Begann zu summen. «Seheheven seconds ...»

«Scheiße!», sagte Leticia. «*7 Seconds.*»

«Scheiße!», sagte Kodjo auch und ließ die Salatschleuder fallen. Das hatte gerade noch gefehlt. Zollkontrolle.

Beide gingen auf die Rückwand der Küche zu. Die war wie ein langes L geformt, am kurzen Ende standen Getränkekisten neben- und übereinandergestapelt wie eine Wand bis unter die Decke. Letitia zog mit einem Handgriff zwei Stapel zugleich aus der Mauer heraus. Kodjo drückte sich in die Lücke hinein und öffnete die Tür, die sich dahinter verbarg. So leise wie möglich schloss er sie wieder und atmete aus.

Gleich würde Leticia ihre Arbeitserlaubnis vorzeigen. Die Zollfritzen würden sich wundern, dass die Küche zur Mittagszeit nur mit einer einzigen Person besetzt war, aber so war es halt in der Gastronomie. Schwierig, geeignetes Personal zu kriegen. Vielleicht hatte sie noch die Gelegenheit, die Salatschleuder vom Boden aufzuheben. So schwanger, dass sie sich nicht mehr bücken konnte, war sie schließlich noch nicht.

Kodjo ärgerte sich über sich selbst. Er hatte das vereinbarte Zeichen nicht rechtzeitig erkannt. Es war aber auch schon über ein Jahr her, dass er sich zum letzten Mal hier hatte verstecken müssen. Danach hatten sie den Code mit *7 Seconds* entwickelt.

7

Kodjo blickte sich unauffällig um und schloss die fensterlose Metalltür auf. «Es muss ja nicht jeder sehen», hatte Jeanette gesagt, als sie ihm den Schlüssel gegeben hatte. Vor allem sollte niemand wissen, dass er dort ab und zu übernachtete. Das Haus in Moabit war seit ein paar Jahren leer. Jeanette sagte, es würde bald renoviert. Nein … sie hatte nicht renoviert gesagt. Topsaniert würde es. Das hatte sie gesagt.

Seit zwei Tagen war er schon hier.

Kodjo schloss die nächste Tür auf, die auf den Hof führte, und ging zum Hinterhaus, das eine ähnlich schwere Tür hatte. Jeanette hatte ihm den Zugang erklärt und ihn dort allein gelassen in der Wohnung unterm Dach. Eigentlich war es gar keine Wohnung, sondern ein ausgebauter Dachboden mit Matratze, Kühlschrank und einer kleinen Kochplatte. Hier hatte ein Wachmann gewohnt, als die Leute aus dem Haus ausgezogen waren. «Wegen den Hausbesetzern!», hatte Jeanette gesagt. Sie hatte die Schlüssel zum Haus, weil sie bei einer Immobilienfirma arbeitete. Kodjo hatte verwundert auf die Ziegelsteine geblickt, die dort waren, wo im Parterre des Hauses mal Glas gewesen war. «Wegen den Hausbesetzern!», hatte sie noch einmal gesagt.

Er schloss die Tür des Hinterhauses wieder ab und schob den Riegel von innen vor. Licht war das Problem. Fast alles in dem Gebäude war schon demontiert und für die Topsanierung vorbereitet. Es war noch gar nicht so spät am Abend, aber schon stockdunkel, und bis zur fünften Etage musste er sich langsam vortasten. Wenn er erst einmal die Treppe erreicht hatte, war es einfacher. Mit dem Geländer an der linken Hand stolperte er nicht.

Von der dritten Etage an ging es etwas leichter. Ein bisschen Licht kam immer von außen herein. Der Mond, Reflexionen irgendwelcher Laternen oder das Licht aus dem Haus auf dem Nachbargrundstück. So erreichte er die fünfte Etage. Die Fenster im Dachgeschoss waren schräg und nicht ganz dicht, wenn es regnete. Hier drang das Nachtlicht Moabits durch die Scheiben und spendete einen matten Schein, der ihm half, sich zu orientieren. Ein paar Wochenenden hatte er in den letzten Monaten schon hier verbracht, und langsam konnte er sich blind orientieren. Matratze, Spüle, Kühlschrank. Eine Kochplatte auf dem Boden, eine Holzkiste mit Besteck und ein paar Tellern. Ein Klo stand frei in der Gegend herum.

Er war sich nicht ganz sicher, was Jeanette von ihm wollte. Sie war ganz nett, aber sie war auch schon ganz schön alt. Mindestens fünfzig. Er hatte sich nicht getraut, sie ernsthaft zu fragen. Im Moment jedenfalls benahmen sie sich wie ein Liebespaar. Kurz hatte er gehofft, sie würde ihn einladen, bei ihr zu leben in dieser Wohnung mit den hohen Decken. Platz genug war da. Hatte sie aber nicht. Siebenmal hatten sie so lange Sex gehabt, dass er am nächsten Tag zu müde zum Arbeiten gewesen war. Er hatte mitgezählt. Aber was wollte Jeanette von ihm außer Sex? Er wollte nicht so enden wie William aus Nigeria, der diese Ruth geheiratet hatte. Nach all den Anstrengungen mit den Papieren war er jetzt legal, aber man sah ihn nicht mehr lachen. Man sah ihn eigentlich gar nicht mehr. Auch sein Freund Kwadwo war nur noch selten aufgetaucht, nachdem er diese Frau geheiratet hatte, deren Namen Kodjo vergessen hatte. Sie hatte zwei Töchter in Kwadwos Alter, aber sie würde bestimmt gut aufpassen, dass er denen nicht zu nahe kam.

Als Kodjo die Schuhe öffnete, kam ein weiterer Lichtschein hinzu. Die Blonde von gegenüber hatte gerade wieder frei. Dann schaltete sie immer das Deckenlicht an. Er kickte die Schuhe weg und ging zum Kühlschrank. Holte eine Flasche Bier heraus und stellte sich ans Fenster.

Er kannte das Procedere schon. Wenn der Freier weg war, verschwand sie eine Weile. Wenn sie wiederkam, war sie mutmaßlich gewaschen und parfümiert. Jetzt betrat sie den Raum wieder, kam bis ans Fenster und sah hinaus. Sie griff zu irgendetwas, das unter dem Fenster stand, und begann, sich damit einzureiben. Langsam und gründlich. Das war, was Kodjo gesehen hatte, am allerersten Abend. Zuerst hatte sich Kodjo gewundert, dass sie so wenig Scheu hatte, nackt durch die Wohnung zu laufen und dabei die Vorhänge nicht zu schließen. Oft bei voller Beleuchtung. Irgendwann hatte er kapiert, dass ihr ja niemand zusehen konnte. Das Haus, in dem er sich befand, war schließlich leer.

Leer bis auf ihn. Als sie fertig war, blickte sie zur Seite. Die Uhrzeit vielleicht. Der nächste Kunde kam sicher bald. Die blonde Frau war rasiert, bis auf einen kleinen Schnurrbart über ihrem Geschlecht. Der Schnurrbart war nicht blond.

Kodjo wusste, dass die meisten jungen Frauen in Deutschland so mit ihrem Schamhaar umgingen. Er fand es okay.

Jeanette tat das nicht. Das war auch okay. Vielleicht war es eine Frage des Alters.

Was würde aus Jeanette und ihm werden? Kodjo war sich nicht sicher. Er war sich nicht einmal sicher, was er selbst wollte. Jedenfalls keine Heirat. Wenn sie ihn fragte, ob er sie heiraten wolle, würde er auf jeden Fall nein sagen.

Dass sie ihm die kleine Wohnung in Neukölln vermietet hatte, war nett. Sie hatte ihm einen guten Preis gemacht und auch gesagt, dass sie sie manchmal für Besuch brauchte. Dann musste er woandershin. Das war die Bedingung. Und deshalb war er hier. Immer für ein langes Wochenende. Vielleicht traf sie sich dort mit jemand anderem. Ihrem Chef, von dem sie immer schwärmte, weil er seine Firma so im Griff hatte. Über dessen Gattin sie immer herzog. Aber warum trafen sie sich dort, wenn Jeanette doch allein lebte? Vielleicht weil derjenige dort, wo sie wohnte, bekannt war. Kodjo hatte der Versuchung widerstanden, sich in einen Hauseingang in der Nähe seiner Wohnung zu stellen und es herauszufinden. Ein schwarzer Mann, der in einem Hauseingang herumlungert. Da kommt die Polizei schneller als man braucht, die Nummer des Notrufs zu wählen.

Die Blonde fuhr zusammen. Hatte es geklingelt? Sie zog sich einen dünnen Morgenmantel an, pink mit schwarzen Blumen, und verschwand aus dem Zimmer. Als sie wiederkam, hatte sie einen älteren Mann an der Hand. Groß und schwer, aber nicht dick oder fett. Er bewegte sich wie ein Metzger. Die Blonde zeigte auf irgendetwas im Zimmer, der Mann nickte. Sie verschwand kurz und tauchte mit zwei gefüllten Sektgläsern wieder auf. Als sie dem Mann zwischen die Beine griff, drehte Kodjo sich um.

Noch immer keine Nachricht von Saif.

8

«Neuigkeiten von deinem Freund?», fragte Linde.

Kodjo schüttelte den Kopf. «Ich weiß nicht einmal, welchen Anwalt er hat. Oder wo man seine Freunde erreicht.»

«Woher kennst du ihn denn eigentlich?»

«Irgendeine Party.» Kodjo ging zur Theke, wo Linde gerade zwei Tassen Cappuccino mit Keks und Löffel ausstattete. Er redete leiser weiter. «Wir waren unter den Letzten. Und dann haben wir festgestellt, dass wir beide noch nicht nach Hause wollten. Selbes Problem.»

Linde nickte. «Lieber warten, bis es hell ist … Wegen der Polizei.»

«Genau. Und eben war ich an seiner Wohnung. Er hat so eine Bude unterm Dach. Aber wen soll ich da fragen? Ich weiß ja nicht, mit wem er da zu tun hat. Und wer ihm die Bleibe besorgt hat.»

«Hast du gehofft, ihn da zu treffen?»

«Eigentlich nicht. Zu unwahrscheinlich. Obwohl … Ich weiß es nicht.» Er schüttelte den Kopf.

Linde kam mit den beiden Tassen hinter der Theke hervor. «Geht's Leticia noch gut bei der Arbeit?»

Kodjo nickte nur. Er grüßte Ellen und Marie, die im Service arbeiteten, und wollte in die Küche gehen, aber Marie baute sich vor ihm auf. «Ich hab gehört, du bist dem Tod gestern von der Schippe gesprungen.»

Ihre Eltern waren irgendwann aus der Elfenbeinküste gekommen, aber sie war in Deutschland geboren und aufgewachsen. Sie studierte irgendetwas, er hatte vergessen, was genau. Er hatte sie ein paarmal angeflirtet, ohne dass sie darauf angesprungen war. Und für eine halbe Sekunde dachte er gerade, sie würde darauf zurückkommen.

«Wenn sie wiederkommen», sagte sie, «stelle ich mich extra dumm an, damit sie sich auf mich stürzen.»

Sie machte sich nur lustig über ihn. «Ja … Das würde helfen», sagte er.

«Ich mein's ernst.»

«Ich weiß, aber jetzt ist es erst einmal wieder vorbei. Der Zoll kommt nur ein Mal im Jahr.»

«Trotzdem. Ich bin froh, dass sie dich nicht erwischt haben. Auch diese andere Geschichte … Ellen hat's mir erzählt.» Dann legte sie Kodjo die Arme um die Schultern und küsste ihn auf die Wange.

Im Hintergrund schnippte jemand mit den Fingern. «Kann ich bezahlen?»

9

Als seine Schicht vorüber war, fuhr Kodjo mit der U8 in den Wedding. Saif hatte ihn vor ein paar Monaten in ein Lokal geschleppt, das von Leuten geführt wurde, die er auf seiner

Flucht aus Afghanistan im Iran getroffen hatte. Keine Kneipe und schon gar nichts mit einer Lizenz für irgendetwas, einfach ein Treffpunkt für Leute, die unter sich sein wollen. Kodjo stieg an der Osloer Straße aus und begann zu suchen. Aber er fand den Laden nicht. Also ging er zu Fuß nach Moabit.

Vielleicht war ja doch etwas möglich mit Marie. Sie war klug und schön. Und sie hatte einen deutschen Pass. Sie verstand die Afrikaner. Davon musste man ausgehen, bei den Eltern. Sie war laut und sehr, sehr selbstbewusst. Aber das war ein Teil ihrer Attraktivität. Wenn sie lächelte, wusste man nie so genau, ob sie sich nicht über einen lustig machte. Oder ... Er wusste es oft nicht. Vielleicht sollte er sie um ein Date bitten. Sie war eine Frau, die gebeten werden wollte.

Irgendwann gingen Kodjo die Gedanken aus. Die letzten Tage waren der Hammer gewesen. Und die Schicht heute anstrengend. Linde legte sehr viel Wert darauf, dass ihre Salatteller nicht nur gut schmeckten, sondern auch gut aussahen. Und das war seine Aufgabe, wenn Leticia, Massimo oder der alte Karl-Heinz mit Garzeiten und Soßen beschäftigt waren. Und was hatte er heute Salate produziert.

Bevor er sich der Eisentür näherte, blickte sich Kodjo dreimal um. Nicht so, als würde er schauen wollen, ob ihn jemand verfolgte. Nicht so, als hätte er Angst vor irgendwem. Eher, wie es die Figuren im Kino machten. Stehen bleiben und das Telefon herausholen. Kurz auf das Display sehen. Dabei unauffällig umdrehen und gucken. Oder der alte Trick mit den Schuhen. Hinhocken und die Senkel neu binden. Er kam sich etwas dämlich dabei vor, aber so hatte er es in alten Filmen gesehen. Und er hatte das Gefühl, dass es funktionierte. Auf der anderen Seite ... Wer sollte ihn hier verfolgen oder beobachten?

Er schloss die erste Tür auf und wieder zu. Über den Hof. Die zweite Tür. Ging langsam hoch. Auch in der letzten Nacht hatte er mehr in Wachgedanken an Saif verbracht, als zu schlafen. Diese Nacht musste er nutzen. Selbstschutz, dachte er. Um Saif konnte er sich morgen wieder kümmern.

Oben bemerkte er den Lichtschein, der nur aus der Wohnung der Blonden kommen konnte. Egal. Er musste schlafen. Kodjo holte sich eine Flasche Bier aus dem Kühlschrank, öffnete sie und trank sie halbleer. Als er aus dem Fenster über dem Kühlschrank blickte, sah er, dass die Blonde nicht allein war.

Der Typ hatte kurzes braunes Haar, aber sein Gesicht konnte man nicht sehen, weil es in ihrer Schulterbeuge verborgen war. Er trug Jeans und ein hellblaues Hemd. Kurzer Arm. Kodjo konnte sogar auf die Distanz sehen, dass er viel Geld für die Klamotten ausgegeben haben musste.

Jetzt begrapschten sie einander die Hinterteile und küssten sich dabei. Sie sahen aus wie ein richtiges Liebespaar. Der Mann, er konnte ihn nun sehen, hatte ein kantiges Gesicht. Kodjo trank die Flasche aus und holte Nachschub aus dem Kühlschrank. Als er zurückkam, war der Mann allein im Zimmer. Er legte seine Hand zwischen die Beine. Dann kam die Frau wieder und hatte die zwei Gläser Sekt in den Händen.

Sie stießen an und tranken. Die Blonde kickte ihre Schuhe weg und begann, mit einer Hand ihre Jeans zu öffnen. Es kostete sie ein wenig Mühe, aber langsam streifte sie sich die Hose über die Knöchel. Als sie es geschafft hatte, tranken beide wieder. Der Mann wiederholte die Prozedur an sich selbst. So ging das weiter, bis beide nackt waren. Ein Stück ausziehen, dann Sekt trinken. Kodjo hatte den Eindruck, als vollführten die beiden das nicht zum ersten Mal. Es machte ihn an.

Der Mann war komplett rasiert am ganzen Körper und hatte schon einen Ständer, als er sich die Unterhose auszog.

Die beiden stellten ihre Gläser ab und sahen sich ein paar

Sekunden lang an. Dann griff die Frau nach dem Ständer, und der Mann ließ es geschehen. Und schon hatte sie ein Kondom in der Hand.

Kodjos Telefon klingelte. Er drehte sich und nahm das Telefon vom Kühlschrank. Er sah Patricias Namen auf dem Display. Vielleicht wollte sie wieder einmal mit ihm ausgehen, eine gute Idee. Vielleicht wollte sie auch nur die Schicht mit ihm tauschen, das wollte er wahrscheinlich nicht. Während er überlegte, ob er den Anruf annehmen sollte, hörte es auch schon auf zu klingeln. Er ging wieder zum Fenster.

Die Frau lag jetzt auf dem Rücken, und der Mann kniete über ihr. Kodjo glaubte zu sehen, dass ihre Augen geschlossen waren, während sich der Mann im Zimmer umsah. Er bewegte sich heftiger, der Körper der Frau begann unter den Stößen zu beben. Mit jeder Bewegung mehr.

Der Abstand zwischen den Häusern war nicht groß. Kodjo konnte genau sehen, dass die Frau ihre Miene veränderte. In ihr spiegelte sich jetzt Verwunderung und vielleicht sogar Sorge. Ihr Körper zog sich zusammen. Der Mann sagte etwas, während er noch intensiver rammelte.

Die Blonde gegenüber hatte daran keine Freude. Auf ihrem Gesicht konnte Kodjo so etwas wie Ärger sehen. Sie redete. Nein, sie schrie.

In Kodjos Augen schrie sie stumm.

Der Mann holte aus und schlug ihr mit voller Wucht ins Gesicht. Die Frau hielt die Hände zum Schutz vor sich. Da schlug der Mann schon wieder zu, ohne aufzuhören, seine Hüften zu bewegen. Die Blonde stieß den Mann mit den Händen und einem angewinkelten Bein von sich, und sein nächster Schlag ging ins Leere. Er rutschte vom Bett herunter.

Die Frau stand auf und beugte sich über den Mann. Sie gestikulierte wild. Kodjo sah Blut an ihrem Mund. Der Mann stand auf und drängte die Frau zurück, die aufs Bett fiel. Sofort stand sie wieder auf. Sie wirkte benommen, als sie zur Zimmertür hinüberging. Noch bevor sie die erreicht hatte, holte der Mann aus und schlug mit Wucht gegen ihren Kopf. Die Frau fiel um und prallte mit der Stirn gegen eine Kommode. Uh, das tat beim Zugucken weh. Kodjo fasste sich automatisch an die eigene Stirn. Langsam rutschte die Blonde auf den Boden.

«Hey …», sagte Kodjo. Ihm fiel ein, dass die beiden ihn nicht hören konnten. Die Bierflasche rutschte ihm aus der Hand und schlug auf dem Boden auf. Sie war aus Plastik und machte nicht einmal Lärm. Sein Herz pochte schnell, und er fragte sich, ob er etwas tun sollte. Die Frau hasste, was da gerade mit ihr geschah. Er wartete darauf, dass sie wieder aufstand.

Kodjo holte das Telefon vom Kühlschrank. Als er zurückkam, hatte sich die Situation nicht verändert. Der Mann stand über der Frau und schrie sie offensichtlich an. Er hatte immer noch einen Ständer. Die Frau rührte sich nicht.

Kodjo sah auf das dunkle Display seines Telefons. Wenn er die Polizei anriefe, was würde er sagen?

Hallo, da verprügelt ein Mann eine Frau!

Hallo, ich habe Leute beim Sex beobachtet!

Hallo, ich bin der, der illegal in dem Abrisshaus in Moabit wohnt!

Vielleicht war ja auch schon alles vorbei.

Der Mann hatte sich mittlerweile neben die Frau gehockt und schüttelte sie. Aber die Frau rührte sich nicht. Dann stand er wieder auf. Zog mit einer Hand das Kondom von seinem Ständer. Die andere Hand legte er um sein Geschlecht. Bewegte sie.

Kodjo schloss die Augen.

Als er sie wieder öffnete, war das Licht in dem Zimmer auf der anderen Straßenseite aus.

Kodjo stopfte das Telefon in die Hosentasche und rannte die Treppen hinunter.

10

Immer zwei Stufen auf einmal. Das klappte erstaunlich gut trotz der Dunkelheit. Kodjo schaffte es so bis zur ersten Etage und machte einen falschen Schritt. Er kam auf der Kante einer Stufe auf, glitt aus und rauschte ein paar Meter herab. Beim Fallen stieß er sich einen Ellbogen und schürfte sich an irgendetwas eine Hand auf, war aber sofort wieder auf den Beinen.

Es verging unendlich viel Zeit, bis er den Schlüssel ins Schloss geschoben hatte. Nach dem fünften Versuch stoppte er kurz und atmete durch. Einmal. Zweimal. Totale Dunkelheit. Er ertastete das Schloss erneut und versuchte, den Schlüssel hineinzuschieben. Kein Problem eigentlich. Nur eine Sache von Fingerspitzengefühl. Aber jetzt war es ein Problem. Seine Finger zitterten.

Endlich schaffte er es. Er drehte den Schlüssel herum. Rannte über den Hof. Drückte die Tür zum Vorderhaus auf und hatte den Schlüssel zur nächsten Tür schon in der Hand. Hier gab es mehr Licht, er hatte den Schlüssel beim ersten Versuch im Schloss, und schon war er auf der Straße. Kodjo lief bis zur nächsten Ecke und besann sich erst einmal. Verringerte sein Tempo. Es gab einen Grund, warum er ins Studio ging, um zu laufen, und es nicht draußen tat. Ein laufender Schwarzer war für jeden Polizisten immer ein davonlaufender Schwarzer.

Schritt für Schritt näherte er sich der nächsten Ecke. An der Tür einer Bäckerei blieb er stehen. Sie war der Kreuzung zugewandt und einen Schritt nach hinten versetzt. Langsam streckte Kodjo den Kopf so, dass er die Rathenower Straße hinunterblicken konnte. Ein Mann spazierte langsam auf dem gegenüberliegenden Trottoir entlang. Blieb stehen. Schaute an sich herab. Das Gesicht des Mannes war vom Schatten eines Baumes verdeckt. Jetzt sah Kodjo den Hund am Ende einer Leine. Auf gar keinen Fall war das sein Mann. Was konnte er tun?

Was konnte er überhaupt tun?

Zum ersten Mal, seit er den Mord beobachtet hatte, war er in der Lage, einen Gedanken zu formulieren. Der Mörder war doch sicher schon lange verschwunden. Kodjo blickte in alle Richtungen. Vor der Haustür, durch die er eben gekommen war, stand ein Paar händchenhaltend. Sehr jung. Der Mann mit dem Hund war weg. Die Lichter eines Autos blendeten ihn. Sie kamen langsam näher.

Kodjo ging auf die Tür des Hauses zu, in dem der Mord geschehen war. Er konnte hier sowieso nichts tun. Die Frau war tot. Er hatte es doch beobachtet. Das Auto, das er eben gesehen hatte, passierte ihn. Er würde einfach an der Haustür vorübergehen und einen kurzen Blick hineinwerfen. Um den Häuserblock herum und zurück in seine Bleibe. Er würde vermeiden, noch einmal aus dem Fenster zu sehen, um morgens seine paar Sachen zu packen und zur Arbeit zu gehen. Und nie wieder würde er in diese Gegend zurückkehren. Das war ganz klar.

Drei Schritte noch. Zwei. Der letzte. Und der allerletzte. Kodjo nahm die beiden Stufen zwischen Bürgersteig und Haustür. Als er durch die kleine Scheibe in den Hausflur blicken wollte, wurde die Tür von innen geöffnet. Sein Herz blieb stehen. Jemand rempelte ihn an und war fast schon an ihm vorbei, als ein helles Klickern zu hören war. Ein Schlüssel, der zu Boden gefallen war. Der Mann hielt sofort inne und drehte sich ins Dunkel hinein. Er bückte sich und schob sich an Kodjo vorbei durch die Tür. Dabei wandte er den Kopf so weit ab, wie es ging. Der Mann machte einen Satz, war schnell die beiden Stufen hinabgesprungen und verschwunden.

Kodjo stand im Hausflur, zögerte einen langen Augenblick. Dann beugte er sich hinaus. Dabei hielt er die Tür mit einem Fuß offen. Er sah gerade noch, wie der Mann auf der anderen Straßenseite in einen Mercedes stieg und begann auszuparken. Es war ein Sportwagen. Zwei Türen. Silber. Selbst im gebrochenen Zwielicht der Nacht glänzte das Auto. Noch ein letzter Zug, und er war raus aus der Parklücke. Hinten auf dem Kofferraum bemerkte Kodjo einen Aufkleber. Er war rot und weiß in gleichen Teilen. Ein paar Buchstaben verliefen quer über den Aufkleber hinweg. Kodjo zog das Telefon aus der Hosentasche und machte hastig ein Foto. An der nächsten Ecke bog der Mercedes nach links ab. Von der anderen Seite hörte er ein Geräusch. Das Pärchen, das er eben gesehen hatte, stand nicht weit von ihm entfernt. Knutschend.

11

Kodjo ließ die Haustür von innen zufallen. Er sah den Lichtschalter und ignorierte ihn. Wartete ein paar Sekunden, um sich an die Dunkelheit zu gewöhnen. Es roch nach Putzmitteln. Nicht stark, vielleicht war die Reinigungskolonne am Nachmittag hier gewesen. Oder jemand hatte am Abend noch etwas vor seiner Tür aufgewischt. Er ging die ersten Stufen hinauf.

Das Haus war nicht so alt wie das, in dem er gerade hauste. Seine Schritte machten kein Geräusch auf der Treppe. Am ersten Fenster nach hinten heraus stoppte er. Da war das Abrisshaus. Es lag komplett im Dunkeln. Selbst hier, jenseits des Hinterhauses, waren alle Parterrefenster zugemauert. Vor diesen Hausbesetzern hatten sie wirklich Respekt. Er ging weiter hoch.

Warum war er überhaupt hier im Haus? Es gab nichts zu sehen für ihn. Die Tür zu der Wohnung der Frau würde verschlossen sein. Und selbst wenn nicht … Ihr war nicht mehr zu helfen. Oder? Unter einer Tür im ersten Stock sah er Licht. Schnell ging er weiter. Im zweiten Stock alles dunkel, im dritten genauso. Die vierte Etage musste es sein. Sie lag etwas niedriger als seine eigene, er hatte von drüben leicht nach unten geschaut. Drei Wohnungstüren gingen vom Flur ab, Kodjo versuchte, sich das Haus spiegelverkehrt vorzustellen. Eine Tür kam nicht in Frage, weil sie die Wohnung zur Straße hin öffnete. Kodjo rekonstruierte das Bild, das er von gegenüber hatte: Es war die linke Seite des Hauses, auf der sich die Wohnung befand. Also ging er nach rechts. Auf der Tür klebten drei kleine rosa Herzen. Am Klingelschild standen nur die Buchstaben RS. Kodjo legte die Hand auf die Tür und drückte.

Verschlossen. Es war so, wie er erwartet hatte. Hier war nichts mehr zu tun.

Er ging wieder hinunter. Vom zweiten Stock aus hörte er ein Lachen unter sich. Zuerst eine Frau, dann stimmte ein Mann mit ein. Gelassene Heiterkeit, nicht mehr. Das musste die Wohnung eine Etage unter ihm sein. Das Lachen wurde zum Sprechen. Vielleicht eine Verabschiedung. Oder sie gingen von der Küche langsam ins Wohnzimmer. Oder ins Bett.

Kodjo wollte weiter. Die Stimmen entfernten sich von der Tür. Schnell passierte er die erste Etage. Vor der Haustür blieb Kodjo stehen. Er hatte die Klinke in der Hand, als es ihm einfiel. Was hatte er alles angefasst? Mit dem T-Shirt wischte er die Klinke ab und lief zurück zur Treppe. Wieder in der vierten Etage angekommen, putzte er die Tür dort, wo er vorher seine Hand gehabt hatte. Danach ging er langsam die Treppe hinab.

Das Ende des T-Shirts ließ er auf dem Treppengeländer und fuhr sorgfältig damit hinab. Im zweiten Stock hörte er erneut die Stimmen aus der ersten Etage. Nah an der Tür. Er blieb stehen und wartete darauf, dass sie wieder im hinteren Teil der Wohnung verschwanden. Als es leise war, ging er weiter. Das T-Shirt ließ er weiter über das Geländer fahren.

Als er den ersten Schritt machte, um vom ersten Stock ins Parterre zu gelangen, wurde die Tür, unter der er Licht gesehen hatte, geöffnet. Eine junge Frau in T-Shirt und Shorts blieb im Rahmen stehen. Sie sagte nichts, sondern sah Kodjo nur an. Das Licht aus dem Flur der Wohnung blendete ihn leicht, aber er konnte sehen, dass die Frau einen Schritt zurückwich, ohne die Tür zu schließen. Er nahm die Hand vom Geländer, mit der er das T-Shirt festgehalten hatte, und ging schnell nach unten. Noch bevor er die Haustür erreicht hatte, hörte er, wie die Wohnungstür wieder geschlossen wurde.

Die Klinke in der Hand, bemerkte er etwas Weißes. Er hob es auf und hielt es ins magere Licht der Straßenlaterne. Es war der Flyer eines Clubs, den er nicht kannte. DJ Soundso stand darauf. Die Veranstaltung hatte am Abend stattgefunden.

12

Langsam nahm Kodjo die Stufen hinauf zum Dachboden. Auf der letzten der Treppen kam er kaum noch voran. Er war müde. Er war erschöpft. Aber vor allem wollte er weder zurück in seine vorläufige Bleibe, noch wollte er noch einen einzigen Blick werfen in das Zimmer, wo die Blonde eben ermordet worden war.

Als er die Etage erreicht hatte, ging er trotzdem zum Fenster und schaute hinüber. Das Zimmer war dunkel. Er sah nichts. Nicht einmal Konturen.

Zusammenpacken und verschwinden. Das war das, was anstand. Aber zuerst holte er die letzte Flasche Bier aus dem Kühlschrank, warf einen erneuten Blick auf das dunkle Zimmer und setzte sich auf die Matratze. Er musste irgendwo unterkommen in der nächsten Nacht. Das sollte nicht so schwer sein. Sachen mitnehmen, die Schicht im Café machen, etwas zum Schlafen suchen, dann war Jeanette wieder zu Hause und seine Wohnung wieder frei. Als die Flasche leer war, legte er sich hin. Nur für ein paar Minuten, dachte er. Vielleicht entspannt sich der Körper ein wenig, dachte er auch noch.

Als Kodjo wieder wach wurde, war es schon hell. Er streckte sich, stand auf und ging zum Fenster. Das Zimmer lag trotz der Helligkeit im Dunkeln. Er glaubte, die Konturen der Toten auf dem Boden zu sehen, aber er wandte sich ab, bevor er den Blick scharfstellen konnte. Am Waschbecken hielt er seinen Kopf unter das fließende Wasser und putzte sich die Zähne, schließlich zog er frische Unterwäsche an und ein anderes T-Shirt und packte seine Sachen zusammen. Nichts wie weg hier.

Zuletzt warf er den Abfall in eine Plastiktüte und blickte noch einmal durch die Etage. Seine Spuren waren beseitigt. Dann drehte er sich herum und wollte hinabgehen. Blieb stehen. Nur ganz kurz, dachte er. Ein letztes Bild noch von gegenüber, er konnte es nicht sein lassen.

Kodjo ärgerte sich über sich selbst, als er auf dem Weg zum Fenster war. Dachte, er sollte stärker sein. Dem Drang widerstehen können. Da gab es nichts mehr zu sehen, was er nicht schon kannte.

Das Zimmer war immer noch nicht einzusehen. Das helle Tageslicht verhinderte, dass er die schwach beleuchteten Umrisse hinter dem Fenster genauer betrachten konnte. Kodjo ließ seine Augen über die anderen Fenster des Hauses fahren. Küchen und Schlafzimmer, erkennbar an Gardinen und Tand, der an die Scheiben gehängt war. In einem Fenster stand ein Topf mit einem großen Basilikumstrauch. In einem Schlafzimmer war trotz Tageslicht die Deckenbeleuchtung eingeschaltet. Genau zwei Etagen unter dem Zimmer, in dem gestern Abend die Blonde umgebracht worden war, sah er eine Hand, die einen Staubsauger durch den Raum zog. Als er den Blick wieder auf das Zimmer der Toten richtete, erschrak er.

Jemand stand in der Tür zum Zimmer. Hinter der Person war Licht aus dem Rest der Wohnung zu sehen. Als das Deckenlicht angeschaltet wurde, sah Kodjo die Polizeiuniform. Der Mann blieb einige Sekunden im Türrahmen stehen. Dann ging er zur Toten und dort in die Knie. Er fasste ihre Hand an. Drehte sich um und schüttelte den Kopf. In der Tür erschien eine Kollegin, die telefonierte. Jetzt riefen sie die Kripo. Es war genau wie im Fernsehen.

13

Das Café war beinah leer, als er die Tür aufstieß. Linde nickte nur, als er durch den ersten Gastraum ging. Kodjo nickte zurück und winkte Ellen und Aaron, die im hinteren Gastraum an den beiden einzigen besetzten Tischen standen. In der Küche rührte Leticia in einem Saucentopf. Sie blickte hoch und sah ihm in die Augen. «Durchgemacht?», fragte sie.

Kodjo nickte und band die Schürze um.

«Kannst du zuerst Frühlingszwiebeln und Kresse schneiden?», fragte Leticia.

«Klar.»

Als Kodjo die Kresse in einer Plastikdose verschloss und im Kühlschrank verstaute, steckte Aaron seinen Kopf durch die Anreiche. «Irgendwie lahm heute. Aber ich brauch jetzt das

Kohlrabi-Gratin und den Salat mit dem Fisch. Hi Kodjo. Alles okay?»

«Alles okay.» Kodjo sah nicht auf von den Frühlingszwiebeln. Hackte stumpf weiter.

«Was ist mit deinem Freund?»

«Saif? Immer noch verschwunden. Das ist ihm nicht zum ersten Mal passiert. Wenn er Pech hat, bleibt er für eine Weile drin.»

Leticia nahm einen großen Teller aus dem Regal vor ihr und begann, ihn zu dekorieren. «Hat Jeanette dich rausgeschmissen?» Sie zeigte auf die beiden Taschen, die er in einer Ecke der Küche abgestellt hatte.

Kodjo schüttelte den Kopf. «Hallo …», sagte Leticia, und Kodjo bemerkte, dass sie sein Kopfschütteln gar nicht sehen konnte.

«Nicht rausgeschmissen. Sie braucht die Wohnung gerade für irgendeinen Besuch. Nur ein paar Tage. Bin gerade in so einer Bruchbude untergebracht. Moabit.»

«Wow.» Leticia nahm die Gratinform aus der Mikrowelle, platzierte sie vorsichtig auf einem Teller und stellte ihn auf die Anrichte. «Seid ihr noch zusammen?»

«Ja. Sind wir.»

«Das muss aber ein wichtiger Gast sein. Und sie lässt dich nicht zu ihr in die Wohnung?»

«Kannst du mich was anderes fragen?»

Leticia drehte sich zu ihm. «Klar.» Sie beschäftigte sich mit dem nächsten Teller. Ellen legte einen Zettel in die Anreiche. «Zeitvertreib für euch», sagte sie.

Nach der Schicht ging Kodjo ohne nachzudenken zur U7. Erst als er auf dem Bahnsteig stand, fiel ihm ein, dass er nicht nach Moabit zurückmusste. Jeanette hatte angerufen und ihm gesagt, dass der Gast wieder weg war. Er konnte also zurück in die Wohnung in der Weichselstraße. Als die Bahn kam, stieg er trotzdem ein.

Am U-Bahnhof Birkenstraße nahm er abwechselnd zwei und drei Stufen, um dem Untergrund zu entkommen, und vergaß oben beinah seinen Grundsatz, nicht zu laufen. In der Perleberger Straße schaute er sich so unauffällig um, wie es eben ging, und verschwand im Hauseingang. Auf der Treppe nach oben stolperte er zweimal, konnte sich aber beide Male fangen, bevor er hinfiel. Unterm Dach rannte er zum Fenster.

Das Zimmer gegenüber war hell erleuchtet. Kodjo sah zwei starke Lampen, die auf hohen Stativen angebracht waren. Da waren mindestens noch zwei, die in den anderen Ecken des Raumes errichtet worden waren. Das Zimmer war heller als ein Sonnenaufgang im Juli. Zwei Leute in weißen Ganzkörper-Anzügen standen beieinander und redeten. Er konnte nicht erkennen, ob es Männer oder Frauen waren. Selbst die Frisuren waren komplett versteckt. Die Blonde war schon weggebracht worden.

Für ihn gab es nichts mehr zu sehen hier. Er hätte gar nicht erst kommen sollen.

Die beiden in Weiß steckten ihre Köpfe zusammen. Die eine Person zeigte in verschiedene Richtungen, während die andere nickte. Dann streckte die erste den Arm aus, in seine Richtung. Der Finger zeigte genau auf ihn. Kodjo duckte sich, so schnell er konnte. Hatten sie ihn gesehen? Hatten sie ihn überhaupt gemeint? Das Haus hier war doch leer. Ganz langsam erhob er sich wieder und blickte über den unteren Rand des Fensters hinweg. Die Lampen waren immer noch angeschaltet. Aber die beiden in Weiß waren weg.

Kodjo wurde panisch. Er raffte die beiden Taschen wieder zusammen und rannte hinab. Vielleicht kamen sie ja, um im Haus nachzusehen.

14

Als er in der Caféküche Kräuter geschnitten hatte, war Kodjo zum ersten Mal aufgefallen, dass die Ermordete in den Zeitungen auftauchen könnte. Er hatte die lokalen Blätter online auf dem Telefon überprüft, aber nur eine kleine Meldung gefunden. Da war lediglich zu lesen, dass eine 31-jährige Frau in Moabit tot aufgefunden worden war. Die Polizei überprüfe die Todesursache, hieß es. War das alles? Meldungen aus den Stadtteilen interessierten Kodjo sonst nicht. Da kam doch bestimmt noch etwas.

Jeanette und er waren essen gewesen. Chinesisch, wie sie es gern hatte, und waren danach in die Weichselstraße gegangen. Die Wohnung hatte so ausgesehen, wie er sie vor ein paar Tagen verlassen hatte. Für einen Moment hatte sich Kodjo gefragt, ob Jeanettes Besuch tatsächlich hier gewesen war. Bis er ein kleines After-Shave-Fläschchen im Bad entdeckt hatte, das nicht ihm gehörte. Also war jemand hier gewesen. Ein Mann.

Aber so gierig wie sie eben über ihn hergefallen war ... Vielleicht war der Kerl doch kein Bettpartner gewesen. Auf der anderen Seite war Jeanette manchmal unersättlich. Er erinnerte sich, wie ...

«Du bist nicht bei der Sache», sagte sie gerade. Sie hatte ihren Arm angewinkelt und lehnte auf dem Ellbogen. Sein Schwanz war in ihrer Hand. Er hatte gar nicht bemerkt, wie seine Körperspannung nachgelassen hatte. Und seine Erregung gleich mit. Er war aber auch müde.

«Was ist los?», fragte Jeanette. Sie schaute abwechselnd in seine Augen und auf den Schwanz. «Macht es dir keinen Spaß mehr mit mir?»

«Ich bin einfach müde.»

«Was macht meinen kleinen Liebling denn so müde?» Sie lächelte ihn an und legte den Schwanz zur Seite.

«Es ist nur Moabit. Ich schlafe da nicht so gut. Die Matratze ist dünn.»

«Du musst in der nächsten Zeit auch nicht mehr dorthin. Versprochen. Hoch und heilig.» Sie stand auf und beugte sich zu ihm hinab. Küsste ihn auf den Mund und begann, sich anzukleiden.

«Vielleicht hast du ja am Wochenende von fremden Tellern genascht.» Sie schloss den BH und blickte ihn prüfend an. «Du weißt, was ich meine.»

«Ich habe das ganze Wochenende über gearbeitet, Jeanette.»

«Ich weiß …»

Vielleicht hätte er ihr doch von der Verfolgung erzählen sollen. Und von der Polizei. Jetzt erschien es ihm opportunistisch. Erklärend. Er hatte keine Lust, ihr eine Entschuldigung anzubieten.

«Und der lange Weg nach Moabit.» Kodjo setzte sich auf und zog die Decke bis zum Hals.

«Ich muss noch zu einem Termin.» Jeanette holte die Miniatur einer Parfumflasche aus der Handtasche, als sie sich im Spiegel auf dem Kleiderschrank betrachtete. Dann tupfte sie ein wenig hinter die Ohren und unter die Achseln. Sie hauchte ihm einen Kuss hin und ließ Kodjo allein.

Seine schlechte Laune spürte er erst, als er sich zur Seite gedreht hatte und nicht einschlafen konnte. Es war noch früh, aber er hätte eine lange Nacht mit gutem Schlaf brauchen können.

Vielleicht musste er sich erst müde laufen. Also stand er wieder auf und zog die Laufklamotten an. Ging zu McFit an der Kottbusser Brücke und startete das Laufband. Er pegelte sein Tempo bei 15 Kilometer ein und suchte einen guten Rhythmus.

Als er ihn gefunden hatte, erschien ihm das Bild dieser Frau. Wie sie das Zimmer verlassen wollte und niedergeschlagen wurde. Niemand sollte so etwas erleben. Als er immer wieder verzögern musste, um nicht gegen die Armaturen zu laufen, erhöhte er das Tempo. Zuerst auf 17, dann auf 18, dann auf 20 Kilometer. Bald begann er zu schwitzen. Er atmete schneller. Aber das Bild verließ ihn nicht. Zur Polizei konnte er trotzdem nicht gehen. Nicht in seiner Situation.

22 Kilometer, dann 23. Langsam kam er an seine Grenzen. Er stellte das Band auf die Höchstgeschwindigkeit. Das waren 25 Kilometer. Er lief, bis er das Gefühl hatte, gleich vom Band geworfen zu werden. Schnaufend legte er die Hände auf die Seitenstützen und ließ die Beine baumeln. Er war verschwitzt und erschöpft. Wütend war er auch. Vielleicht sollte er ein paar Leute sehen, mit denen man reden konnte.

Als er seinen Spind öffnete und sein Telefon kontrollierte, fand er eine SMS von Saif: «Bin wieder in der ‹Heimat›, melde mich bald.»

15

«Chelsea? Ganz im Ernst?»

Das Hinterzimmer bei Huff war voll. Wie jeden Montag. Kodjo blieb im Laden stehen und blickte auf die Wand, die der Inhaber neu gestaltet hatte. Ein großes Mannschaftsfoto von Chelsea FC, wo bislang immer sein Lieblingsclub aus Ghana gehangen hatte. Daneben Porträts einiger Kicker im Trikot des Clubs. Unter den Anwesenden erkannte Kodjo Benny, Issa und Sani. Sicher hatten sich 20 Leute in den kleinen Raum gedrängt.

Huff stand mitten im Zimmer. «Der Club von Expensive

Essien, John Obi Mikel und Didier Drogba. Was kann daran falsch sein?»

«Es ist Chelsea», sagte einer.

«Es ist schlechter Fußball», ein anderer.

Jemand drückte Kodjo ein Bier in die Hand. Kodjo warf einen Euro in die Schüssel auf dem Beistelltisch neben der Tür.

«Ihr könnt ja woanders hingehen.» Huff kam aus dem Zimmer heraus. «Das ist ein freies Land. Anders als das Land, wo du herkommst, Sani. Oder?» Er nickte Kodjo an. Grinste.

«Ich wollte sie nur ein bisschen provozieren», sagte er leise. «Was ist mit deinem Kumpel?»

Kodjo schüttelte den Kopf. «Er ist wieder in Sachsen. Alles okay.»

«Sachsen ist nie okay.» Huff holte den Schlüssel aus der Hosentasche und schloss die Ladentür ab. Es wurde gerade dunkel. Er ließ die Jalousien halb herunter. Die Treffen im Hinterzimmer waren offiziell kein Geschäft, sondern ein sozialer Rahmen. Und nicht alle mussten darum wissen.

«Eula schon zu Hause?», fragte Kodjo.

«Ja. Trifft sich mit einer Freundin.» Huff begann, die Kosmetikregale aufzuräumen. Er holte eine Box unter der Verkaufstheke heraus und öffnete sie mit dem Daumen. Füllte Haarfärbemittel auf.

«Ich hab gesehen, wie eine Frau ermordet worden ist», sagte Kodjo.

«Hmhm.» Huff zog ein paar Packungen von hinten an den vorderen Rand der Regale und betrachtete das Resultat. Dann drehte er sich um. «Was?»

Er war so laut, dass die Gespräche im Hinterzimmer verstummten.

«Was ist los?», fragte jemand. Einer kam raus. Andere folgten.

«Kodjo hat gesehen, wie eine Frau ermordet worden ist.»

«Wo?»

«Scheiße.»

«Rassisten?»

«Hier?»

«Und du bist entkommen?»

Kodjo hielt die Hände vor den Leib. Er hatte gar nicht vorgehabt, allen alles zu erzählen. Aber jetzt standen sie im Laden und sahen ihn an. Issa war bis auf einen Meter an ihn herangekommen. «Sag schon.»

«Also ...», fing er an.

«Aber wer ist denn ermordet worden?» Sani stand mitten in der Gruppe. «Eine Afrikanerin?»

«Nein. Eine Deutsche.» Kodjo schüttelte den Kopf. «Ich weiß es nicht. Ich weiß nicht, woher sie kommt.»

«Keine Schwarze.» Issa.

«Nein.»

«Erzähl.» Irgendeiner aus der Gruppe.

«Ja, mach schon.» Ein anderer.

Kodjo erzählte. Über die Vereinbarung mit Jeanette, die eigentlich eine Bedingung war. Eine Bedingung, die Wohnung in Neukölln überhaupt nutzen zu können. «Dafür bezahle ich nicht so viel Miete», sagte er. Über den Dachboden in Moabit. «Kein Luxus», sagte er. «Aber man kann es aushalten.» Über den Blick ins Nachbarhaus erzählte er nicht so viel. Jedenfalls nicht, dass er ab und zu hinübergeschaut hatte. «Ich stehe da am Fenster und mache die Flasche auf, als ich sehe, wie der Typ ...»

«Und was dann?», fragte Issa, als er zu Ende erzählt hatte.

«Ich bin runtergelaufen.»

«Hast du ihn aufgehalten?», fragte jemand aus der Gruppe.

«Haha», sagte jemand anderes, «er hat nicht mal Papiere. Wie will er den aufhalten?»

«Ich hab ihn gesehen. Wir sind uns an der Tür begegnet.»

«An der Haustür?»

«Von dem Haus?»

«Wo die ermordet worden ist?»

«Ja.»

«Und dann?»

«Dann hab ich gesehen, wie er weggefahren ist. In einem Mercedes.» Er erzählte nicht, dass er ein Foto gemacht hatte. Sonst hätten sie ihn bedrängt. Alle hätten es sehen wollen.

«Und dann?», fragte Issa. «Dann bist du einfach wieder zurückgegangen? Oder hast du die Polizei gerufen?»

«Dann?», fragte Kodjo zurück. Und dachte nach. Er hatte die Bilder im Kopf noch gar nicht geordnet. Die Bilder der Nacht.

«Oh nein», sagte Issa. «Du bist hochgegangen.»

Kodjo nickte. «Bin ich.»

«Scheiße», sagte Issa.

«Aber ich war nicht in der Wohnung. Die Tür war zu.»

«Hat dich denn jemand gesehen?»

Kodjo dachte nach. Da war diese Frau gewesen. Im ersten Stock. Sie hatte nur kurz die Tür geöffnet. Aber natürlich hatte sie ihn gesehen. Er dachte nach, während alle erwarteten, dass er erzählte. Sie hatte im Hellen gestanden und aus der Wohnung geschaut. Er war im Dunkel gewesen. Viel konnte sie nicht gesehen haben. Das T-Shirt vielleicht … Er hatte das Hertha-BSC-T-Shirt getragen.

«Nein», sagte er.

Aber wie viele Leute mit einem Hertha-T-Shirt gab es in Berlin?

«Das ist schlecht», sagte Huff.

Auf der anderen Seite: Wie viele Afrikaner mit Hertha-T-Shirt gab es in Berlin?

16

Kodjo schlief tief wie ein Kind und wurde kurz nach zehn wach. Das war zu spät für Kaffee und Frühstück und zusätzlich noch eine Dusche, wenn er um elf im *Hibiskus* sein wollte. Und erst recht war es zu spät, um ins Gym zu gehen und auf dem Laufband zu schwitzen. Er entschied sich für die Dusche und ging langsam zum Café.

Als die NGO, für die er gearbeitet hatte, ihre Förderungen verloren hatte, war er auf einmal arbeitslos gewesen. Eine Freundin hatte ihm den Tipp gegeben, dass sie im *Hibiskus* jemanden suchen, der in der Küche die niederen Arbeiten verrichtet. Für ein paar Monate, hatte er damals gedacht ... Für ein paar Monate war das okay. Jetzt arbeitete er schon mehr als eineinhalb Jahre in Lindes Laden. Der Job selbst war eigentlich gut. Die anderen Leute waren nett. Linde, mit der er kurz am Rande einer Liebesbeziehung gewesen war, wusste um seine Situation und hatte eine Möglichkeit gefunden, ihn in ihre Abrechnung einzubeziehen. Er verdiente nicht die Welt, aber er zahlte auch keine Steuern. Und die Wohnung war, dank Jeanette, nicht teuer. Gerade hatte er oft mehr zum Leben als früher.

Das war absurd. Aber es war auch gefährlich. Viel zu selten gestand Kodjo sich ein, dass er sich in seiner Situation eingerichtet hatte. Er hatte die Ziele aus den Augen verloren.

Aber welche Ziele? Nr. 1: Nicht mehr illegal sein. Nr. 2 gab es nicht. Alles hing von Ziel Nr. 1 ab. Er wusste nur nicht, wie er wieder dahin zurückfinden konnte. Er war es leid, sich auf dem Heiratsmarkt umzusehen. Nicht noch eine Sandra, sagte er sich, wenn er wieder einmal angeflirtet wurde. Auf der anderen Seite wusste er keine bessere Lösung.

Das Café war gut besucht für die Übergangszeit zwischen Frühstück und Lunch. Fast die Hälfte der Tische war besetzt.

Aaron trug gerade drei Eiergerichte an einen Tisch und grüßte ihn. Ellen war im zweiten Gastraum und nahm Bestellungen an. Hinter der Theke war Linde mit irgendetwas beschäftigt. Sie sah ihn nicht, als er in die Küche ging. Eine Tageszeitung lag aufgeschlagen auf einem Tisch, der noch nicht abgeräumt war. Kodjo sah die Überschrift sofort: «Tote Prostituierte in Moabit – Polizei ermittelt in alle Richtungen».

Er nahm die Zeitung und ging an der Küche vorbei aufs Personalklo. Schloss die Tür hinter sich und setzte sich auf den zugeklappten Deckel der Toilette.

«Am Montagmorgen wurde in der Rathenower Straße in Moabit die 31 Jahre alte Prostituierte Dunya L. tot aufgefunden», stand im Vorspann. «Die Polizei geht von einem Gewaltverbrechen aus. Aus ermittlungstechnischen Gründen, so Polizeisprecher Gunthard Müller, wolle man noch keine Ergebnisse preisgeben.» Dann wurde weiter beschrieben, wie eine Freundin von Dunya L. vergeblich an deren Tür geklingelt hatte. Als sie das Mobiltelefon der Verstorbenen in der Wohnung klingeln hörte, begann sie sich zu sorgen. Der Hauswart hatte die Tür mit einem Nachschlüssel geöffnet. Der Polizeisprecher bat alle Leute, die irgendetwas beizutragen hatten, sich zu der Frage, wie die Tote den Abend und die Nacht verbracht hatte, zu melden.

Kodjo fiel das Foto ein, das er gemacht hatte. Er holte sein Telefon aus der Hosentasche und suchte den Ordner. Da war es. Ein Schnappschuss. Zum Teil verdeckt von einem Baum, konnte man den Mercedes recht gut erkennen. Neuer Wagen. Nicht billig. Kodjo zoomte sich heran. Das Kennzeichen war zum Teil zu sehen. B stand für Berlin. Außerdem konnte er die beiden Buchstaben H und T lesen. Die Zahlen waren vom Baum verdeckt. Und dieser Aufkleber auf dem Heck. Weiß und rot war er, die Buchstaben waren zu klein, um sie entziffern zu können. Vielleicht konnte man da noch etwas dran tun, um die zu lesen.

Er stand auf und setzte automatisch die Wasserspülung in Gang. Was sollte er mit dem Foto machen? Auf gar keinen Fall würde er zur Polizei gehen damit. Die würden ihn nicht wieder fortlassen – so ohne Papiere, wie er war. Sollte er es ihnen zuschicken? Oder jemand anderem, der es weiterschickte? Darüber musste er nachdenken.

Nachdem er die Zeitung im Regal untergebracht hatte, ging er in die Küche. Karl-Heinz war heute da. Ein Koch alter Schule, schon jenseits der Pensionsgrenze, der auf Sterneniveau gearbeitet hatte. Nicht als Küchenchef, aber er hatte mehr Erfahrung als alle anderen zusammen. Im *Hibiskus* stand er für old school, und wenn es Ente à l'Orange gab, leckten sich die Gäste die Finger. Als Kodjo die Küche betrat, legte Karl-Heinz gerade Garnelen in eine Marinade.

«Guten Morgen, mein Freund», sagte er.

«Guten Morgen», grüßte Kodjo zurück.

Im Radio war der Gong zur vollen Stunde zu hören, es liefen Lokalnachrichten. «Tote Prostituierte in Moabit», hieß die erste Meldung. Kodjo hörte hin, aber er wusste ja, was da kommen würde.

«Schneidest du mir bitte die Kartoffeln fürs Gratin?», fragte Karl-Heinz. Das bedeutete, die Gratinform mit Kartoffeln, Soße und Käse zu füllen und die Verantwortung zu übernehmen, dass das Gratin rechtzeitig aus dem Ofen rauskam. «Zu viel Käse versaut das Gratin», sagte Karl-Heinz immer. «Geh sparsam damit um.»

«Klar», sagte er. «Mach ich.»

Im Radio wurde ins Polizeipräsidium geschaltet. «Gerade geht hier die Pressekonferenz zu Ende», sagte die Stimme einer jungen Frau. «Es gibt zwei Neuigkeiten, die die Polizei bisher noch nicht bekanntgegeben hatte. Die Prostituierte Dunya L. ist erschlagen worden und an ihren schweren Kopfverletzungen gestorben. Und jetzt hat die Polizei auch einen Tatverdächtigen. Ein junger Mann, der afrikanische Wurzeln haben könnte, wurde am Tatort gesehen. Er trug in der Nacht vom Sonntag auf Montag ein blaues T-Shirt mit einem Logo von Hertha BSC und soll zwischen 20 und 35 Jahre alt sein. Hinweise nimmt jede Polizeidienststelle entgegen.»

Kodjo fiel die Gratinform aus der Hand. Sie zersprang auf dem Fliesenboden.

17

Am Abend schloss er sich in seine Wohnung ein. Sowieso konnte er nicht mehr zurück nach Moabit. Heute nicht, und nicht später. Zweimal war ihm noch etwas aus der Hand gerutscht in der Küche. Ein Teller, der für ein Dessert gebraucht wurde. Nicht so schlimm. Und ein großer, auf dem ein Salat schon weitgehend angerichtet gewesen war. Der materielle Schaden hielt sich in Grenzen, und Linde sah das alles gelassen. Bruch geschah eben bei der Arbeit. Aber der emotionale Schaden war enorm. Er war immer unsicherer geworden, je länger die Schicht gedauert hatte. «Ist was?», hatte Karl-Heinz gefragt, wie immer ohne viel Aufheben zu machen. «Geht schon», hatte Kodjo geantwortet. Und sich nach Hause gewünscht.

Da war er nun. Und wusste nicht, was er tun sollte.

Sie suchten ihn. Als Tatverdächtigen, hatte die Reporterin gesagt. Er öffnete das Foto noch einmal. Das ist er, dachte Kodjo, als er dem Mercedes wieder hinterherblickte. Den müsst ihr suchen. Und dann versuchte er noch einmal, sich den Mörder vorzustellen.

Er war so groß wie er selbst. Oder? Kodjo erinnerte sich an die Sekunde, als sie sich begegnet waren. Hatte er schon auf der obersten Stufe gestanden, direkt vor der Tür, als der Mann sie öffnete? Oder war er selbst noch auf dem Weg nach oben gewesen? Da war dieser winzige Augenblick, an den er sich erinnerte, als sie sich aneinander vorbeischoben. Der Mann, der die Tür aufhielt, und er selbst, wie er sich an ihm vorbeidrückte.

Und ja, dachte Kodjo. Der Mann war etwa so groß wie er. Als er zur Tür hineingegangen war, hatte er den anderen nicht überragt. Und kleiner war er auch nicht gewesen.

Fang ganz oben an, sagte er sich. Kurzes braunes Haar. War es geschoren oder geschnitten? Eher geschnitten und hinten ein paar Millimeter länger als oben auf dem Kopf.

Gesicht: Fuuuh … Lange Nase und ein kleiner Höcker darauf. Das hatte er noch im Profil gesehen, von Fenster zu Fenster. Bart. Nein, halt. Unrasiert. Oder das Gegenteil. Er hatte einen Dreitagebart. Oberlippe und Kinn? Oder rundum? Und Koteletten. Genau, Koteletten, die in den Dreitagebart übergingen. Was fiel ihm sonst noch zu dem Gesicht ein? Nicht viel. Zuerst hatte er es aus der Ferne gesehen. Später ganz kurz verdeckt und im Dunkeln.

Irgendetwas war da aber noch. Im Gesicht. Wenn es ihm nur einfallen wollte. Er versuchte, sich zu konzentrieren, kam aber nicht darauf.

Kleidung: Hemd. Kurzer Arm. Hellblau. Halt!

Wie alt war der eigentlich? Das war wirklich schwierig. Jünger als er selbst? 25 vielleicht? Nein, älter. Wie hatten sie im Radio gesagt? Mann mit afrikanischen Wurzeln zwischen 20 und 35? Absurd. 35 ist beinah doppelt so alt wie 20. Aber wie alt war der Mörder? Älter als er selbst. Also älter als 31. Sagen wir mindestens 35. Aber konnte er auch älter als 40 sein? Wie sahen weiße Männer mit 50 aus? Man konnte ihre Falten sehr gut sehen. Aber nicht aus der Entfernung und nicht, wenn es so dunkel war wie dort in der Tür. Der war keine 50. Sagen wir also zwischen 35 und 45.

Zurück zur Kleidung: Da war das Hemd. Außerdem trug er eine Blue Jeans. Stopp! Das Hemd. Was für ein Stil? Wie sah der Kragen aus? War das Ende des Kragens angeknöpft? Nein. Aber die Flügel des Kragens waren auch nicht frei schwebend gewesen. Oder?

Kodjo versuchte, zu rekonstruieren, wie der Mann das Hemd trug, kam aber nicht weiter. Also die Jeans. Klassisch. Levi's oder so etwas. Genau, das war es. Was der Mann auch getragen hatte … es war nicht billig gewesen. Kein Wunder, dachte Kodjo, er fuhr ja auch einen neuen Mercedes.

Was sonst? Schuhe? Fehlanzeige. Was nimmt man noch an einem Menschen wahr? Das Gesicht, die Frisur, die Kleidung.

Die Bewegungen. Natürlich. Man sieht einen Menschen, der beim Gehen mit den Armen wedelt. Manche nicken mit dem Kopf wie die Tauben, wenn sie die Füße voreinandersetzen. Er musste an Issa denken, seinen senegalesischen Freund. Issa schwebte beim Gehen. Kein Wunder, er war Tänzer und Maler. Und Jeanette legte immer ein wenig den Kopf auf die Brust, sobald sie sich erhob. Seltsam, dass er gerade an Issa denken musste.

Aber dieser Mann … Der Mörder … Es fiel ihm wieder ein. Er hatte breite Schultern. Und als Kodjo ihm hinterhergeschaut hatte, den Fuß in der Haustür des Hauses, in dem der Mann diese Frau getötet hatte, da hatte er gesehen, wie sich der Mann bewegte. Er holte mit den Schultern aus. Sie waren es, die er nach vorn schob, wenn er ging. Noch bevor er den Fuß auf die Straße gesetzt hatte, war die Schulter vor dem Körper gewesen.

Und da war der Flyer von diesem Club auf dem RAW-Gelände. Wahrscheinlich hatte es nichts zu bedeuten und schon im Hausflur gelegen, bevor er mit dem Mörder zusammengestoßen war. Aber …

Und ihm fiel ein, warum er eben an Issa gedacht hatte. Er war Tänzer, na ja … Tänzer gewesen. Aber als er in Paris gelebt hatte, das war, bevor er nach Berlin gekommen war, da hatte er vom Malen auf der Straße gelebt. Er brauchte Issas Talente jetzt.

18

Huffs Laden war schon zu. Kodjo klopfte und wartete, bis Benny den Schlüssel von innen drehte. Er schloss selbst ab und ging durch den Laden. Im Hinterzimmer saßen ein paar Leute und redeten, während die Nachrichten im Fernseher liefen. Irgendwo in Europa waren Flüchtlinge unterwegs. Sie wollten nach Deutschland.

Kodjo nickte Issa zu, der im Gespräch mit jemandem war, den Kodjo noch nie hier gesehen hatte. Er war über 40 und trug einen grauen Anzug. Die Krawatte über dem weißen Hemd war ebenfalls grau, etwas dunkler als der Stoff des Anzugs, der Knoten war locker. An den Füßen hatte er Lederschuhe, die teuer aussahen. Der Mann trank eine Flasche Bier aus, als wäre es die letzte, die er in seinem Leben bekam.

«Das mit dem Bruttosozialprodukt und Afrika … alles Beschiss», sagte er. Kodjo konnte nicht erkennen, woher er kam. Deutsch war die Sprache, die hier gesprochen wurde, weil es die einzige war, die alle verstanden, und er sprach es akzentfrei. «Dass die Leute jetzt alle Telefone haben und online gehen, sagt nichts über die Wirtschaftskraft aus. Kann ich noch so eins … Danke.» Er pulte eine Münze aus der Jacke und warf sie millimetergenau in die Sammeltasse. «Was in Afrika passieren muss …»

In den Fernsehnachrichten war gerade ein Brand zu sehen.

«Psst!», sagte Huff.

«… sind bei dem Anschlag in Chemnitz ein ehemaliges Hotel und zwei Nebengebäude den Flammen zum Opfer gefallen. Übermorgen sollten 150 syrische und libysche Flüchtlinge dort einziehen, die bislang in einer Schule untergebracht waren.» Eine junge Reporterin war zu sehen.

«Schweine», sagte Huff.

«So deprimierend.» Sani stand auf und verließ das Zimmer. «Ich kann es nicht mehr sehen.»

«Die Polizei geht von Brandstiftung aus», sagte die Reporterin. Ein Junge posierte hinter ihr und reckte den Daumen in die Höhe. «An drei Stellen wurden Brandbeschleuniger gefunden. Das Feuer brauchte nur Minuten, um die Gebäude zu erfassen.» Ein älterer Mann tauchte da auf, wo gerade noch der Junge gestanden hatte und blickte frontal in die Kamera. Er nickte und applaudierte. Dann trat er ab.

Huff ging zum Fernseher und schaltete ihn ab. «Unsere Gastgeber von ihrer freundlichsten Seite», sagte er.

«Kann man die nicht alle erschießen?» Benny stand von seinem Stuhl auf und imitierte mit zwei Händen eine Maschinenpistole. Er ging in die Hocke und erschoss mit ruckelnden Bewegungen ziemlich viele Leute. «Rattattattattatt», sagte er.

Kodjo stand immer noch in der Tür und dachte über irgendeine vernünftige Bemerkung nach, als der Anzug sich wieder meldete. «Ihr müsst sie verstehen.»

«Wen?», fragte Huff. «Die Deutschen?»

«Die Weißen. Was sie in sich tragen, ist diese kollektive Erinnerung an das, was sie mit uns gemacht haben. Das ist zwar lange her, aber es ist Teil von ihnen. Überlegt mal ... Sie haben Millionen von uns umgelegt oder versklavt. Und jetzt haben sie Angst, dass wir das Gleiche mit ihnen tun. Im Grunde wissen sie, dass es gerecht wäre, wenn wir sie versklaven würden.» Er blickte sich um und grinste. «Jedenfalls die von ihnen, die wir am Leben lassen.»

«Ach, Rudy», sagte Issa. «Zwei Semester Psychologie, und du erklärst uns mal wieder, wie die Menschen ticken.»

«Zehn Semester», sagte Rudy. «Philosophie.»

«Und was hilft uns das jetzt?», fragte Benny. «Wenn irgendwo ein Afrikaner brennt, kannst du ihm auch nicht helfen.»

19

«Das sieht ihm aber irgendwie nicht ähnlich.» Kodjo sah Issa über die Schulter.

«Aber ich zeichne nur, was du mir vorgibst.» Issa vergrößerte die Koteletten des Mannes auf dem Papier. Er arbeitete mit einem Bleistift, und das Haar vor den Ohren wurde mit jedem Strich stärker.

«Das ist zu viel», sagte Kodjo.

«Du bestimmst.»

«Ich weiß.» Kodjo setzte sich an den Tisch, Issa gegenüber. Sie waren mittlerweile allein im Hinterzimmer. «Und ich kann dir nur geben, an was ich mich erinnere.»

Huff kam herein. «Ich muss gleich los. Ganz ohne Schlaf schaffe ich das hier auch nicht.»

Minuten später standen Kodjo und Issa vor dem verschlossenen Laden. Huff war sofort verschwunden, nachdem er den Schlüssel herumgedreht hatte.

«Zu *Kurt*?», fragte Issa.

Kodjo nickte.

Bei Kurt war eine traditionelle Eckkneipe im hinteren Neukölln, die vor ein paar Monaten von einer neuen Wirtin übernommen worden war. Sie hatte das Mobiliar belassen, dafür die Getränkeauswahl modernisiert. Statt des CD-Spielers war ein Gerät in Betrieb, das Musik von USB-Sticks spielte, die die Gäste mitbrachten. So wusste man nie, ob in der nächsten Minute Soul, Kwaito oder Free Jazz lief. Und es war ein Laden, wo man nicht blöd angeglotzt wurde.

Heute lief Frühzeit-Rap. Grandmaster Flash, Run-D.M.C. Das war das Schöne an dem Prinzip. Die Gäste brachten oft Musik mit, die sie selbst lange nicht mehr gehört hatten. Kodjo kam mit zwei Bieren an den Tisch.

«Und was machst du jetzt damit?», fragte Issa.

Kodjo betrachtete das Bild noch einmal, so gut jedenfalls, wie es die magere Beleuchtung zuließ. «Es ist nicht so schlecht.»

«Danke.»

«Nein … ich meine … Das ist nicht ganz falsch. Es ist kein Abbild von ihm, aber da sind Elemente drin, die den gut treffen.»

«Welche denn?»

«Nase, Kinn, obwohl … der Bart. Die Stirn auch. Wenn das in der ganzen Stadt aushängt … Dann kriegen wir ihn.»

«Wir?»

«Sie.»

«Die Cops, meinst du?»

«Klar.»

Ein paar Minuten lang tranken sie schweigend ihr Bier. Sie sahen, wie eine Frau in Lederhose und Tanktop einen Stick über die Theke reichte. Kodjo und Issa grinsten sich an. «Rockmusik», sagte Issa. «Jede Wette.»

Es dauerte ein paar Sekunden, bis Salsa aus den Boxen kam.

«Was hast du gemeint mit … Wie hast du das ausgedrückt … Dann kriegen wir ihn?» Issa blickte auf das Bild, das er gezeichnet hatte.

«Das war nur so gesagt.»

«Aber was willst du überhaupt tun?»

«Wie meinst du das?»

«Abwarten? Abwarten, bis sie ihn kriegen?»

«Was bleibt mir anderes übrig?»

«Und währenddessen versuchen, den Cops nicht in die Hände zu fallen?»

«Das tu ich ja sowieso die ganze Zeit.»

«Das stimmt auch wieder.»

«Also?»

«Also, was?»

«Was willst du tun?»

«Ich weiß nicht. Vielleicht schicken wir das Bild ja an die Polizei.»

«Hm … ja … Liebe Polizei, das ist der eigentliche Mörder aus Moabit», sagte Issa und drehte sich um. Aber niemand hörte mit. «Also, liebe Polizei, fasst mal besser den und lasst mich in Ruhe. Freundliche Grüße, euer Kodjo. Ungefähr so?»

«Dann halt anonym.»

Issa sagte nichts darauf. Guckte irgendwohin.

«Du meinst, ich muss irgendetwas machen.»

Issa nickte. «Auf die Polizei kannst du dich auf keinen Fall verlassen. Ein verdächtiger Afrikaner. Was Besseres kann denen doch gar nicht passieren. Und die fangen ja gerade mal an.»

«Du meinst …»

«Ich meine, dass die irgendwann beginnen werden, richtig zu suchen, wenn es nicht bald einen Hinweis gibt, wer du bist.»

«Jaja … Ich weiß, was du meinst. Du meinst, dass ich nicht der Einzige bin, der in Gefahr ist. So wie im Görli.»

«So hab ich das nicht sagen wollen.»

«Aber du widersprichst mir auch nicht.»

«Nein. Dann wäre ich ja dumm.»

«Du meinst …»

Issa nickte.

«… dass ich Verantwortung trage nicht nur mir gegenüber?»

«Jedenfalls musst du darüber nachdenken.»

20

Issa war schon unterwegs nach Tempelhof, als Kodjo noch ein letztes Bier bestellte. Der hatte es gut, dachte er. Schon lange mit einem französischen Pass ausgestattet, und auch noch glücklich verheiratet hier. Dem konnte so schnell nichts passieren. Was hatte er nur gemeint? Worüber sollte er nachdenken?

Verstecken musste er sich. So viel wusste er. Unsichtbar werden. Sich in Luft auflösen. Und darauf warten, dass der Mann auf dem Bild gefasst wurde.

Er nahm das Porträt wieder zur Hand. Es sollte von den größten Plakatwänden der Stadt herunterschauen auf die Menschen. In jedem Viertel und in jeder Straße. Dann wäre der Spuk bald vorbei. Er faltete das Bild und steckte es weg. Leerte die Flasche, ging zum Klo, bezahlte und stand schließlich vor der Tür der Kneipe. Es war kurz nach Mitternacht. Genau die Zeit, in der er die Straßen der Stadt gern mied. Die Bullen waren noch hellwach und warteten noch nicht auf das Ende der Nachtschicht. Irgendwann in der Nacht begannen sie, auf Reserve zu schalten, und reagierten nur noch auf einlaufende Notrufe. Aber jetzt … war es gefährlich.

Kodjo dachte nach.

Hermannstraße meiden. Karl-Marx-Straße auch. Zu breit, zu viel Verkehr, zu hell auch. In der Hermannstraße waren die Imbisse, in denen sie sich ihre Mahlzeiten holten, die Polizisten. Gern genau um diese Zeit. Also am besten bis zum Körnerpark zwischen den beiden Ausfallstraßen durchschlagen, irgendwie über Karl-Marx rüber und bis zur Donaustraße kommen. Die vorsichtig nach Norden und in der Idealpassage verschwinden, wo seine Wohnung war.

Er blickte sich noch einmal um. Holte tief Luft.

Jetzt.

Ein paar hundert Meter zunächst die Emser Straße entlang. Sobald er die ersten Schritte Richtung Hermannstraße gemacht hatte, wurde er unsicher. War nicht der Umweg am Tempelhofer Feld vorbei der sicherere Weg? Aber da musste man die Hasenheide passieren. Auch hier Dealer und zu viele neugierige Bullen. Also war das wohl die richtige Entscheidung. Unauffällig an der roten Ampel stehenbleiben. Zum Glück kommen ein paar Autos, sodass es keinen Verdacht erregt, wenn er tatsächlich wartet. Gleich noch eins, die Autoampel zeigt schon Rot. Weiter die Emser Straße entlang.

Dahinten. Was war das? Die Silhouette war nicht die eines normalen Pkw. Scheiße, das waren die Bullen. Noch recht weit weg, kein Grund zur Panik gerade. Kodjo drehte sich etwas zu schnell um und ging zurück zur Hermannstraße. Und ärgerte sich über sich selbst. Unter den vielen verbotenen Dingen, die ein Illegaler nicht tun darf, ist das allerverbotenste die hastige Bewegung. Schreck oder Panik in körperliche Aktion umzusetzen, ist fast gleichbedeutend mit Abschiebung.

Kodjo verschwand um die Ecke und blieb kurz stehen. Eine

Grundregel. Wenn du dich und die Situation kurz anhalten kannst, tu es. Denk nach, dann handle. Bald würde der silberblaue Wagen hier auftauchen. Vielleicht hatten sie gesehen, wie er umdrehte. Vielleicht sogar, dass er umdrehte, weil er sie gesehen hatte. Aber es war auch möglich, dass es ihnen entgangen war. Sie waren beschäftigt. Sie aßen. Sie rissen Witze. Sie waren müde.

Zurück zu *Kurt*? Oder gleich weiter zum Tempelhofer Feld? Die Straße, die am ehemaligen Flughafen entlangführte, war ruhig und bot zur Not auch den einen und anderen Strauch an, hinter dem er sich verbergen konnte.

Entscheide dich.

Entscheide dich sofort!

In dem Moment, als er entschieden hatte, doch die Hermannstraße hochzugehen, tauchte von Süden ein Polizeibus auf. Kodjo fuhr erneut ein Alarm durch die Knochen. Der Wagen war noch hinter der S-Bahn-Trasse, und er fuhr langsam, aber er kam auf ihn zu. Welchen Weg Kodjo nun auch nahm, aus einem Polizeiwagen heraus konnten sie ihn beobachten. Er ging weiter in die Richtung, die er eingeschlagen hatte. Hermannstraße.

Zuerst wurden seine Schritte schneller. Dann länger. Und dann blickte er sich um. Beide Polizeiwagen hatten sich auf der Ecke getroffen. Die Kommunikation zwischen den beiden Autos lief mit heruntergedrehter Scheibe ab. In dem Augenblick entschied sich Kodjo, zu tun, was er nicht tun wollte.

Er lief los. Drei oder vier Schritte brauchte er nur, um Tempo aufzunehmen. Sofort hörte er hinter sich das Jaulen der Sirene und die Stimme eines Mannes. «Bleiben Sie sofort stehen.»

Genau das machte Kodjo nicht. Er schaute sich noch einmal kurz um und wechselte die Straßenseite. Außer den Polizeiautos war kein anderer Wagen in Bewegung. Über die Straße rüber, die nächste Querstraße passieren, und er war in einem dunklen Weg verschwunden, der an dem großen Friedhof entlangführte, dessen Namen er nicht kannte.

Hinter sich erneut die Stimme. «Bleiben Sie sofort stehen!» Dazu Sirene und Blaulicht. Komisch, dachte Kodjo, wenn er sich ausgemalt hatte, vor den Bullen davonzulaufen, hatte er sich immer diesen Weg hier vorgestellt. Er würde hier verschwinden und sich über die Friedhofsmauer zu seiner Rechten schwingen. Auf der Hermannstraße bremsten die beiden Autos. Folgen konnten sie ihm hier nicht.

Die Idee war ganz einfach, dachte Kodjo. Tempo rausnehmen, mit dem rechten Fuß auf den unteren Vorsprung steigen und in einem Schwung über die Mauer segeln. Also nahm er Tempo raus – «Bleib nur nicht stehen», sagte er laut zu sich – stieg auf den Vorsprung und schwang sich auf die Mauer hinauf. Dann ein Sprung, und er landete tatsächlich dahinter. Dabei brach er den Ast eines Baumes ab, verletzte sich aber nicht.

«Der ist auf dem Friedhof!», hörte er von der anderen Seite.

Jetzt war er am Ende, dachte Kodjo. Am Ende dieser Idee, die er immer wieder vor sich gesehen hatte. Rein in den dunklen Weg und rüber über die Mauer. Im Traum hatte das ausgereicht. Aber das hier war kein Traum.

Eine Sekunde nur nachdenken. Sauerstoff durch das Gehirn schicken. Worum ging es nun? Er war auf dem Friedhof, der ansonsten leer war. Abgesperrt. Er war nicht freiwillig hier, sondern er war auf der Flucht. Es war völlig klar, was das nächste Ziel war. Er musste so schnell wie möglich wieder runter vom Friedhof. Bevor die Bullen ihn umstellten. Bevor sie in der Lage waren, die Tore zu öffnen und das Gelände zu durchkämmen. Oder selbst begannen, über diese Mauer zu klettern.

Es war mäßig hell. Die Laternen von der Hermannstraße und die Lichter der Wohnhäuser hinter ihm, dazu der Mond oder was immer auch über ihm leuchtete, halfen ihm, schnell die Orientierung zu gewinnen. Kodjo lief geradeaus, von der Mauer weg. Er war allein, sie waren eine Gruppe. Gruppen sind immer träge. Überzahl lähmt.

Kodjo sprang über ein paar Gräber hinweg und störte manch letzte Ruhe. Es dauerte nicht lange, und er hatte die gegenüberliegende Außenmauer erreicht. Es war fast so leicht wie eben, auch über diese Mauer zu klettern, dann war er auch schon in der Leinestraße verschwunden. Sobald er die Schillerpromenade erreichte, hatte er Aussichten, zu entkommen. Mehrere Reihen Bäume und geparkte Autos boten den Schutz, den er suchte. Er sah die Allee schon vor sich. Irgendwo hinter ihm blinkte das Blaulicht der Polizeiwagen, aber er wurde trotzdem ruhiger. Und hörte auf, zu laufen. Zog das schwarze Jackett aus und drehte es auf die Innenseite, die grau war, trug es in der Hand. Er war immer noch ein Afrikaner auf der Flucht. Aber für alle anderen war er jetzt ein Afrikaner im grünen T-Shirt.

21

Am nächsten Morgen saß Kodjo schon früh bei Marie in der Küche. Sie wohnte in der Manteuffelstraße in Kreuzberg, wo sie sich eine Wohnung mit Anna teilte. Plattenbau-West. Anna kam gerade dazu. Sie trug T-Shirt und Unterhose. Kodjo kannte sie auch aus dem *Hibiskus*, wo sie gekellnert hatte, bis sie vor kurzem bei einer Agentur angefangen hatte, die irgendwas mit Webdesign machte. Abends arbeitete sie noch in einer Bar um die Ecke, um über die Runden zu kommen.

«Aha …», sagte sie. Sie schüttelte ihr langes blondes Haar über die Schulter und rieb sich die Augen. Grinste Marie an.

«Nix aha.» Marie goss Kaffee in zwei Tassen und holte eine dritte aus dem Regal, füllte sie auch. «Wir kümmern uns um … Hab ich dir doch erzählt, eigentlich kannst du uns helfen.»

«Sind sie immer noch hinter dir her?», fragte Anna.

«Du hast es ihr erzählt?» Kodjo blickte Marie an.

«Klar», sagte die. «Mädchen erzählen sich solche Sachen.» Sie lächelte.

«Wartet mal», sagte Anna und verschwand wieder in ihrem Zimmer. Als sie zurückkam, hatte sie eine Jeans angezogen. Sie warf eine Zeitung auf den Tisch. «Hier. Ermittlungen gehen weiter, aber sie haben keine Ahnung. Vor allem haben sie keine Ahnung, wen sie suchen.»

«Vor allem haben sie keine Ahnung, dass sie den Falschen suchen.» Marie.

«Wenn sie daran überhaupt Interesse haben … am Richtigen.» Kodjo.

«Aber was, wenn sie tatsächlich glauben, dass du es warst?» Anna setzte sich an den Tisch. «Wenn sie nur auf den richtigen Tipp warten? Also … Was plant ihr?»

«Ich hab da ein Foto», sagte Kodjo.

«Und ich hab gedacht, du kannst uns helfen, mit all deiner Technik.» Marie blickte Anna in die Augen.

«Was machst du gerade genau?», fragte Kodjo.

«Ach … Stundenweise in so einer Agentur. Die machen Werbung fürs Netz. Zeig mal das Foto.»

Kodjo reichte ihr das Telefon. Auf dem Display war das Foto des Mercedes zu sehen. «Der Aufkleber da. Kannst du den so vergrößern, dass ich ihn erkennen kann?»

Anna betrachtete das Foto und sah danach Kodjo in die Augen. «Versuchen kann ich es. Warum ist das wichtig?»

Als Kodjo nicht sofort antwortete, sagte sie: «Ist er das? Hast du ihn gesehen?» Sie sah Marie an. «Das hast du mir nicht erzählt.»

Kodjo berichtete noch einmal, was in der Nacht von Sonntag auf Montag geschehen war. Währenddessen zoomte Anna im Foto hin und her. «Gibt es ein besseres?»

«Nein.» Kodjo schüttelte den Kopf.

«Also haben wir mehr von seiner Karre als von ihm selbst», sagte Anna. Sie stand auf und kam mit einem Laptop zurück. Verband Telefon und Rechner miteinander und startete ein Programm.

«Ich kann aus dem Bild auch nicht mehr rausholen, als drinsteckt», sagte sie. «Du hast ja auch schon versucht, den Aufkleber zu erkennen. Oder?»

«Immer wieder.»

«Ja … Dachte ich mir.» Zuerst zoomte sie auf den Kopf des Mörders. «Wie genau hast du den gesehen?»

Kodjo holte Issas Zeichnung aus der Jacke und hielt sie so, dass beide Frauen sie sehen konnten.

«Wow», sagte Marie. «Wer hat das denn gemacht?»

«Freund von mir. Issa.»

«Kenn ich den?», fragte Marie.

«Glaub nicht.»

«Und das ist korrekt so?» Anna versuchte, die rechte Seitenpartie des Gesichts auf dem Foto schärfer zu stellen. Der Mörder hatte den Kopf ein wenig zur rechten Seite gewandt, gerade so, dass ein Teil seines Kopfes zu sehen war. Langsam wurden Konturen erkennbar. Von der Nase war etwas mehr als die Spitze zu sehen. Das Kinn war spitzer, als er es in Erinnerung hatte. Kodjo betrachtete Issas Phantombild. Da könnte man noch nachbessern. Die Ohren waren dagegen sehr klein, fand er.

«Was ist das da?», fragte Marie und zeigte auf den Bild-schirm.

«Was?», fragten Anna und Kodjo zur gleichen Zeit.

«Da. Da ist was auf der Nase.»

Alle drei starrten auf den Bildschirm.

«Aber was ist es?», fragte Anna. Sie stand auf und löschte das Deckenlicht. In der Dunkelheit des Raums erschien das Innere des Wagens plötzlich heller als vorher.

«Und was ist das da?», fragte Marie.

«Wo?», fragte Kodjo zurück.

«Hängt da was am Spiegel?»

Alle drei starrten in die gleiche Richtung.

«Da hängt so ein …», sagte Marie. «Das ist …»

«Ein Tennisschläger?»

Kodjo erkannte es auch. Er hing beinah quer zum Winkel, in dem er fotografiert hatte. Aber als das Wort erst einmal aus-gesprochen war, blieben keine Zweifel. Am Rückspiegel hing die Miniatur eines Tennisschlägers. Nur ein paar Zentimeter groß.

«Gibt's das noch?», fragte Anna.

«Was?»

«Tennis. Ich meine … Wer spielt das denn noch?»

«Alte Leute?» Marie.

«Der weiße Sport», sagte Kodjo und musste lachen.

Marie stimmte mit ein.

Anna drehte sich um und kapierte den Witz etwas zu spät. Dann fing sie auch an zu lachen. «Es gab doch hier mal ein großes Tennisturnier. Oder?»

Marie und Kodjo schüttelten die Köpfe.

«Keine Ahnung», sagte Kodjo. «Und was war das auf der Nase?»

«Ein Pickel.» Anna.

«Ein Leberfleck.» Marie.

«Ein Brillie?» Kodjo.

Sie schwiegen ein paar Sekunden, bevor Marie sagte: «Ich glaube, das ist es. Ein Brillant. Wer Tennis spielt, steckt sich auch einen Brillanten in die Nase.»

«Unsinn. Beides ist scheiße, aber es passt doch nicht zusammen. Oder?» Anna.

«Vielleicht schauen wir uns ja noch den Aufkleber an.» Kodjo wurde ungeduldig. Der Aufkleber war das Indiz, von dem er sich am ehesten Aufschluss erhoffte, mit wem sie es zu tun hatten. «Dann können wir weiterspekulieren.»

«Okayhay …», sagte Anna und zoomte langsam an den Aufkleber heran. Zuerst wurde er nur größer und zugleich immer undeutlicher und schwieriger zu erkennen. Er hatte einen roten Rahmen und eine weitgehend weiße Fläche. Aber in der Fläche waren auch Buchstaben zu erkennen. Nur konnten sie sie nicht lesen. Sie wirkten wie kleine Versatzstücke von Treppen, die man frei in die Landschaft gehängt hatte.

Anna spielte mit verschiedenen Tastenkombinationen und veränderte dabei zuerst Helligkeit, danach Schärfe und zoomte danach zugleich heraus und hinein, was einen seltsamen Effekt auslöste. Plötzlich waren einige der Buchstaben teilweise erkennbar.

«Warte!», rief Kodjo. «Da ist was.»

«Wird aber noch besser.» Anna drückte eine Taste vorsichtig ein paarmal und holte mehr Buchstaben heraus. Schließlich betrachtete sie ihr Werk und sagte: «So. Besser krieg ich es nicht.»

Eine erste Reihe große schwarzer Buchstaben wurde sichtbar. «B B BAU» stand da. Die Zeile darunter war schwieriger zu entziffern.

«Könnt ihr das lesen?», fragte Anna.

«Wir bauen …», begann Kodjo.

«… das Berlin des 21. Jahrhunderts.» Ergänzte Marie.

«Hat das eine von euch schon mal gehört?» Kodjo.

Marie und Anna schüttelten die Köpfe. Marie machte sich aber schon an ihrem Telefon zu schaffen. Wartete eine Sekunde und noch eine. «Ich hab hier eine Adresse in … ich glaub, das ist Friedrichshain, Storkower Straße. Und hier sind auch ein paar Fotos. Ältere Männer in Anzügen. Guck mal, Kodjo.» Sie reichte ihm das Telefon.

Er betrachtete die Fotos mit den Anzügen und zuckte mit den Schultern. «Von denen ist es keiner. Keine Ahnung, ob uns das alles hilft. Und der Aufkleber kann alles Mögliche bedeuten.»

«Und was machen wir mit dem Porträt?», fragte Marie.

«Sicher werden wir es nicht in Moabit verteilen. Kennen Sie diesen Mann hier?» Anna öffnete ihren Browser.

«Aber wir können es aufhängen», sagte Kodjo.

«Wo?» Marie.

«Eben in Moabit.»

«Ich weiß da noch was Besseres.» Kodjo sah Annas Facebook-Seite auf dem Bildschirm. Marie stellte sich neben ihn. «Was stellst du dir vor?», fragte sie.

Anna stand auf. «Wartet.» Mit dem Rechner und der Zeichnung verschwand sie in ihrem Zimmer und erschien zwei Minuten später wieder. Sie stellte den Bildschirm so auf, dass die beiden anderen ihn gut sehen konnten. Das Gesicht des Mörders prangte dort. Sie hatte Issas Arbeit gescannt.

Dann setzte sie sich wieder hin und öffnete den Browser erneut. Sie öffnete ein weiteres Fenster bei Facebook, darin erschien das Gesicht nun. Kodjo und Marie blickten Anna über die Schulter, als sie das Foto kommentierte. «Wer kennt diesen Sexualverbrecher?», schrieb sie. «Teilt das Bild alle. Und sagt allen, dass sie es teilen sollen. Es ist schon fast eine Woche her, da hat er mich in Moabit angegriffen. Es war gegen Mitternacht, und er hat mich von hinten angegrapscht und dabei festgehalten. Es war niemand anderes auf der Straße. Als ich versucht habe, zu schreien, hat er mir eine Hand auf den Mund gelegt. Ich hab ihm den Ellbogen in den Bauch gerammt und konnte mich herumdrehen. Da habe ich sein Gesicht gesehen. Als mein Mund frei war, habe ich geschrien. Da ist er weggerannt. Er ist vielleicht 1,85 groß und schlank. Sicher über 30 Jahre alt, aber wahrscheinlich noch keine 40. Vielleicht erkennt ihr ihn ja.» Anna las noch einmal über den Post und drückte die Entertaste.

«Hm …», sagte Marie.

«Was?» Anna drehte sich herum und blickte zu den beiden anderen hoch.

«Das entspricht nicht unbedingt den Tatsachen», sagte Marie.

«Dafür ist es wirkungsvoll.»

Unter dem Post tauchte ein Kommentar auf. «Scheiße. Wie gut, dass du entkommen bist. Ich hab es gleich geshared.» Der Text stand unter dem Namen Lotti Litti, sicher kein Name, der in irgendeinem Reisepass dokumentiert war. Ein weiterer Kommentar tauchte auf, von Hannah Drei: «Puuh, hoffentlich kriegen sie das Schwein!!!!!! Ich habs auch allen gesagt, dass sie das teilen sollen.»

«Wie ihr seht», sagte Anna.

Mehr Kommentare erschienen. Kodjo fiel auf, dass Anna mehr als 2000 Facebook-Kontakte hatte. Das würde sich sehr schnell verbreiten.

22

«Schau dich nicht immer um», sagte Marie, als sie am späten Nachmittag an der Spree entlanggingen. Auf der einen Seite das Wasser, auf der anderen die Ruinen eines Freizeitparks. «Sie sind nicht hinter dir her.»

Einige Sekunden später sagte sie noch: «Also … Sie sind hinter dir her, aber sie wissen es nicht. Sie wissen nicht, dass du es bist, den sie suchen. Und wenn sie es wüssten, wären sie dir in diesem Moment trotzdem nicht auf der Spur, weil sie ja nicht wissen, dass du gerade mit mir unterwegs bist. Klar?»

«Jaja», sagte Kodjo. «So viel hab ich auch kapiert.» Er blickte schon wieder hinter sich. «Es fühlt sich trotzdem so an. Wenn ich aus einer Tür gehe, fühle ich eine Hand auf meiner Schulter. Und ich höre eine Stimme: Kommen Sie bitte mit, Mr. Awusi. Es ist ja auch zu Ihrem Besten. Sie können doch nicht Ihr ganzes Leben auf der Flucht sein. Und dann weiß ich noch gar nicht, ob sich die Stimme auf den Mord bezieht … oder darauf, dass ich illegal bin. Letztlich macht es ja auch keinen Unterschied.»

«Klar macht es einen Unterschied. Im einen Fall schieben sie dich ab. Im anderen buchten sie dich etliche Jahre ein.»

«Fühlt sich aber irgendwie gleich an.»

«Ach, red nicht so. Da kommst du durch. Was bleibt dir auch anderes?»

Kodjo drehte seinen Kopf so, dass er Maries Profil betrachten konnte. Die stoppelkurzen Haare. Der Schmuck an ihrem Ohr, grün und rot. Das Piercing in ihrer Augenbraue. Aber vor allem ihr Lächeln. Gerade zog sie die Mundwinkel langsam hoch. Klar bemerkte sie, dass er sie anschaute. Aber sie blickte nicht zurück.

Wie gern würde ich ihre Hand halten, dachte Kodjo. Aber er traute sich nicht, das anzusprechen. Oder sie einfach zu nehmen.

«In welcher Sprache unterhaltet ihr euch denn zu Hause?», fragte er stattdessen.

«Alles Mögliche. Französisch. Bambara. Baoulé. Deutsch. Meine Eltern wollten, dass wir Deutsch reden, als wir nach Berlin gezogen sind. Also haben wir auch zu Hause oft Deutsch gesprochen. Aber als wir größer waren, haben sie das nicht mehr so ernst genommen. Und wenn ich heute bei meiner Mutter bin, rede ich meistens französisch.»

«Und du hast zwei Geschwister, oder?»

«Hmhm. Zwei kleine Brüder. Der jüngste zieht bald zu Hause aus. Dann ist Mama ganz allein.»

«Und dein Vater? Wann ist der gestorben?»

«Vor sechs Jahren. Herzinfarkt. Ihm war nicht gut. Er hat sich hingelegt. Und ist einfach gestorben. Niemand hat es mitgekriegt.»

«Und macht dir das Sorgen? Dass deine Mutter bald allein ist?»

«Ja … sieh mal, die beiden da.» Marie zeigte mit dem Kinn auf ein Paar, das ihnen entgegenkam. Sie waren noch weit entfernt, aber Kodjo sah ihnen die destruktive Stimmung auch auf die weite Distanz an. Man sieht das eben. Ein Junge und ein Mädchen. Nicht einmal ausgewachsen. Beide trugen Stiefel und dicke Blousons, obwohl es warm und die Sonne noch nicht untergegangen war.

Der Junge trug Seitenscheitel, das Mädchen hatte die dunklen Haare hinten zum Zopf gebunden. Sie gingen Hand in Hand. Ihre Blicke brannten sich Kodjo ein. Als sie ganz nah waren, hörten sie einen leisen Zischlaut. Luft, die durch geschlossene Zahnreihen geblasen wurde.

«Was war das?», fragte Marie, als sie einander passiert hatten.

«Das Zischen?»

«Hmhm …»

«Keine Ahnung.»

«Es war nicht freundlich gemeint.»

«Auf gar keinen Fall.»

Sie gingen eine Weile schweigend.

«Du wolltest von deiner Mutter erzählen», sagte Kodjo.

«Ja … Ich weiß nicht, was sie machen will. Manchmal sagt sie, dass sie nach Hause zurückwill.»

«Wo ist zu Hause? Paris?»

«Nein. Elfenbeinküste. Wir haben da ein Haus. Nicht so weit von Abidjan entfernt. Es ist schön da. Am Meer.»

«Was habt ihr für Pässe?»

«Mama hat beide, den französischen und den aus der Elfenbeinküste.»

«Und du?»

«Wir Kinder haben deutsche Pässe – sind ja auch hier aufgewachsen. Und was ist mit deiner Familie? Wo sind die? Alle in Ghana?»

«Alle. Ich bin der Einzige, der gegangen ist.»

«Ungewöhnlich. Oder?»

«Wir sind nicht arm.»

«Erzähl.»

«Dad hat eine ganze Reihe von Firmen. Und Beteiligungen. Er hat richtig Geld.»

«Und warum bist du gegangen?»

«Weil ich wollte. Ghana kannte ich ja. Ich wollte auch mal in Europa leben.»

«Und jetzt?»

«Will ich immer noch in Europa leben.»

«Hast du denn Kontakt zu deiner Familie?»

«Ab und zu.»

«Und könnten die dir helfen?»

«Sie wissen nicht, dass ich illegal bin, wenn es das ist, was du meinst. Und sonst … Wie sollten sie mir helfen? Geld verdiene ich ja, wenn auch nicht so viel. Aber es reicht ja.»

«Und wie kurz warst du davor, die deutsche Staatsbürgerschaft zu bekommen?»

«Kurz. Ziemlich kurz.»

«Und warum hat sich deine Frau scheiden lassen?»

«So ist Sandra eben.»

«Hasst du sie deswegen?»

Sie erreichten die Kanalabzweigung in Treptow und blieben stehen.

«Ich hasse sie nicht», sagte Kodjo. «Aber ich ärgere mich über sie.»

«Ärgerst du dich auch über dich selbst?»

«Wie meinst du das?»

«Na … Dass du sie überhaupt geheiratet hast?»

«Ich war verliebt. Was machen wir jetzt?»

«Gehen wir zurück», sagte Marie. Sie legte kurz den Arm um seine Schultern.

23

Das Schrillen des Weckers hatte Kodjo früh aus dem Bett geworfen. Kaffee und Katzenwäsche, danach war er mit der S-Bahn bis zur Landsberger Allee gefahren, nach Friedrichshain. Oder war das Prenzlauer Berg? Er wusste es nicht so genau. Online hatte er noch gesehen, dass die Polizei, wie es in einem Artikel hieß, mit mehreren Leuten geredet hatte, die als wichtige Zeugen bezeichnet wurden. Was auch immer das bedeutete. Wer waren die wichtigen Zeugen? Die Blonde, klar. Aber sonst? Der Mann mit dem Hund hatte ihn nicht wahrgenommen. Das knutschende Pärchen war beschäftigt gewesen.

Seit 8 Uhr stand er nun vor dem Bürohaus in der Storkower Straße und beobachtete, wie Leute zu ihren Jobs hasteten. Er stand auf der anderen Straßenseite, vier Auto- und zwei Busspuren entfernt. Dabei hatte er einen guten Blick auf das Schild, das die Etagenbelegung dokumentierte. B B Bau residierte in der zehnten Etage, über allen anderen.

Kodjo ging bis zur Ecke Landsberger und holte sich in einer Bäckerei einen Kaffee und ein belegtes Brötchen. Dann ging er langsam an dem Haus vorbei. Immer noch strömten Leute hinein. Vielleicht hatte der Strom ein wenig nachgelassen. Er wollte nicht zu früh dort erscheinen. Einerseits schien es einfacher zu sein, am Tresen des Wachmanns vorbeizukommen, während alle anderen ebenfalls an ihm vorüberzogen. Aber er hatte sich ausgerechnet, dass es von Vorteil war, allein ins Haus zu gehen. Denn was, wenn jemand ihn fragte, was er bei der B B Bau wollte? Was würde er zu erklären haben? Wer ins oberste Stockwerk ging, konnte sich kaum verlaufen haben. Keine Entschuldigung möglich.

Zuerst wollte Kodjo sehen, mit welcher Prozedur die Uniform am Eingang nach Arbeitsbeginn Ankommende behandelte. Und dann erst entscheiden.

Hundert Meter weiter überquerte er die Straße erneut und setzte sich auf eine kleine Mauer. Trank den Kaffee, aß das Brötchen. Alles betont langsam. Solange er eine Beschäftigung hatte, würde niemand seine Anwesenheit hinterfragen. So wurde es Viertel nach neun. Kodjo stand auf und schlenderte zurück zu dem Beobachtungsposten, den er früher am Morgen schon eingenommen hatte. Nur noch einzelne Leute kamen an. Im Haus war eine kleine Krankenkasse untergebracht, es gab mehrere Steuerberater, eine Zahnärztin und eine Etage mit Filmproduktionsfirmen.

Der Wachmann saß hinter seinem Schreibtisch und guckte kaum auf, als Leute das Haus betraten. Der Weg war also frei. Kodjo ging zurück zur Ecke Landsberger Allee und warf den Kaffeebecher weg, der schon lange leer war. Dann überquerte er erneut die Straße und ging langsam auf das Haus zu.

Der Wachmann sah in ein Magazin und hatte die Augen auf halbmast, als Kodjo den Weg zu den Aufzügen nahm. Der wartete, stieg in den Aufzug und drückte die Taste mit der Nummer 2. In der zweiten Etage ging er zum Treppenhaus und kletterte langsam hoch. Vom dritten Stock aus kamen ihm zwei junge Frauen entgegen. Die eine schaute ihm in die Augen, als sie ihn passierte. Er drehte sich nicht um, als sie an ihm vorbeigegangen waren, obwohl er den Impuls verspürte.

Bis zur fünften Etage, wo er eine Frau ein Büro betreten sah, begegnete er niemandem mehr. Die Etagen schienen alle ruhig zu sein. Es war die Zeit, in der die wichtigste Arbeit des Tages erledigt wurde. Nach oben hin wurde es immer leiser. Er passierte gerade den neunten Stock. Blieb kurz stehen. Kein Ton von oben. Langsam ging er Stufe für Stufe hoch in die oberste Etage. Was würde er sagen, wenn er oben jemanden traf?

Ein U-Turn noch, und er ging auf das letzte Stockwerk zu. Noch immer war kein Ton von dort zu hören. Ein Blick über den langen Flur. Nur am Ende ein natürliches Licht von draußen. Dort, wo der Gang an einer Fensterfassade endete. Die Türen alle geschlossen und ohne eingelassenes Glas. Er ging Schritt für Schritt den Gang hinunter. Hielt sich mal links, mal rechts. Lauschte in die Zimmer hinter den Türen. Nichts.

An den Wänden waren Plakate aufgehängt von Bauprojekten in ganz Deutschland, hier eine Halle in Darmstadt, dort eine Schule in Oldenburg. Nichts aus Berlin. Am Ende des Gangs blickte er sich um. Mehr als 20 Türen. Keine Geräusche dahinter. Die B B Bau existierte offensichtlich nicht mehr. Langsam ging er wieder zurück. Und blieb doch wieder stehen. Wenn schon niemand hier war, konnte er auch einen Blick hinter eine der Türen werfen. Er legte die Hand auf die Klinke einer Tür zur Linken. Hielt ein Ohr daran, um sicherzugehen. Alles war leise. Vermutlich waren die Türen sowieso abgeschlossen.

Kodjo drückte die Klinke herunter, und die Tür ließ sich tatsächlich öffnen. Ein leeres Büro. Zwei Schreibtische ohne Computer, keine herumliegenden Papiere. Stühle an den Arbeitsplätzen. Eine alte Kaffeemaschine stand unter dem Fenster auf einem Board. Ein Aktenschrank aus Metall in der Ecke. Auf den ging Kodjo zu, als er sich fragte, ob es klüger war, die Tür wieder zuzumachen oder gar zu verschließen. Egal, dachte er. Schnell nachsehen, ob sich der Schrank öffnen lässt.

Auch hier offene Türen. Zwei von sechs Regalreihen im Schrank waren mit Ordnern vollgestellt. Die dritte war leer. Und auf der vierten lag geöffnete und ungeöffnete Post. Die beiden unteren waren wieder leer. Kodjo nahm einen ungeöffneten Brief in die Hand. Absender: Der Senator für Stadtentwicklung und Umwelt. Kodjo legte ihn wieder zurück und kramte einen schon geöffneten Umschlag hervor, als er ein Geräusch im Raum hörte. Aber noch bevor er sich umdrehen konnte, spürte er einen Schlag im Nacken und fiel zu Boden. Das Bewusstsein entglitt ihm.

24

«Guck mal, der Neger wird wach.» Eine raue Stimme, sehr ostdeutsch.

«Das sagt man nicht mehr.» Tiefer. Gebildeter. Hochdeutsch. «Die nennt man jetzt Schwarzafrikaner.»

«Scheiß drauf. Der Neger ist gekommen, um was zu klauen. Aber er hat nicht mit uns gerechnet.»

«Hat er nicht, der Schwarzafrikaner.»

«Was meinst du, was er hier zu suchen hat?»

«Einer von denen, die mal gucken, was es so zu holen gibt.»

«Aber hier gibt's doch nichts zu holen.»

«Ja, aber das wusste er ja nicht.» Die tiefere Stimme sprach die letzten Worte langsam und gedehnt.

Beide sagten eine Weile nichts. Dann fuhr die hochdeutsche Stimme fort, immer noch gedehnt: «Und ich frag mich ja schon, warum sie uns engagiert haben.»

«Wie meinst du das?»

«Die Akten hier. Warum sollte sich jemand für die interessieren? Vielleicht liegt hier ja noch was, das wertvoller ist.»

«Geld?»

«Nein. Kein Geld. Die Reichen lassen Geld nicht mehr rumliegen.»

«Stimmt auch wieder.»

Beide schwiegen erneut. Kodjo wusste nicht, wo er war. Er lag am Boden. Der Kopf tat weh. Aber er war nicht gefesselt. Um ihn herum war es hell. Das wusste er, obwohl er die Augen nicht aufmachte.

Da war der Brief gewesen. Vom wem? An wen? Dann hatte er ein Geräusch gehört. Und danach war Schluss mit den Erinnerungen. Vielleicht lag er in dem Raum, in dem er diesen Schrank geöffnet hatte.

«Wenn es also kein Geld ist ...» Die tiefere Stimme hörte sich an, als wäre sie über eine Idee gestolpert. «Der ist übrigens wach.»

«Wer?»

«Der da. Der Schwarzafrikaner.»

Okay, dachte Kodjo. Wenn es die Situation vereinfacht, gib ihm recht. Er öffnete die Augen ein kleines Stück.

«Siehst du? Ich sag doch, dass er wach ist.»

Der etwas klügere der beiden war groß und dünn. Er trug Blouson und Hose in gedecktem Blau. Rasierter Kopf, dünner Schnurrbart, abstehende Ohren, die rechte Seite seines Gesichts war von irgendetwas irgendwann einmal verbrannt worden. Er hatte dort Narbengewebe, so groß wie eine Untertasse. «Sec-Tech» stand auf seiner Jacke. Er schaute von sehr weit oben auf ihn herab und kniff die Augen zusammen. «Dass der sich überhaupt hier hoch traut ...»

Der andere war breiter. Wie groß er war, konnte Kodjo nicht sehen, weil der Typ neben ihm kniete. Selbe Frisur, riesengroße Augen, dünne Behaarung unter dem Mund, um das Doppelkinn zu kaschieren. Wenn das ein Film wäre, würde Kodjo einen Witz über das Äußere der beiden reißen und dafür eins aufs Maul kriegen.

Der Dicke holte aus und pfefferte ihm eine.

Okay. Es war definitiv anders als im Film.

Der Dicke holte noch einmal aus und gab ihm eine zweite Ohrfeige. Im letzten Moment versuchte Kodjo, sich wegzudrehen, aber der Hieb kam zu schnell. «Was machen wir jetzt mit dem?», fragte der Dicke und sah hoch.

«Nix.»

«Wie nix?»

«Ja, sollen wir die Bullen rufen?»

«Natürlich nicht.»

«Also?»

Der Dicke sah auf Kodjo herab und wieder hoch zu dem Dünnen. Er zuckte kurz mit den Schultern. «Wir könnten …» Er hob die Schultern noch einmal.

«Was?»

«Ich mein ja nur.»

«Wir sind hier nicht in der Datsche. Hier kann man keinen vergraben. Gib ihm halt noch eine.»

Der Dicke holte aus. Kodjo drehte sich weg. Kriegte den Schlag auf den Hinterkopf. Der Lange trat nach ihm. Kodjo zog sich zusammen. Zuerst spürte er den Schuh am Arsch, dann auch zwischen den Beinen. Es tat richtig weh. Und der Dicke schlug auch noch einmal zu. Dieses Mal hatte er keine Deckung. Flache Hand auf die Wange. Mit ganzer Kraft. Der Dicke stand auf.

«Hau ab», sagte der Dünne. «Scheißneger.» Er trat noch nach ihm, als Kodjo aufstand.

25

Kodjo kam fast eine Stunde zu spät im Café an. Linde hob hinter der Theke die Schultern, als er wortlos in die Küche ging. Leticia stand dort und streichelte ihren dicken Bauch, schaute ratlos in eine Vinaigrette.

Marie kam ihm hinterher. Sie stand in der Küchentür.

«Was ist passiert?» Dann schaute sie genauer hin und sagte: «Oh, Scheiße.» Sie nahm Kodjo in die Arme und drückte ihn an sich. Der schlang seine Arme um sie und ließ sich fallen. Nachdem er einige Male tief durchgeatmet hatte, fing er an zu weinen.

Kurz darauf saßen Marie und Kodjo auf einem Sofa in Lindes Büro im ersten Stockwerk. Die Chefin hatte eine Wohnung, die so groß war wie der ganze Laden. Sie blickten über den Hinterhof und hörten die Geräusche aus dem Café. Ellen hatte Maries Schicht übernommen. Und Linde wollte Leticia in der Küche aushelfen. Wahrscheinlich ging alles gut über Mittag. Wenn nicht, musste Marie doch noch runter.

Marie griff Kodjos Hand. «Du weißt, dass es viele Rassisten hier gibt. Sie sind dumm. Alle.»

«Sie sind Arschlöcher. Alle.» Dann musste er grinsen und sah Marie in die Augen. «Aber das ist es nicht.»

«Was ist es denn?»

«Ich hab mich so hilflos gefühlt. Der eine hat davon geredet … Ich glaube, dass die mich ohne Zögern umgelegt hätten, wenn wir an einem anderen Ort gewesen wären. Die waren böse.»

«Das waren Rassisten. Klar waren die böse.»

«Ja, schon. Aber noch anders. Der eine war eine Vollnull und brutal. Und der andere war noch schlimmer. Wie der mich angesehen hat. Der hätte mich wirklich gern unter die Erde gebracht.»

«Weil du schwarz bist?»

«Das hat ihn sicher nicht daran gehindert, den Wunsch zu entwickeln, mich tot zu sehen.»

«Meinst du echt … dass der dich umlegen wollte?»

«Ich glaub schon.»

«Okay, aber es ist doch so, dass die beiden Security-Leute nichts mit deinem Fall zu tun haben. Du wirst die nie wiedersehen.»

«Hmhm …»

Maries Telefon gab ein Meeresrauschen von sich. «Ja», sagte sie und hörte zu. «Komme gleich.» Sie steckte das Telefon wieder in die Hosentasche. «Ich werde unten gebraucht. Mittagshektik. Wenn der Terror vorbei ist, hole ich dich ab, und wir gehen spazieren. Ja? Eine, eineinhalb Stunden.»

In der Bürotür drehte sie sich noch einmal um. «Und immerhin hast du heute schon herausgefunden, dass diese Baufirma nicht mehr existiert. Damit können wir uns jetzt anderen Dingen widmen, die bestimmt wichtiger sind. Dem Auto … zum Beispiel.»

Sie war schon fast draußen, als sie sich noch einmal umdrehte. «Der Post ist schon über 5000-mal geshared worden. Kannst du dir das vorstellen?»

Als Kodjo nicht reagierte, sagte sie: «Facebook.»

«Und?»

«Nichts bisher … Aber warten wir ab.» Dann verließ sie den Raum endgültig.

Schön, dass sie «wir» gesagt hatte, dachte Kodjo, als Marie längst gegangen war. Doch die Sache mit B B Bau hatte er nicht abgehakt. Es war eigentlich ganz einfach. Der Mörder hatte etwas zu verbergen. Und da oben in der zehnten Etage hatten sie auch Angst davor, dass etwas ans Tageslicht kam, das verborgen bleiben sollte. Und er hatte so ein Gefühl, dass es da einen Zusammenhang geben könnte. Nur so ein Gefühl.

Er zog die Tür zu Lindes Wohnung leise hinter sich zu und verschwand, ohne dass ihn jemand aus dem Café sehen konnte.

26

Als er wieder an der Landsberger Allee ausstieg, schaute Kodjo auf die Uhr. Es war kurz nach 14 Uhr, kaum vier Stunden her, seit er verprügelt und gedemütigt dieses Haus verlassen hatte. Er trug dieselbe Kleidung wie am Morgen, aber er hoffte, dass der Hut und der Schal, die er in dem Secondhandladen ein paar Häuser vom Café entfernt gekauft hatte, seine Erscheinung entscheidend veränderten. Unter den Arkaden eines Hotelkomplexes blieb er stehen und beobachtete das Bürohaus. Einige Leute kamen, andere gingen, der zehnte Stock sah so leer und blind aus wie am Morgen – von außen. Er wusste es nun besser. Mit der Hand fuhr er sich über die Wange, die die Backpfeifen abgekriegt hatte.

Er war sich alles andere als sicher, was er von dem Haus und der Etage noch wollte. Aber einerseits, dachte Kodjo, sollte er wenigstens ausschließen, dass es einen Zusammenhang gab zwischen der Firma und dem Mörder. Und andererseits ... Was er eben erlebt hatte, konnte man nicht einfach so stehenlassen. Niedergeschlagen werden und geprügelt werden und beleidigt werden und schließlich auch noch – gar nicht so indirekt – mit dem Tod bedroht werden. Das war zu viel.

Zwei große Parkplätze flankierten das Haus von beiden Seiten. Einer gehörte zum Hotel, unter dessen Arkaden er gerade stand. Der andere war seinem Blick verborgen. Die Fläche hinter dem Bürohaus war eine Brache, von der man die S-Bahn-Trasse überblicken konnte. Auch das Velodrom war von dort aus gut zu sehen. Kodjo zog den schwarzen Hut tief ins Gesicht und legte den Schal dekorativ über die Schultern. Dann ging er über den Hotelparkplatz hinter das Bürohaus.

Er sah eine Hintertür geöffnet, die etwas unterhalb des Erdgeschosses lag. Von dort führte ein Weg zum anderen Parkplatz, der etwa zur Hälfte besetzt war. Meist Kleinwagen, darunter aber auch zwei große BMW und ein silberner Mercedes. Kodjo schaute genau hin, aber er war sich nicht sicher. Also öffnete er das Foto im Telefon und verglich die Modelle. Der auf dem Parkplatz war eine ältere Baureihe. Trotzdem schaute er sich den Wagen an. Am Rückspiegel hing kein Tennisschläger. Auf dem Heck prangte kein Aufkleber. Auch sonst wies nichts darauf hin, dass das Auto irgendetwas mit seinem Mann zu tun hatte.

Hinter dem Haus hörte er Stimmen. Kodjo versteckte sich hinter einem alten SUV und blickte durch dessen Fenster. Gerade rechtzeitig, um sich vor den beiden Sec-Tech-Leuten zu verbergen. Sie trugen Kisten auf ihren Armen und gingen auf einen fensterlosen Lieferwagen zu. Der große Dünne stellte ein Bein auf die Stoßstange, platzierte seine Kiste darauf und öffnete einen Flügel der Hecktüren. Sie verstauten ihre Kisten im Wagen, der schon beinah voll war. Der Lange öffnete die Beifahrertür und setzte sich in die Kabine. Der Dicke ging an der anderen Seite um den Wagen herum. Kodjo hörte die Tür zufallen, kurz darauf wurde der Wagen gestartet. Die Rückleuchten brannten schon einige Sekunden, als der Motor wieder abgestellt wurde. Beide stiegen aus und gingen zurück zum Hintereingang.

Kodjo betrachtete den Lieferwagen und rannte zur Beifahrerseite. Eine angebrochene Stange Marlboro lag zwischen den Sitzen, zwei zerknüllte Zettel im Fußraum des Beifahrers, nichts weiter. Er dachte nach und ging zum Hintereingang. Seine Folterer sollten gerade erst oben angekommen sein. Zeit genug, sich zu orientieren. Er ging die flachen Stufen zur Tür hinab und stand auf einer kleinen Plattform. Auf einer Seite ging es hinab in den Keller. Auf der anderen nach oben. Er ging hoch. Von der nächsten Ebene konnte er den Wachmann sehen, der an seinem Tisch gegenüber vom Eingang saß. Er döste vor sich hin.

Schnell stieg Kodjo zu den Säulen empor, die das Foyer von dem höher gelegenen Bereich trennten, von dem die Aufzüge abgingen. Zwei der Fahrstühle standen im Erdgeschoss. Der dritte bewegte sich nach oben und erreichte gerade das zehnte Stockwerk. Kaum eine Sekunde nachdem die 10 auf dem

Display rot aufgeleuchtet hatte, hörte Kodjo das hohe Lachen des Dicken durch das Treppenhaus. Sie würden in einen der Räume gehen und noch mehr Aktenordner herunterholen. Lange konnten sie nicht mehr zu tun haben, der Lieferwagen war schließlich fast voll. Vielleicht die Gelegenheit, dort oben etwas genauer nachzusehen. Außer den beiden würde es keine anderen Leute geben, die da herumlungerten. Und bis Büroschluss war noch etwas Zeit. Er würde mit dem Schwarm nach draußen verschwinden.

Einer der Aufzüge im Erdgeschoss startete nach oben. Er stoppte im zweiten Stock. Kurz darauf ging die Tür wieder auf, und zwei junge Frauen kamen diskutierend heraus. «... nie abschließen dürfen ...» – «... Verlustgeschäft, sage ich dir ...» – «... Konsequenzen haben ...» – «... aber hallo ...»

Kodjo tat so, als würde er den Fahrstuhl betreten, während die beiden Frauen die Stufen zum Foyer hinabgingen. Als sich die Tür zur Straße öffnete und die Frauen im Freien verschwanden, verließ er den Fahrstuhl wieder. Hoffentlich hatte ihn der Wachmann nicht bemerkt.

Scheiße, dachte Kodjo. Der Aufzug kam vom zehnten Stock wieder herab. Als er überlegte, wie er reagieren konnte, blieb der Aufzug wieder stehen. In der siebten Etage. Offenbar hatte ihn dort jemand bestellt.

Kodjo atmete aus. Der Aufzug bewegte sich schon wieder abwärts. Ich lasse es drauf ankommen, dachte er. Die beiden sind nicht da drin. Als sich der Aufzug dem Parterre näherte, wich Kodjo ein paar Meter zur Seite aus und drehte ihm den Rücken zu. Ein Mann und eine Frau mittleren Alters kamen heraus und gingen wortlos zum Ausgang. Der Wächter am Empfangstresen döste immer noch.

Jetzt war der mittlere der drei Aufzüge auf dem Weg nach oben. Kodjo betrachtete auf dem Display, wie er höher und höher kletterte und in der zehnten Etage stoppte. Stimmen konnte er keine hören, aber das mussten nun die beiden sein, die herabkamen. Was konnte er tun? Sollte er sich draußen verstecken? Dann konnte er vielleicht nicht mehr durch den Hintereingang hinein. Die beiden Schläger würden ihn schließen.

Der Lieferwagen fiel ihm wieder ein. Er versuchte, das Bild zu rekonstruieren, das er gesehen hatte, als er in die Kabine hineingeschaut hatte. Die Zigaretten. Die zerknüllten Zettel. Hatte der Dicke den Schlüssel abgezogen? Warum hatte er darauf nicht geachtet? Wie dumm er gewesen war. Hätte er doch genauer hingesehen. Der Aufzug bewegte sich schnell und war schon im fünften Stock angekommen. Viel Zeit hatte Kodjo nicht mehr. Er musste schnell handeln. Aber er konnte sich nicht entscheiden. Der Aufzug hielt im vierten Stock.

Denk nach! Der Aufzug setzte sich wieder in Bewegung. Probier es, sagte er sich. Einen Versuch war es wert. Schnelle Schritte zur Treppe. Zwei Stufen auf einmal zum Ausgang. Laufend zum Lieferwagen. Er zog am Griff der Fahrertür – und sie ließ sich tatsächlich öffnen. Der Schlüssel steckte.

Kodjo betätigte die Zündung, sobald er saß und den Fuß auf der Kupplung hatte. Der Motor sprang sofort an. Er fand den Rückwärtsgang und setzte den Wagen blind, aber vorsichtig zurück. Dann fuhr er zum Ausgang des Parkplatzes und rollte über den Fußweg. Zwei Autos, die ihn blockierten, fuhren gerade an. Und die Fahrerin eines Kleinwagens ließ ihn heraus. Als er auf die Ampel zurollte, sprang die um auf Gelb. Er gab Gas und rettete sich über die Linie.

Bis er auf die Landsberger Allee abbog, hatte er nicht ein einziges Mal in die Seitenspiegel gesehen.

27

Erst als er wieder ruhiger atmete, begriff Kodjo, wo er war. Er näherte sich dem Alexanderplatz. Um ihn herum bewegte sich der gewöhnliche Großstadtverkehr, und ihm ging auf, dass er es nicht gewohnt war, in Berlin Auto zu fahren. Seit fast zehn Jahren war er in Deutschland, davon die meiste Zeit in der Hauptstadt, aber er kannte die Wege gar nicht, die man mit dem Auto nahm. Er setzte den Blinker und ordnete sich links ein. Er war falsch hier. Wenn er mit diesem Wagen irgendwohin konnte, war es Kreuzberg. Wo sollte er sonst hin?

Noch eine Spur nach links und auf eine Möglichkeit hoffen, einen U-Turn zu machen. Da war die Ampel, und sie stand auf Grün. Der U-Turn war nicht erlaubt, das sagte das Verkehrsschild, aber Kodjo bremste trotzdem und wendete den Wagen. Dann fuhr er in die entgegengesetzte Richtung.

Langsam bewegte sich sein Herzschlag wieder auf eine normale Frequenz zu. Da sah er den Polizeiwagen im Seitenspiegel. Scheiße! Er hätte das mit dem U-Turn aufschieben müssen. Irgendwann hätte es eine legale Möglichkeit gegeben. Wie unvorsichtig er aber auch gewesen war. Und das in dieser Situation. Er schaute auf den Tachometer. Genau 50 Stundenkilometer. Halt das Steuer mit beiden Händen. Fahr sicher.

Hatten die Cops ihn bei dem Abbiegen gesehen? Er versuchte, im Seitenspiegel den Fahrer zu erkennen. Aber der Winkel war ungünstig. Alles, was er sah, war ein Uniformärmel. Er wusste nicht einmal, ob zwei Uniformen in dem Wagen saßen.

Kodjo nahm den Fuß vom Gaspedal und entschleunigte auf 40 Kilometer. Der Polizeiwagen blieb hinter ihm. Dann ging Kodjo hoch mit der Geschwindigkeit auf 55 Kilometer. Schließlich 60. Die Cops blieben stur hinter ihm. Gerade war die Spur neben ihm ganz leer, aber nichts passierte.

Abbiegen. Vielleicht sollte er abbiegen. Früher oder später musste er sowieso nach rechts fahren, um irgendwo über die Spree zu kommen. Er setzte den rechten Blinker.

Da sah er den linken Blinker des Polizeiwagens. Das Auto scherte aus und überholte ihn zügig. Kodjo atmete tief aus und bog trotzdem ab. Er bremste und ließ den Wagen in eine Parklücke ausrollen.

Was hatte er gemacht? In welche Gefahr hatte er sich gebracht? Sie hätten ihn in Handschellen gelegt und so schnell nicht mehr aufgeschlossen. Möglicherweise den Schlüssel weggeworfen. Er wäre schneller im Abschiebeknast gelandet, als es gedauert hätte, einen Anwalt anzurufen. Und dann hätten sie ihn in den Sudan abgeschoben. Oder den Tschad. Okay … Kodjo musste grinsen. Das wäre nur passiert, wenn er sich geweigert hätte, ihnen zu erzählen, wo er geboren war.

Er schüttelte sich. Es musste weitergehen. Kurz orientierte er sich und fuhr bis zur Schillingbrücke. Bis zum *Hibiskus* in der Nähe vom Oranienplatz fuhr er betont vorsichtig. Kodjo passierte die Eingangstür und suchte nach einem Parkplatz. Auf jeden Fall musste der Wagen schnell von der Straße. Linde musste ihm helfen.

28

«Du hast *was*?» Linde stand in ihrem Büro, eine Etage über dem *Hibiskus*. Kodjo saß wieder auf dem Sofa, so wie einige Stunden vorher.

«Ich hab den Wagen mitgenommen.»

«Du hast ihn gestohlen.»

«Juristisch ist das sicher der korrekte Ausdruck.»

«Du bist illegal und stiehlst Autos?»

«Das ist das erste Mal.»

«Aber was, wenn sie dich kriegen?»

«Haben sie ja nicht.» Das mit dem Polizeiauto verschwieg er.

«Und warum hast du das getan?»

«Hab ich doch schon gesagt. Es war Intuition.»

«Intuition bringt dir einen gemütlichen Sitz in einer Maschine nach Accra. Willkommen zu Hause.»

«Du musst nicht zynisch werden, Linde. Es ist passiert. Du kennst die Geschichte. Und du weißt, dass ich Gründe habe, mich für diese Akten zu interessieren.» Mittlerweile war er ganz ruhig. Die Gefahr war vorüber. Und er begann, nach vorn zu schauen. Was würde er mit den Akten tun? Es waren so viele.

«Und jetzt?»

«Du musst den Wagen verstecken.»

«Ich? Wo?»

«In deiner Garage ist immer Platz für einen Wagen. Die ist riesig.»

Als Linde nicht antwortete, sagte er: «Und dich schicken sie nicht nach Accra.»

«Und dann?»

«Dann ist er erst einmal weg von der Straße.»

«Und dann?»

«Bleibt er stehen. Oder du verkaufst ihn. Oder die Einzelteile … Was weiß ich. Das ist ein Problem von morgen. Ihn von der Straße zu kriegen, ist ein Problem von heute.»

«Verkaufen?»

«Dein Bruder handelt mit Autos.»

«Und du meinst, den schicken sie auch nicht nach Accra?»

«Komm, du weißt so gut wie ich, dass dein Bruder nicht nur saubere Geschäfte macht. Vielleicht freut er sich über ein paar zusätzliche Scheine.»

Linde drehte sich zum Fenster. «Und was machst du mit den Akten?»

«Ich werd sie lesen.»

«Alle?»

«Linde, keine Ahnung. Ich werde damit schon irgendetwas machen. Ich werde sehen, ob ich darin irgendetwas finde, das mir hilft.»

«Und dann?»

«Schmeiß ich sie weg. Was weiß ich …»

«Gib mir den Schlüssel», sagte sie.

29

Kodjo stellte die Kiste im kleinen Flur ab. Er kochte einen Kaffee und platzierte die Kanne auf dem Küchentisch. Danach holte er den Karton zum Tisch, setzte sich und öffnete ihn. Aktenordner, fein säuberlich nebeneinander aufgereiht. Er holte einen heraus, in dem nur einige wenige Blätter abgeheftet waren, und legte ihn auf den Tisch. Schließlich schüttete er Kaffee in eine Tasse und fügte einen Tropfen kalte Milch hinzu, ganz so, wie er es am liebsten hatte.

Linde hatte den Wagen in ihre Garage gestellt, in der sie auch Getränke lagerte. Sie hatte ihn noch einige Male missbilligend angesehen, aber nichts weiter gesagt. Ihm war es recht. Hauptsache, das Auto verschwand von der Straße. Er hatte, ohne sie zu überprüfen, eine der Kisten aus dem Wagen genommen und war mit ihr nach Hause gegangen.

Kodjo wunderte sich über sich selbst. Warum hatte er überhaupt eine dieser Kisten mitgenommen?

Ein Impuls. Mehr nicht.

Nur ein Impuls? Wirklich?

Oder war das eine Reaktion auf den Morgen? Er fühlte sich immer noch sehr gekränkt durch die Prügel, die er von diesen beiden Kreaturen bezogen hatte. Nicht nur die Prügel. Er war sich nicht sicher, welche der Kränkungen die schlimmste gewesen war. Das Schlagen. Der Rassismus. Die unverhohlene Todesdrohung. Oder einfach das totale Ausgeliefertsein.

Den Karton hatte er mitgenommen, weil sich die Gelegenheit geboten hatte, mehr über die B B Bau zu erfahren. Vielleicht schadete es den beiden Rassisten auch. Wahrscheinlich nicht.

Vielleicht ergab sich ein Anhaltspunkt aus diesen Unterlagen. Wahrscheinlich nicht.

Das oberste Blatt des Ordners, den er aufschlug, war eine Rechnung. Ein Gutachten, durchgeführt von einer anderen Firma, für knapp 18 000 Euro. Darunter eine weitere Rechnung, erneut ein Gutachten, erstellt von derselben Firma, dieses Mal für etwas mehr als 23 000 Euro. Die Firma hieß HoBaBe und war in Charlottenburg ansässig. Kodjo blätterte weiter. Mehr Rechnungen, mehr Gutachten, immer wieder HoBaBe.

Der nächste Ordner, etwa doppelt so viele Blätter darin, startete mit einer Rechnung über Baumaterialien, die nur mit einem Code spezifiziert waren. Es ging um beinah 8500 Euro. Die Rechnung gestellt hatte HoBaBe. Er blätterte weiter. Rechnungen, Codes, Summen bis zu 30 000 Euro. Und immer war es die HoBaBe, an die das Honorar ging.

Im nächsten Ordner das gleiche Spiel. Personalüberlassung, Rechnung, die HoBaBe. Summen zwischen 5000 und 35 000 Euro. Er holte noch zwei weitere Ordner heraus, die ebenfalls nichts enthielten als Rechnungen, die von der HoBaBe gestellt worden waren. Dann schüttete er sich einen weiteren Kaffee ein.

Hatte er irgendetwas erfahren, das mit dem Mord an Dunya L. zu tun hatte? Kaum vorstellbar.

Die beiden Zettel fielen ihm ein. Er kramte sie aus der Hose und strich sie glatt. Zusammengesetzt ergaben sie ein A5-Blatt. Darauf waren nur Abkürzungen geschrieben, die ihm nichts bedeuteten. SS100 und TS 80. Er betrachtete die Buchstaben und Ziffern noch ein paar Momente und warf sie in die Alt-papierkiste.

Wie mochte Dunya mit vollem Namen heißen, fragte sich Kodjo. Die Antwort war nicht in den Akten zu finden. Er duschte sich, zog sich frische Klamotten an und fuhr nach Charlottenburg.

30

Auf dem Weg vom Ernst-Reuter-Platz zur Leibnizstraße fiel Kodjo auf, wie selten er in seinen Jahren in Berlin in dieser Gegend gewesen war. Das war das ökonomische Zentrum der Stadt gewesen. Des Westens. Hochschulinstitute sah er, Ver-waltung, Banken. Vor allem Banken. Viele Leute, die er kannte, schimpften über das neue Berlin, seine Hypes, seine überdreh-ten Preise, die neue Uniformität und die Ignoranz der neuen Reichen. Aber das hier konnte so viel besser nicht gewesen sein. Was für eine öde Gegend.

Die Adresse in der Leibnizstraße war zwischen Wohn-häusern versteckt. Parkplatz zur Straße hin. Hoher Zaun und Schranke. Ein Wachhäuschen mit einem Uniformierten, der seine blaue Kappe sehr lässig über dem rechten Ohr platziert hatte. Neben dem Glaswürfel eine Tafel, ebenfalls hinter Glas. Kodjo war zu weit weg, um die Namen darauf zu erkennen.

Ein Sportwagen kam vorgefahren, italienisch. Kommuni-kation zwischen Fahrer und Uniform über Außenlautsprecher und Mikro auf Fahrerhöhe. Schranke hoch. Der Wagen fuhr durch. Kodjo folgte dem Auto mit den Augen. Hinter den Wohnhäusern befand sich ein 70er-Jahre-Terrassenungeheuer. Dessen seitliche Ausläufer konnte er von der Straße aus nicht sehen, so breit war es.

Vier Etagen, auf dem Dach viel Grün, der Fahrer des Sportwagens wurde gerade von einer Frau mit Rock und Bluse vor der Tür begrüßt. Abholservice. In das Gebäude kam er so einfach also nicht hinein.

Als er seinen Blick von dem Gebäude löste, in dem die HoBaBe untergebracht war, bemerkte Kodjo, dass ihn der Uniformierte anstarrte. Er wechselte die Straßenseite und ging schnell weiter. An der nächsten Querstraße blieb er stehen. Mehrstöckige Wohnhäuser, L-förmig, viel Grün dazwischen, kein Pub, kein Buchladen weit und breit. Wer wollte so leben? Ein Traum von irgendwann, von irgendwem. Sandra würde sich hier wohl fühlen, dachte er. Sandra mit ihrem Sinn für Ordnung. Und für die Dinge, die man tut und besser nicht. Wie oft hatte er sich schon gefragt, wie er sich nur in sie hatte verlieben können. Und war manchmal tatsächlich auf die simple Antwort gekommen: Sandra war die Möglichkeit gewesen, in Deutschland zu bleiben. Alle formalen Probleme mit einer Unterschrift gelöst. Und einem Versprechen.

Na ja … Und sie war auch – wie nannten die Deutschen das? – gut im Bett. Vielleicht hatte das ebenfalls eine Rolle gespielt. Ganz sicher sogar. Wenn er daran dachte, wie verliebt er damals gewesen war. Ich war jung und ein Idiot, sagte er sich manchmal. Warum eigentlich fiel ihm Sandra ein?

Kodjo drehte sich einmal um seine eigene Achse. Dann noch einmal ein Stück, um wieder in die Leibnizstraße zu blicken. Er musste zurück. Diese Tafel wollte er noch sehen, obwohl sie direkt neben dem Wachhäuschen stand. Möglicherweise war dort irgendetwas Nützliches zu erfahren über diese Firma. Er wollte versuchen, sich vor dem Wachmann zu verbergen.

Als er am zweiten Wohnhaus entlangschlich, ärgerte sich Kodjo, dass er Hut und Schal zu Hause gelassen hatte. Jetzt war er wieder derjenige, der vor einigen Minuten schon aufgefallen war. Er war vor allem der Schwarze, der vor einigen Minuten schon aufgefallen war.

Drei Häuser noch, dann würde er an der Tafel ankommen. Gab es Kameras, die diesen Winkel überwachten? Konnte der Uniformierte mit dem schief sitzenden Käppi ihn aus dem Glaswürfel heraus sehen? Egal. Das war ein freies Land. Und er konnte vor einem öffentlichen Aushang stehenbleiben, ohne behelligt zu werden. Jedenfalls, wenn er nicht von der Polizei gesucht wurde. Und nicht illegal war.

Ein paar Meter noch, und er hatte die Ecke des letzten Wohnhauses erreicht. Eine Kamera fiel ihm nicht auf, als er sich vor die Tafel stellte. Sie verdeckte weitgehend die Sicht in den Würfel hinein – was bedeutete, dass der Uniform auch der Blick auf ihn verbaut war.

Hinter dem Glas nichts über die Firmen im Haus. Stattdessen Zettel und Flyer. Kodjo stellte sich so, dass er die Tafel seitlich einsehen konnte, und war enttäuscht, als er begriff, dass es hier nur um Sport und Freizeit ging. Ein «Wohltätigkeitsfußballturnier für Flüchtlinge in Charlottenburg» nahm den zentralen Raum in der Mitte der Tafel ein. Auf kleineren Mitteilungen ging es um Squash, Rudern und Tennis. Gerade wollte er sich abwenden und zurück zu den L-förmigen Wohnhäusern gehen, als ihm das Logo des Tennisclubs auffiel. Es erinnerte nicht an den Tennisschläger, der im Wagen des Mörders gehangen hatte, aber immerhin ging es um Tennis. Kodjo las die Adresse und suchte sie im Telefon. Das war noch ein gutes Stück weiter stadtauswärts.

«Hey!», hörte er eine Stimme. «Was hast du hier zu suchen?» Der Uniformierte hielt seine Kappe in der Hand. Schütteres Haar, aber kaum über 30. Breit um die Hüften. Er reckte sein Kinn nach vorn.

Kodjo sah ihm drei Sekunden lang in die Augen, drehte sich um und ging langsam von dannen. Was konnte der schon machen? Hinterherlaufen würde er ihm nicht. Die Polizei rufen schon eher. Aber er war ja auf dem Weg.

Kodjo beschleunigte seinen Schritt.

31

Villen und Sportplätze. Ob das noch Charlottenburg war, vermochte Kodjo nicht zu sagen. Er war an der Messe ausgestiegen und dem Weg zum Tennisclub gefolgt, den er auf dem Telefondisplay sah. Der Funkturm lag hinter ihm. Als er an den ersten Häusern vorbeigegangen war, hatte er an seinen Dad denken müssen. «Harte Arbeit», hatte der immer gesagt, «harte Arbeit bringt Erfolg.» Dabei hatte er auf ein großes Haus gezeigt oder ein teures Auto und seinen Söhnen in die Augen gesehen. Die Message war klar. Er hatte hart gearbeitet, um den Reichtum zu erwirtschaften, in dem sie in Ghana lebten.

Irgendwann würde es ans Erben gehen, dachte Kodjo. Und für ihn würde kein Anteil dabei sein.

Hier war er noch nie gewesen. Auf dem Parkplatz Wagen aller Größen. Was sie einte, war das brandaktuelle Fabrikat. Kein Rost und kein Kratzer zu sehen am Mercedes und auch nicht am Polo. Zwischen den Autos fühlte er sich unwohl. Wie einer, der prüft, ob es etwas zu stehlen gab. Niemand lief hier einfach nur herum. Wer den Parkplatz betrat, ging sofort zum Auto und fuhr los.

Eine Frau kam mit einer Tennistasche an ihm vorbei. Zwischen zwei Fußballplätzen hindurch folgte er ihr. Sie war klein und drahtig. Von hinten konnte er ihr Alter nicht einschätzen. Ihr Rock war recht kurz, und bei jedem Schritt aktivierte sie deutlich sichtbar die Muskeln an ihren Beinen. Sie verschwand vor ihm in einem Flachbau.

Vor ihm lagen die Tennisplätze. Mehr als ein Dutzend, nebeneinander und teilweise gegeneinander versetzt. Fast alle wurden bespielt. Es gab tatsächlich immer noch Leute, die diesen Sport betrieben. Kurz beobachtete er einen alten Mann, der einem Mädchen mit einer Hand in den Rücken griff und mit der anderen ihren Schläger führte. Ihm gefiel sichtlich, was er tat.

Langsam schritt Kodjo den Fußweg ab, der an den Plätzen vorbeiführte. Berufstätige, die nach den Mühen des Bürotages eine andere Erschöpfung in ihren Leib brachten. Weitgehend eine Ü-50-Gesellschaft.

Die Frau, die er eben verfolgt hatte, betrat einen der Plätze. Sie war ungefähr so alt wie Jeanette und begrüßte eine andere Frau im gleichen Alter, die nicht annähernd so fit wirkte. Küsschen auf die Wangen.

Kodjo ging den Weg wieder zurück zu dem Flachbau. Er kam sich verloren vor. Was er tat, war nicht sinnvoll. Er war kein Detektiv. Hatte keinen Plan und keine Idee, wie er je schaffen sollte, was gar nicht seine Aufgabe war. Allein war er sowieso aufgeschmissen.

Sein Telefon klingelte. Jeanette rief an. Hätte er doch nur nicht an sie gedacht.

«Süße!», sagte er zur Begrüßung.

«Wo bist du?», fragte sie.

«Spazieren. Ich brauchte frische Luft.»

«Kommst du zu mir am Abend?»

«Morgen?» So wie er aussah … Das geschwollene Gesicht. Da wollte er gar nicht erst anfangen zu erzählen. «Morgen wär es mir lieber.»

«Meinetwegen.» Kodjo konnte hören, dass sie nachdachte. «Du hast dich ganz schön rar gemacht», sagte sie nach ein paar Sekunden. «Ist irgendwas?»

«Wirklich nicht.» Kodjo gingen die Bilder aus den letzten Wochen durch den Kopf, als er keine Lust gehabt hatte, Jeanette zu treffen. Letztlich hatte er es doch getan. Was man so macht in einer Beziehung. Davon würde er jetzt aber nicht anfangen. «Gar nicht. Lass uns einfach morgen darüber reden. Ja?»

«Soll ich was kochen?»

«Ja. Gern. Das wäre super.» Mittlerweile war er wieder auf dem Parkplatz angekommen. Ein silberner Mercedes rollte von der Straße herein. Kodjo konnte den Fahrer nicht erkennen.

«Oder willst du lieber essen gehen?»

«Nein. Ich mag, was du kochst. Das weißt du.»

Der Wagen fuhr aus seinem Blickfeld heraus, also beschleunigte er seine Schritte.

«Und was? Kochen meine ich …»

Jeanette wollte das Gespräch nicht beenden. Sie konnte das über Minuten hinweg tun, nachdem eigentlich alles schon gesagt war. Der Mercedes hielt am anderen Ende des Parkplatzes. Laufen war angesagt.

«Such du was aus», sagte er. Der Fahrer stieg aus und ging zum Heck des Wagens. «Du weißt, was ich mag.»

«Ja, ich weiß, was du magst, nicht wahr?»

«Morgen also?», fragte er. Der Fahrer schwang eine schwere Tennistasche über die Schulter und fiepte das Schloss zu.

«Na gut», sagte Jeanette. Sie zog die Nase hoch. Weinte sie? «Bis morgen.»

Jeanette hatte das Gespräch gerade beendet, als Kodjo am

Auto ankam. Es war dasselbe Modell, aber ohne den Aufkleber auf dem Kofferraum. Er blickte dem Mann nach, der in den Verbindungsweg zu den Tennisplätzen verschwand. Zu groß, dachte er. Und sein Gang erinnerte ein wenig an den von Saif. Das wäre aber auch ein verdammter Zufall gewesen.

Frustriert verließ er das Gelände. Er hatte seine Zeit verschwendet.

32

Am Bahnhof Neukölln wollte Kodjo von der S-Bahn in die U-Bahn umsteigen. Als er ausstieg, sah er drei Leute mit Papieren in der Hand, die sich rund um einen Schwarzen postiert hatten. Probleme mit dem Ticket. Der Umzingelte guckte komplett ausdruckslos. Kodjo kannte das. Zwei der drei, die um ihn herumstanden, sahen aus wie Deutsche. Der Dritte war Türke oder etwas Ähnliches. Er war der größte des Trios und führte die Unterhaltung. Der Afrikaner antwortete, wenn er gefragt wurde.

Keine Miene zu verziehen war das beste Mittel, um nicht noch mehr Ärger zu kriegen, wenn es sowieso schon welchen gab. Einfach und knapp und vor allem verständlich antworten. Niemandem eine Gelegenheit geben, irgendetwas misszuverstehen. Kodjo stellte sich hinter eine Werbetafel und beobachtete die vier Leute. Wenn er noch legal gewesen wäre, würde er sich direkt zu ihnen stellen. Er hatte schließlich ein Ticket. Würde den Afrikaner ansprechen. Ihn fragen, ob er korrekt behandelt wurde. Ihn fragen, ob er etwas brauchte. Ihm einfach zeigen, dass er in dieser beschissenen Situation nicht allein war. Illegal wenigstens konnte er nicht sein. Illegale fahren nie schwarz.

Überhaupt ... Wer von den Deutschen war auf die blöde Idee gekommen, Fahren ohne Ticket Schwarzfahren zu nennen?

Einer aus dem Trio stellte sich jetzt direkt hinter den Afrikaner. Verschränkte die Arme vor der Brust, zog die Schultern in die Höhe. Sein schwarzer Blouson aus Lederimitat spannte am Oberkörper. Irgendeine Entscheidung schien gefallen zu sein. Kodjo betrachtete den Brother genauer. Kaum über 20, Stoppeln auf dem Kopf, Sonnenbrille mit großen Gläsern. Glattrasiert. Bunt kariertes Hemd und neue Jeans. Fürchterliche rote Sneakers mit Goldkettchen als Besatz. Er hatte die Hände vor dem Körper locker ineinandergelegt. Was der Türke tat, war von seinem Standpunkt aus nicht zu sehen. Aber gerade steckte er etwas ein. Vielleicht seinen Ausweis. Der Brother zuckte immer noch nicht. Er war diese Prozedur offensichtlich gewohnt. Oder er war cool. Ganz sicher wusste er, dass ihm viele Gesten falsch ausgelegt werden konnten. Schnelle Bewegungen waren das Schlimmste. Sie fixierten einen sofort. Anstarren, oder was sie dafür hielten, führte sofort zu Feindseligkeit.

Der Türke redete auf den Brother ein. Der nickte. Alles verstanden. Dann gingen sie fort. Der Türke voran, hinter ihm der Brother, die beiden Deutschen jeweils versetzt hinter ihm. Nur für den Fall, dass er versuchen sollte, ohne seine Papiere zu entkommen. Viel Glück, mein Freund.

Als er in die Bahn einstieg, wich Kodjo einer Gruppe von Jungs aus, die aussahen wie frisch in Berlin eingetroffen. Die meisten von ihnen waren gerade mal 20. Und irgendeiner von ihnen schaute sich immer gerade um. Die meisten Leute auf dem Bahnsteig versuchten, sich noch schnell in einen anderen Eingang in der U-Bahn zu drücken, um nicht mitten in der Gruppe zu landen. Kodjo aber stand plötzlich zwischen ihnen und betrat mit ihnen die Bahn. Sie sprachen Farsi, wenn er das richtig erkannte. Eine der Sprachen, die Saif konnte. Der konnte viele sprechen.

Und beinah wäre er auch mit ihnen am Rathaus Neukölln ausgestiegen. Wenn er nicht im allerletzten Moment die blauen Uniformen auf dem Bahnsteig bemerkt hätte. Polizei. Die Jungs verließen die Bahn, und Kodjo meinte zu sehen, wie sich die Uniformen 'anspannten. Arbeit kam gerade auf sie zuspaziert.

Kodjo blieb einfach in der Bahn stehen. Würde er eben am Hermannplatz aussteigen. Er gratulierte sich zu seiner Wachsamkeit. Und sagte sich gleichzeitig, dass er nicht ganz so aufmerksam gewesen war, wie es für einen Illegalen nötig war. Er hätte die Uniformen früher bemerken müssen. Auf dem Bahnsteig hätten die Bullen nämlich zuerst ihn bearbeitet – weil er schwarz war. Er durfte das nie vergessen.

Der U-Bahnhof am Hermannplatz war von seiner Wohnung weiter entfernt als das Rathaus Neukölln. Aber mit ihren beiden breiten Bahnsteigen, den vielen Ausgängen und den Massen, die dort ständig die U-Bahn wechselten, war sie viel schwieriger kontrollierbar. Die Menschen nahmen dort unten als Gruppe immer wieder eine neue Form an. Wie ein riesiger Schwarm Fische, dessen innere Dynamik nicht zu durchschauen war. Er sollte sich angewöhnen, dort ein- und auszusteigen. Es war einfach sicherer für einen Illegalen. Obwohl ... Wirklich sicher vor den Bullen war man dort auch nicht.

33

Auf der Treppe hinauf zum Hermannplatz klingelte das Telefon. Kodjo blickte auf das Display. «Marie», sagte er. «Was gibt's?»

«Anna kocht. Hast du Lust, zum Essen zu kommen?»

Zwanzig Minuten später saß er am Küchentisch der beiden und starrte auf den Bildschirm. «Über 12 000 Mal?»

«Anna hat den post eben gelöscht.» Marie blickte ihm über die Schulter.

«Warum?»

«Sie kann das nicht alles beantworten. Tausende Leute stellen Fragen. Zum Glück ist sie nicht unter ihrem richtigen Namen bei Facebook angemeldet.»

Anna kam mit einem Topf dampfender Nudeln herein. «Da hat sich auch eine Gruppe gebildet, die den Typ in Moabit suchen will. Eine Frauengruppe.»

«Und wenn der nur das eine Mal in Moabit gewesen ist?» Kodjo dachte an seine Fahrt nach Charlottenburg.

«Was soll ich machen?» Anna stellte den Topf ab. «Das ist einfach draußen.»

«Hat sich verselbständigt.» Marie. «Und in einer der Lokalzeitungen wurde das auch schon erwähnt, aber ohne das Bild.»

«Und die Polizei?» Kodjo stellte den Rechner weg. «Was tun die?»

«Polizei?» Anna tippte sich an die Stirn. «Die tun ja nicht mal was, wenn eine Frau eine Vergewaltigung anzeigt.»

Kodjo drehte sich herum zu Marie, die mit den Schultern zuckte. «Lasst uns essen», sagte sie.

«Und was machen wir jetzt?», fragte sie, als alle drei am Tisch saßen.

«Was wollen wir denn?» Anna.

«Okay.» Kodjo. «Was wir wollen, ist Folgendes. Die Bullen sollen den Mann festsetzen und ihn anklagen. Und gleichzeitig die Suche nach mir aufgeben.»

«Aber was können wir dafür tun?» Anna.

«Wir müssen erst einmal rauskriegen, wer der Mann überhaupt ist.» Marie.

«Genau. Und dafür würde es helfen, mal so etwas wie einen Plan zu entwickeln. So wie ich heute durch Berlin gerannt bin, bringt uns das nicht weiter.» Kodjo.

«Was machen wir stattdessen?» Anna.

«Wir sammeln erst einmal alles, was wir wissen.» Marie.

«Detektivarbeit.» Anna. Sie grinste. «Wie im Film.»

«Das hier ist kein Film», sagte Kodjo. «Ist eine blöde Idee, einen illegalen Schwarzen in Deutschland ermitteln zu lassen. Aber das mit der Liste ... das machen wir jetzt. Stift und Papier oder ein Rechner?»

«Wir sind im Jahr 2017.» Marie grinste ihn an. «Wer schreibt denn noch auf Papier?» Sie stand auf und lief aus der Küche. Kurz darauf saß sie wieder am Tisch und öffnete ihren Laptop. «Was also haben wir?», fragte sie.

«Der Mörder spielt Tennis», sagte Anna.

Marie begann zu schreiben.

«Warte, nein. Das stimmt so nicht.» Kodjo nahm einen Schluck aus der Bierflasche, die vor ihm stand. «Lass uns schon so genau wie möglich sein, wenn wir eine Liste machen. Er ist in einem Auto gefahren, in dem ein Tennisschläger am Rückspiegel hängt. Lasst uns mit dem Typ selbst anfangen. Was wissen wir über ihn?»

«Das, was du gesehen hast.» Marie.

«Genau. Er ist so groß wie ich.»

«Eins achtzig?» Marie fing an zu schreiben.

«Eins einundachtzig. Lass mich schreiben.» Kodjo und Marie tauschten die Plätze. «Er ist vielleicht sogar ein bisschen größer als ich. Er hat sich zur Seite gedreht, als wir uns begegnet sind. Also sagen wir, dass er zwischen eins dreiundachtzig und eins fünfundachtzig groß ist, allerhöchstens. Er hat kurzes Haar, geht zum Friseur, aber das ist eine Variable. Haare wachsen. Die Nase hat einen kleinen Höcker, und er trägt einen

Brilli in der rechten Nasenwand. Koteletten und Dreitagebart, das kann sich alles verändern, wie die Haare.»

«Wie alt ist er?», fragte Anna.

«Ich weiß es nicht. Älter als ich, schätze ich. Ein bisschen.»

«Die Klamotten?» Marie.

«Hemd und Jeans, aber das bringt uns nicht so viel.»

«Teure Klamotten …» Anna.

«Als ich ihn gesehen hab, hat er teure Kleidung getragen. Bestimmt hat er auch einen Anzug im Schrank oder zwei. Aber das hilft uns im Moment nicht.»

«Noch was?» Anna.

«Das Auto», sagte Kodjo. «Ich hab nachgesehen. Der Wagen ist aus der CL-Reihe. Teuer. Na ja … Eher sehr teuer. Sechsstellig. So etwas kauft man nicht, wenn man irgendwo für einen Monatslohn arbeitet.»

«Und wie kommt man an so viel Geld?», fragte Anna.

Auf der Straße hupte ein Auto. Zwei Vögel zwitscherten sich auf dem Balkon an. In der Nachbarwohnung schrie ein Mann rum. Gemeinsames Schweigen am Tisch.

«Russische Mafia?», fragte Marie.

«Ach», sagte Anna. «Bauindustrie. Das reicht. Da ist der Aufkleber. Und die Etage in Friedrichshain. Da ist Geld genug.»

«Bauen und Mafia gehört zusammen.» Marie. «Das lernt man im Geschichtsunterricht.»

«Einen besseren Hinweis als B B Bau haben wir eben nicht.» Kodjo rieb sich die Wange.

Er spürte den Schmerz noch immer. Aber seit der Tracht Prügel waren auch erst zwölf Stunden vergangen. Er öffnete Firefox und suchte nach neuen Meldungen über den Fall. «Hier. ‹Noch immer keine Spur von dem Tatverdächtigen im Todesfall der Prostituierten Dunya L. Die Identität des Mannes, der als dunkelhäutig beschrieben worden war und der in der

Todesnacht in der Nähe des Tatorts gesehen wurde, ist nach wie vor unbekannt.› Da ist immer noch nicht die Rede davon, dass es auch jemand anderes gewesen sein könnte. Und wir sind nicht sicher, dass die Baufirmen etwas mit dem Mann zu tun haben.»

«Aber was wissen wir denn ganz sicher?», fragte Anna.

«Dass er … wie sagt man … für Sex Geld bezahlt.» Marie.

«Ja, wenn wir davon ausgehen, dass er das nicht zum ersten Mal getan hat.» Anna.

«Was?», fragte Kodjo. «Zu einer Prostituierten gehen oder sie umlegen?»

«Scheiße.» Anna stand auf und schaltete das Deckenlicht an. Es war dunkel geworden, während sie diskutiert hatten. In der Nachbarwohnung schrie jetzt eine Frau. «Daran haben wir noch gar nicht gedacht.»

«Woran?», fragte Marie.

«Dass es vielleicht nicht sein erstes Mal war, dass er eine Frau ermordet hat.»

«Kann sein», sagte Kodjo. «Aber was sollen wir da tun? Lasst uns einfach weitersammeln, was wir ganz sicher von ihm wissen. Also … Er geht zu Prostituierten. Was noch?»

«Der Mercedes.» Anna.

«Das ist nicht so viel.» Marie.

«Das Einzige, was wir ganz genau kennen, ist sein Gesicht. Die Zeichnung.» Anna.

«Aber was können wir damit noch machen?», fragte Kodjo.

Kein Auto hupte auf der Straße. Die Vögel zwitscherten sich nicht mehr an. In der Nachbarwohnung war Ruhe.

Die Nacht war noch nicht vorüber, als Kodjo aus dem Schlaf hochschreckte. Eigentlich war es kein echter Schlaf mehr gewesen. Nur noch ein Daliegen, ein Noch-im-Bett-Sein, er hatte das viel zu frühe Ende der Nacht hinauszögern wollen. Dabei waren ihm all die Dinge eingefallen, die er mit Anna und Marie geplant hatte. Die Zeichnung in kleine Plakate verwandeln. Sie aufhängen in Moabit, in Friedrichshain und in Charlottenburg. Und warten. Wenn die Zeichnung den Mörder gut traf, würde etwas passieren. Irgendetwas.

Und dann hatte es ihn wie einen Schlag getroffen. Warum er daran noch nicht gedacht hatte. Der Mörder hatte ihn genauso gut gesehen wie er ihn. Was mochte der mit seinem Wissen tun?

Wahrscheinlich gar nichts, denn er war in einer komfortablen Situation. Die Polizei suchte ihn nicht. So konnte er sich zurücklehnen und gemütlich verfolgen, wie ein Unschuldiger gejagt wurde. Deshalb musste er keine Plakate drucken und verkleben. Nicht durch die Stadt rennen und in längst aufgelöste Firmenräume eindringen.

Kodjo kam ein weiterer Gedanke: Kein Deutscher würde einen Afrikaner erkennen, den er nur ein einziges Mal kurz gesehen hat. Im Dunkeln.

Kodjo rollte sich aus dem Bett und suchte nach dem Telefon. Die Batterie war leer. Er musste es mit dem Ladegerät verbinden, um es einzuschalten. Auf der Mailbox hörte er Jeanettes Stimme. «Ich habe Sehnsucht nach dir. Und ich weiß, dass du keine hast … nach mir.» Kein Wort mehr.

Er duschte sich und trank Kaffee. Noch ein paar Stunden bis zur Schicht im *Hibiskus*. Zeit genug, um laufen zu gehen. Auf dem Laufband ließ er es langsam angehen. Aber der Körper streikte schon bei Tempo 20. Müdigkeit. Erschöpfung. Stress. Egal.

Zu Hause öffnete er erneut den Karton mit den Akten der B B Bau. Als er einen Ordner, den er noch nicht in den Händen gehabt hatte, vor sich liegen hatte, klingelte sein Telefon.

«Online und in den Zeitungen. Du musst dir das ansehen ...» Marie klang aufgeregt.

«Was?»

«Sieh es dir an. Wir treffen uns gleich im *Hibiskus*.» Sie legte auf.

Die Onlineausgaben der Zeitungen hatten den Fall nicht mehr auf der Startseite. Kodjo brauchte ein paar Minuten, bis er fand, worauf Marie angespielt hatte. Ein Phantombild. Ein echtes. Von ihm.

Er starrte eine Weile darauf. Dann schüttelte er sich und fragte sich, wie lange er das Bild angeblickt hatte. Beinah, nur beinah hätte er gelacht über den Kollegen, der ihn darstellen sollte. Das Gesicht sah aus wie eine Karikatur. Die Nase war einen Kilometer breit, die Stirn gedrungen, der Kiefer stand so weit hervor, dass er einem entgegensprang, und die Lippen stammten aus Hergés Comics.

Er verließ das Haus und ging zum nächsten Zeitungsladen. Angst, dass ihn jemand erkennen würde, hatte er keine. Schon in der Tür des Ladens blätterte er die Zeitung auf und blickte auf das Gesicht, das seines sein sollte. Die Zeichnung sagte: Verhaften Sie alle schwarzen Männer, die Sie in Berlin auftreiben können.

«Und?», fragte Marie, als sie ihn im *Hibiskus* auf die Seite zog. Es war beinah leer, Ellen nahm in der Nähe der Tür eine Bestellung auf. «Wie findest du es?», fragte sie tonlos.

«Die Frau hat mich sowieso nicht richtig gesehen. Keine Ahnung, wer sich davon etwas verspricht.»

«Vielleicht ist es auch nur eine Demonstration der Polizei. Wir sind nicht untätig. Wir versuchen alles.»

«Schon klar. Sie haben einen Hinweis auf einen Afrikaner und lassen alles andere liegen. Deutsche Gründlichkeit hab ich mir anders vorgestellt.»

«Aber was, wenn sie auf den Mörder eben keinen Hinweis haben? Wie sollen sie ihn denn suchen? Geschweige denn finden ...»

«Jetzt verteidigst du auch schon die Bullen ...» Kodjo wandte sich ab.

«Unsinn.» Marie war lauter geworden, als sie es wollte, und blickte sich um. Dabei hielt sie ihn an der Schulter fest. «Was sollen die auch tun, wenn sie keine Ahnung haben? Oder denkst du, die würden nach dir suchen, wenn sie eine bessere Spur hätten?»

«Ganz sicher bin ich mir da nicht.»

«Komm.» Marie schaute sich um. Außer zwei Leuten an einem Tisch war das *Hibiskus* gerade komplett leer. Sie zog ihn in den Hausflur. «Wir haben doch einen Plan. Deshalb haben wir doch gestern zusammengesessen.»

«Hmhm ...»

Marie legte ihre Arme um ihn. Kodjo ließ es geschehen. Rührte sich nicht.

«Hey», sagte Marie, strich ihm über den Rücken. Als er sich immer noch nicht rührte, begann sie die Umarmung zu lösen.

Kodjo erwiderte die Geste. Zuerst vorsichtig, dann ließ er sich darauf ein. Schließlich legte er seinen Kopf an Maries Schulter. Fuhr langsam mit seiner Hand über ihren Rücken.

Nach einer Weile löste sich Marie. «Wir haben eine Verabredung. Okay?» Sie gab ihm einen Kuss auf die Wange. Sah ihm in die Augen. Einen weiteren Kuss auf die andere Wange. «Okay?», fragte sie noch einmal.

Kodjo nickte.

Marie lächelte. Küsste ihn ganz kurz auf den Mund und war wieder im Café verschwunden.

Kodjo blieb noch mehrere Minuten im Hausflur stehen. Sprachlos. Zum ersten Mal seit langem klopfte sein Herz nicht, weil er vor der Polizei auf der Flucht war. Und er wünschte, er wäre in der Lage gewesen, den Kuss wenigstens erwidert zu haben. Stattdessen hatte er Maries Bewegung kommen sehen und … Und nichts. Er hatte einfach ihren Kuss angenommen.

Bleib einfach stehen.

Halt die Zeit an.

Jetzt ist jetzt. Es gibt nur diesen Moment.

Er formte die Lippen ganz leicht zu einem Kuss. Stellte sich vor, Maries Lippen auf seinen zu spüren. Holte die Wärme ihrer Umarmung noch einmal an sich heran. Schloss die Augen.

Und ging in die Küche. Leticia rieb gerade ihren Bauch. Hörte auf, als er reinkam.

«Was ist?», fragte sie, als er auf ihren Bauch starrte.

«Gar nix», sagte Kodjo. «Entschuldigung. Ich war gerade in Gedanken. Was machen wir heute?»

Sie reichte ihm die Speisekarte. Kodjo betrachtete sie, ohne zu lesen. Als er alle Gerichte mit den Augen abgefahren hatte, merkte er, dass er nicht bei der Sache war. Er stellte das Radio an und zog sich um.

«Ich brauch erst mal Sachen für die Salate. Und du musst

Reis kochen. Die Leute werden das Curry bestellen. Vegetarisches Curry ging letzte Woche super.»

Während er den Reis wusch, hörte Kodjo einer Reporterin zu. Sieben schwarze Männer waren in der letzten Nacht festgenommen worden. Es seien zahlreiche Hinweise eingegangen, aber ein entscheidender, so die Polizei, sei noch nicht darunter gewesen. Die sieben Männer seien alle nach einer Befragung wieder auf freien Fuß gesetzt worden. Sie seien der Tat nicht verdächtig.

«Den Salat mit Haloumi brauch ich zweimal», hörte er Maries schöne Stimme. «Die Leute haben nicht viel Zeit. Also ...»

36

Kodjo dachte immer noch an Marie, als er später zu Hause einschlief. Er hatte sie die ganze Zeit gehört, als er in der Küche gearbeitet hatte. Ihre Stimme beim Zwiebelschneiden, beim Salatwaschen und beim Lasagnezerteilen. Und ein paarmal hatte er den Eindruck gehabt, sie würde ein kleines bisschen lauter sprechen als sonst. Nur wegen ihm. Nur, damit er sie hören konnte.

Und an den Kuss dachte er auch. Wie ihre Lippen seine ganz kurz genommen hatten. Wie sie ihre Unterlippe sanft, aber auch sehr entschlossen zwischen seine geschoben hatte. Die Erinnerung daran allein ging ihm durch den ganzen Leib.

Das leichte Federn in ihrem Körper sah er auch noch einmal. Sie war nur ein paar Zentimeter kleiner als er, fast eins achtzig sicher. Trotzdem musste sie die kurze Distanz irgendwie ja überwinden. Und es war ihr Entschluss gewesen, ihn zu küssen. Sie war also kurz zu ihm gekommen. Eine Sekunde lang hatte sie die Hände auf seine Schultern gelegt und sich mit sanftem Schwung bewegt. Der Kuss hatte nur einen Moment gedauert. Und auf der anderen Seite vielleicht eine Ewigkeit lang.

Als das Telefon klingelte, schreckte Kodjo hoch. Er war eingeschlafen und suchte die Taschen seiner Hose ab, die er ausgezogen hatte. Dabei wusste er genau, wer ihn um diese Zeit anrief. Er fand das Telefon, drückte die grüne Taste und sagte leise: «Hallo.»

Keine Antwort.

«Hallo», sagte er noch einmal.

«Du hast mich vergessen», sagte Jeanette. Auch sie sprach leise. Ohne Betonung.

«Nein. Ich hab dich nicht vergessen. Ich war eingeschlafen.»

«Wenn du geschlafen hast, hast du nicht an mich gedacht.» Jeanette klang traurig. Ehrlich traurig, ohne eine Spur von Zynismus. Kodjo hatte sie noch nie so gehört.

«Das tut mir leid. Wirklich.»

«Wirklich?»

«Ja.»

Als Jeanette nicht antwortete, wiederholte es Kodjo. «Mir tut das wirklich leid.» Da erst merkte er, dass Jeanette das Gespräch beendet hatte.

Nachdem er ein paar Minuten am Fenster gestanden hatte, unfähig, einen klaren Gedanken zu fassen, klingelte das Telefon schon wieder. Kodjo blickte auf das Display und sah Maries Namen.

«Ja?»

«Kodjo, wir haben das Gesicht gedruckt. Hundertmal. Kommst du mit? Wir wollen los, es verkleben.»

37

«Wie machen wir das jetzt mit dem Auto?» Anna bog von der Landsberger Allee in die Storkower Straße ein.

«Wie meinst du das?» Marie schälte ein paar der kleinen Plakate aus der Rolle.

«Na ja … was wir machen, ist ja schließlich nicht legal. Oder?»

«Deiner?» Kodjo quetschte sich zwischen den beiden Vordersitzen hindurch. Der alte Polo war ein echter Kleinwagen.

«Ja», sagte Anna.

«Du meinst, wir sollten den Wagen nicht da abstellen, wo wir die Dinger verkleben?», fragte Kodjo.

Anna passierte das Bürohaus, in dem die leeren Büros der B B Bau untergebracht waren. Sie bog in die nächste Straße rechts ab und ließ den Wagen ausrollen. «Genau», sagte sie. Gewerbegebiet. Autoersatzteile. Tierfutter.

Sie stiegen aus und gingen zurück zur Storkower Straße. Noch recht starker Autoverkehr in dieser Betonödnis. Dafür war fast niemand zu Fuß unterwegs.

«Je weniger hektisch wir sind, desto besser für uns. Also werden wir nicht rennen und uns nicht umblicken. Klar? Und ob das, was wir machen, wirklich illegal ist, muss auch erst noch rausgefunden werden.»

Als weder Kodjo noch Anna reagierten, sagte sie: «Wenn wir das ganz cool machen, sehen wir aus wie Leute, die irgendeine Veranstaltung bewerben. Die ganze Stadt ist vollgekleistert mit irgendwelchem Zeug. Außerdem sind zwei von uns schwarz. Das hat für Leute, die uns sehen, automatisch was mit Musik zu tun. Und das Motiv … ist ein Gesicht. Also kommt.» Mit den Plakaten unter dem Arm ging sie voran. Anna folgte mit dem Kleistereimer. Kodjo hatte den Quast in der Hand.

An der Mauer, die entlang des Grundstücks gegenüber dem Bürohaus verlief, hinterließen sie ein halbes Dutzend Plakate. Als sie klebten, trat Kodjo einige Schritte zurück und betrachtete sie. Er sah das Gesicht des Mannes, dem er in jener Nacht begegnet war. Darunter stand in großen Buchstaben «Mörder».

Sie überquerten die Straße und gingen zum Parkplatz des Bürogebäudes. «Da.» Kodjo zeigte auf die Wand des Hauses, an der noch drei Autos geparkt waren. Dort hinterließen sie weitere vier.

Als sie wieder auf dem Weg zum Auto waren, sagte Anna: «Gib mir noch zwei von denen.»

Sie legte das Gesicht auf den Boden und pinselte den Rücken ein. Dann ging sie langsam auf den Eingang des Hauses zu und klebte sie sorgfältig über die Etagenanzeige vor der Tür.

«Stimmt, es ist gar nicht so schwierig», sagte sie, als sie die beiden wieder eingeholt hatte.

Danach fuhren sie nach Charlottenburg. In der Leibnizstraße war ihr Plan schwieriger umzusetzen. Sie fuhren an den Straßenrand und betrachteten das Wachhäuschen aus der Distanz.

«Gegenüber kommt nicht in Frage», sagte Kodjo.

«Dann eben auf dieser Seite», sagte Marie. «An die Häuserwände.»

«Und der Typ kann uns nicht sehen?» Anna.

«Ich glaube nicht.» Kodjo. «Nicht, wenn wir uns in den richtigen Winkel zu ihm stellen.»

«Kameras?» Marie.

«Ich hatte nicht den Eindruck.»

Sie klebten zuerst fünf Plakate auf der einen Seite des Wachhäuschens an die Wand eines Hauses. Dann fuhren sie den Wagen bis zur nächsten Querstraße und gingen zurück.

Kodjo blickte in den Glaskasten hinein, während Anna und Marie in seinem Rücken zugange waren. Der Uniformierte las in einem Buch und scherte sich nicht weiter um ihn.

Als sie wieder unterwegs waren, drehte sich Marie zu Kodjo. «Das machen wir aber jetzt ohne dich. Moabit. Oder?»

«Auf jeden Fall», sagte Anna, ohne den Blick von der Straße zu wenden. «Viel zu gefährlich.»

«Wir bringen dich nach Hause. Oder?»

«Ich kann auch ein Taxi nehmen.»

«Kommt gar nicht in Frage», sagte Anna.

Sie fuhr ihn bis zur Weichselstraße. Als sie anhielt, kramte sie einen Zettel aus der Hose. «Hier … das sind die Adressen aus dem Handelsregister. Alles, was ich zu B B Bau und HoBaBe gefunden habe.»

38

Am nächsten Mittag traf Kodjo Issa auf der Oberbaumbrücke.

«Und warum brauchst du da meine Hilfe?» Issa lehnte über der Brüstung der Brücke und spuckte hinunter. Als der Tropfen vom Wind weggetragen wurde, sammelte er mehr Speichel im Mund und versuchte es erneut. Dieses Mal fiel die Spucke direkt in die Spree. Issa drehte sich um und nickte zu Kodjo hinüber. Er trug einen enganliegenden schwarzen Anzug. Dazu hellblaues Hemd und dunkelblaue Krawatte. Er sah cool aus.

«Vielleicht fühle ich mich einfach wohler. Warum hast du dich so in Schale geworfen?»

«Tagsüber ist da sowieso keine Polizei. Die kommen erst am Abend. Ach so … Ich hab Passfotos machen lassen. Und gleich noch eine Serie für zu Hause. Die mögen das, wenn ich mich im Anzug zeige. Wenn du in Europa bist, musst du das auch repräsentieren.»

«Du musst mir bestimmt nicht dabei helfen ...» Kodjo wandte sich um und ging nach Norden in Richtung Friedrichshain.

«Jetzt sei nicht gleich beleidigt. Ich glaube einfach nicht, dass wir da etwas finden.» Issa legte eine Hand auf Kodjos Schulter. «Hey, du hast diesen Flyer in einem Hausflur gefunden. Was soll der mit der Sache zu tun haben?»

«Ich hab den Flyer da gefunden, wo ich ihm begegnet bin.»

«Der hat da vielleicht schon den ganzen Abend über gelegen.»

Kodjo blieb stehen. Von der Brücke, die über die S-Bahn-Trasse führte, konnten sie das RAW-Gelände schon sehen. «Aber irgendetwas muss ich doch tun. Das hast du doch selbst gesagt. Dass ich Verantwortung habe.»

«Ich beschwer mich ja gar nicht.» Issa ging weiter. «Komm», sagte er. «Komm einfach.»

Auf dem RAW-Gelände war nicht viel los. Die Clubs und Kneipen waren zu. Es roch trotzdem nach Pisse und Gras. Im Durchgang zum *Cassiopeia* standen ein paar Autos, die gerade mit Equipment beladen wurden. Zwei der Food-Caravans waren offen. Vor einem warteten zwei Leute auf Burger. Ein paar Touristen starrten in die Ecken und Winkel. So entgeistert, wie sie guckten, würden sie am Abend garantiert nicht wieder auftauchen.

«Sag ich doch.» Issa wischte ein paar Sandkörner von einer Treppe und setzte sich auf eine Stufe. «Wann warst du das letzte Mal hier?»

«Lange her.» Kodjo setzte sich neben ihn. «Weiß ich nicht mehr.»

«Heiratsmarkt.»

«Nicht für mich.»

«Weil du es aufgegeben hast?»

«Weil selbst die Bullen begriffen haben, warum hier so viele schwarze Männer abhängen.»

«Du willst sagen, sie kommen gar nicht wegen der Drogen?»

«Ich will sagen, die kommen, weil so viele Afrikaner hier sind. Und weil die Chance groß ist, dass sie unter denen auch mal einen Illegalen finden.»

«Dann sind die schlauer, als ich dachte.»

«Unterschätze nie deinen Feind. Hat schon Clausewitz gesagt.»

Issa blickte eine Sekunde lang zu Kodjo hinüber. «Hat er nicht.»

Kodjo fing an zu lachen. «Stimmt. Aber du musstest ein bisschen nachdenken. Oder?»

«Penner», sagte Issa. «Komm. Lass uns gehen. Das hier war einfach nicht erfolgreich.»

«Wie du gesagt hast.»

«Wie ich gesagt habe. Wie bist du eigentlich hierhergekommen?»

«Wie meinst du das?»

«Deutschland … Na … Wenn du aus Ghana kommst. Die nehmen hier doch keine Ghanaer auf. Schon lange nicht mehr.»

«Ah … ich hatte einen togolesischen Pass.»

«Auf deinen Namen?»

«Nein. Gekauft.»

«Also warst du unter dem falschen Namen verheiratet?»

«Hmhm …»

«Aber deine Frau hat das gewusst?»

«Klar.»

«Und als ihr euch getrennt habt?»

Ein Polizeiwagen passierte sie. Blaulicht eingeschaltet, Sirene nicht. Die beiden gingen auf die Oberbaumbrücke zu.

«Unfall», sagte Issa und zeigte geradeaus. Zwei Pkw hatten sich an der Auffahrt zur Brücke ineinander verkeilt. Der Polizeiwagen hielt dort. Vom Ostbahnhof kam ein weiterer Einsatzwagen angerollt.

«Du meinst ...» Kodjo blieb stehen und zeigte auf den Eingang des Bahnhofs Warschauer Straße. «Nein, Sandra hat das nicht ausgenutzt. Sie ist eine Kuh, aber kein Arschloch. Hier rein?»

«Weiß nicht. Willst du warten, bis die wieder weg sind?» Issa zeigte auf die Kreuzung vor ihnen. «Das kann dauern.»

«Sollen wir nicht mit der Bahn fahren? Ich fühle mich dadrin sicherer.»

«Wir könnten auch um die Ecke gehen und die nächste Brücke nehmen. Das ist die nach Treptow rüber.»

«Umweg ...»

«Spaziergang ...»

«Okay, lass uns halt sehen, dass wir möglichst schnell aus der Gegend hier verschwinden.» Sie drückten sich am Bahndamm entlang und bogen nach links ein. Nach einer Weile legte Issa Kodjo die Hand auf den Rücken.

«Lentement, brother ... Wir sind weit genug weg.»

Kodjo reduzierte sein Tempo. «Und du warst immer Issa, der Senegalese?»

«Ich war immer Issa, der Senegalese. Und immer legal.»

«Glückspilz.»

«Du kennst deutsche Wörter ...»

«Ich hatte ja auch schon in Ghana eine deutsche Freundin.»

«Wie das? Sextouristin?»

«Arschloch ... War die Tochter von einem, der eine Stiftung da geleitet hat. Konrad-Adenauer-Stiftung.»

«CDU ...»

«Hmhm ... Die Tochter war aber nett.»

Schnelle Schritte hinter ihnen. Eine Gruppe schwarz Gekleideter überholte sie rennend.

«Was war denn das?», fragte Issa.

Kodjo blickte sich um und wieder nach vorn. Die Gruppe war ihnen schon weit voraus.

«Und wie alt wart ihr?» Issa.

«17. Beide. Was waren das für welche?»

«Antifa?»

«Scheiße. Antifa bedeutet Stress.»

«Ja, aber die sind schon wieder weg.» Issa zeigte nach vorn. «Guck ... Und ihr wart zusammen?»

«Ein paar Monate.»

«Und ihr Vater?»

«Der war gar nicht so schlecht. Aber er durfte davon nichts wissen.»

«Damals hast du Deutsch gelernt?»

«Ich habe damals beschlossen, irgendwann nach Deutschland zu gehen.» Kodjo blickte sich wieder um. Auf ihrer Straßenseite Wohnbebauung. Auf der anderen alte Hafenarchitektur. Die Straße war mäßig befahren. Drüben ging eine Gruppe von drei Frauen zu Fuß in dieselbe Richtung wie sie.

«Abgefahren.»

Nicht weit vor ihnen tauchte die Gruppe in Schwarz wieder auf. Sie kamen aus einer Seitenstraße gerannt und verharrten kurz vor einem Restaurant. Dann verschwanden sie durch die Tür.

Kodjo sah sich erneut um. «Lass uns rüber auf die andere Straßenseite.» Er zog Issa an der Anzugjacke. Als sie drüben angekommen waren, wurde die Gruppe in Schwarz gerade aus dem Restaurant gedrängt. Ihr folgte eine andere. Junge Männer in weißen T-Shirts und Anzügen. Einer von ihnen hielt einen Baseballschläger in der Hand. Die anderen schlugen mit Fäusten auf die erste Gruppe ein. Vor der Tür des Restaurants verhakten sich die beiden Gruppen und prügelten drauflos. Der Baseballschläger fuhr auf und ab.

«Lass uns weiter.» Kodjo zerrte an Issa. Da kamen aus Richtung Treptow schon zwei Einsatzfahrzeuge mit Sirene und Blaulicht gefahren.

«Dann eben zurück.» Kodjo war schon unterwegs, als auch von der anderen Seite das erste Lalü zu hören war.

«Nach da.» Kodjo zeigte auf die Seitenstraße, aus der eben die Antifa-Gruppe gekommen war. Sie warteten zwei Autos ab, die die Straße passierten, als auch dort ein Blaulicht auftauchte.

«Scheiße!», sagte Issa.

Die zwei Streifenwagen aus Treptow waren bereits da. Ihnen folgten zwei weitere. Sie blieben in einigem Abstand stehen. Aus den ersten stiegen sechs Uniformierte aus und gingen zielstrebig auf die Keilerei zu. Die Besatzung der anderen beiden Autos riegelte die Straße ab.

«Was machen wir? Du musst weg.» Issa wurde panisch. Kodjo legte ihm den Arm um die Schultern.

Von der Warschauer Straße kamen zwei weitere Polizeiautos angerollt und stoppten so, dass sie alle vier Spuren blockierten. Alle Auswege waren jetzt dicht. Uniformierte stiegen aus beiden Wagen. Auch aus der Seitenstraße tauchte ein Polizeiwagen auf und bremste direkt neben der Prügelei. Dort hatten die ersten Bullen schon eingegriffen.

«Hören Sie sofort auf!», rief eine Männerstimme. Hinter dem Streifenwagen, der aus der Seitenstraße gekommen war, erschienen weitere. Mehr Uniformen. Die Cops machten geschlossen einen oder zwei Schritte zurück und fingen an, Reizgas zu versprühen.

«Wir müssen weg!» Issa war vollends neben der Spur.

«Sei ruhig!», sagte Kodjo. «Siehst du den Späti da gegenüber?» Die Coca-Cola-Lichter befanden sich zwei Häuser neben der Kneipe.

«Klar seh ich den!»

Inmitten der Prügelei gab es Geschrei. Mehr Gas. Noch mehr Geschrei. Kodjo sah den Baseballschläger auf einem Bullen niedergehen. Die Uniformen griffen sich den Nazi. Mehr Bullen kamen angelaufen. Leute lagen am Boden. Festnahmen.

«Da müssen wir rein.»

«Jetzt?»

«Sofort.»

«Warum?»

«Ich brauche deine Klamotten.»

«Aber warum?»

«Komm!» Kodjo zog Issa. Sie vermieden Kontakt zu den anrückenden Uniformen, bewegten sich zwischen ihnen über die Straße und öffneten die Tür des Späti. Hinter der Tür stand ein junger Mann und sah hinaus.

«Scheiß Faschos …», sagte er und glotzte Kodjo und Issa an. «Was wollt ihr denn hier?» Er trug ein schwarzweißes Besiktas-T-Shirt und ging nicht aus dem Weg.

«Können wir Zigaretten kaufen?», fragte Kodjo.

«Klar», sagte der Besiktas-Mann. Er verschwand hinter dem Tresen. Draußen war Stöhnen zu hören. Hiebe. Mehr Lalü in der Ferne.

«Was soll's denn sein?», fragte die Stimme hinter dem Counter.

«Ist egal», sagte Kodjo zu dem Mann und drehte sich zu Issa. «Ich brauch deinen Anzug und dein Hemd.»

Als Issa zögerte, sagte er: «Sofort.»

«Wie? Egal?», fragte die Stimme.

«Ist egal. Und zwei davon», sagte Kodjo. Er fing an, Issa die Jacke auszuziehen. «Mein T-Shirt reicht da draußen nicht.»

Als er die Jacke in der Hand hatte, zeigte er auf Issas Hemd. «Das auch. Und den Schlips.» Er zog Issa hinter ein großes Regal.

«Aber wie soll ich denn hier ...?»

Der Besiktas-Mann ging mit seiner Stimme nach oben. «Vielleicht Marlboro?»

«Marlboro ist super», sagte Kodjo. «Drei davon.» Er zog sich das Hemd über das T-Shirt und band sich die Krawatte. Dann schlüpfte er in das Jackett.

«Die Hose», sagte er und zog sich die Jeans aus. Issa begann zu verstehen, spielte mit. Den 20-Euro-Schein drückte er Issa in die Hand, als er den Reißverschluss der Anzughose geschlossen hatte. «Für die Kippen. Lass dir Zeit beim Bezahlen. Ach, die Uhr brauche ich auch.»

Issa stand selbst im T-Shirt da. Kodjos Jeans lag vor seinen Füßen. «Aber ...»

«Lass dir Zeit!»

«Drei Marlboro. Hier. Bitte», hörte Kodjo den Besiktas-Mann noch sagen, als er den Späti verließ. Er ging ohne Zögern auf den Kordon zu, den die Polizei mittlerweile auf der Straße gebildet hatte. Der Weg nach Treptow war dicht. Und hinter dem Kordon hielten noch zwei Polizeibusse und spuckten mehr Uniformen aus. Kodjo blickte sich um. Vor der Gaststätte ging die Rangelei weiter. Nazis, Antifa, Bullen, ein Knäuel. Und eine giftige Wolke darüber. Dahinter anrollende Staatsmacht mit Blaulicht und Sirenen.

Während er sich auf den Kordon zubewegte, suchte sich Kodjo das älteste und erfahrenste Gesicht aus. Ein Polizist in Uniform, der so alt war wie er selbst, stand da und bewegte keinen Muskel unter den Augen. Starrte ihn an. Kodjo hielt es genauso, starrte zurück. Ging weiter. Noch ein Schritt. Und noch einer. Er begann, den Polizisten anzulächeln. Als er weniger als drei und noch mehr als zwei Meter von ihm entfernt war, begann er zu reden und blieb stehen. «Kaum hat man sich mal abgewendet, passiert so was ...» Er zeigte hinter sich und putzte ein Staubkörnchen vom Revers des Jacketts. «Eine demokratische Gesellschaft kann sich jede Art von Extremismus einfach nicht leisten. Wissen Sie ...» Er blickte auf die Uhr. Nichts passierte. Die Bullen waren nicht an ihm interessiert. «Da, wo ich herkomme ...» Hinter ihm Schreien und Stöhnen. Es wurde weiter geprügelt. Kodjo holte Luft, um weiterzureden. Sein Herz schlug im Akkord. Die Kette vor ihm öffnete sich.

Kodjo grüßte den Polizisten locker mit erhobener Hand. Er ging langsam weiter bis zur Auffahrt der Brücke. Dort lehnte er sich über die Mauer und übergab sich ins Ufergebüsch.

39

Eine halbe Stunde später stand Kodjo in seiner Wohnung. Bierflasche in der Hand. Er lehnte an der Küchenwand. Andere hatten mit 31 Jahren mehr Besitz, dachte er. Ihm gehörten nicht einmal die Möbel hier. Spartanisch eingerichtete Küche, die er selten nutzte. Ein Schlafzimmer, dessen Kleiderschrank fast leer war. Und ein Wohnzimmer, in dem er fand, was ihm geblieben war. Ein Arm voll Bücher, eine Kiste CDs und ein Laptop.

Andere hatten mit 31 Familie. Mit dem Zählen seiner Neffen und Nichten kam er kaum nach. Sein Bruder William hatte schon vier Kinder. Dabei war er zwei Jahre jünger als er. Und er besaß nicht ein einziges Haus, sondern gleich zwei. «Das hast du nun von deinem Scheiß-Europa», hatte er bei ihrem letzten Telefonat gesagt. «Komm zurück, für einen mit deinen Qualifikationen hab ich immer etwas zu tun.»

«Komm zurück.» Der Satz hatte nachgeklungen wie ein höhnischer Spott, den man nicht mehr loswird. Was sollte er in Ghana? Nach fast zehn Jahren in Deutschland. Sein Deutsch war beinah so gut wie sein Englisch. Und Ewe oder eine der anderen ghanaischen Sprachen hatte er sowieso kaum gesprochen, seit er hier angekommen war. Mit Huff redete er manchmal in Twi.

Kodjo wühlte sich mit zwei Fingern durch die Kiste mit den CDs, die er beim Auszug aus Sandras Wohnung mitgenommen hatte. Fand Oasis, *Morning Glory*. Sie hatten sich CDs geschenkt, damals. Die meisten hatte er liegengelassen. Nur eingepackt, was zwei Hände tragen konnten. Er schob die CD in den Laptop und schloss die kleinen Lautsprecher an. Drehte die Lautstärke auf, als ihm der erste Song zu leise erschien.

«White Man's Music» hatte Huff das genannt. Einmal hatten sie über Musik geredet in seinem Laden. Alle hörten sie Hip Hop oder R 'n' B oder Hiplife oder irgendetwas aus dem Kongo. Denen waren fast die Bierflaschen aus den Händen gefallen, als er gesagt hatte, dass er Rock hörte. «Dazu kann man doch nicht einmal tanzen», hatte Issa gesagt. Irgendwer war aufgestanden und hatte getanzt, wie es die Weißen tun. Am Ende war er über die eigenen Füße gefallen, und alle hatten gelacht. Kodjo auch. Sie konnten ihn mal. Er mochte so etwas.

Andere hatten mit 31 vor allem einen Job. Einen richtigen. Kodjo dachte an seinen Dad und daran, wie er geschaut hatte, als er ihm offenbarte, dass er Geschichte studieren würde. Die Augen hatten gesprochen, kein Wort hatte Dad gesagt. In einer Familie, in der jeder danach trachtete, die Geschäfte des Vaters fortzuführen und Geld zu machen, sagt ihm der Älteste, dass er Geschichte studiert. Kodjo stoppte die CD. Er mochte Oasis, aber das alles erinnerte ihn zu sehr an die Vergangenheit.

Mit 31 hatten die meisten Leute eine Zukunft. Und er? Wenn ihn die Polizei zufällig irgendwo aufgriff, würde er die nahe Zukunft in einem Abschiebegefängnis verbringen. Und dann … Die ghanaische Botschaft kooperierte mit den deutschen Behörden. Wenn er also erklärte, aus Ghana zu kommen, würden sie ihn dorthin zurückfliegen. Wenn er nichts sagte, würde er in einem Flieger landen, der ihn vielleicht in den Senegal brachte. Oder nach Kamerun. Super Aussichten.

Er öffnete eine zweite Flasche. Suchte in iTunes nach anderer Musik. Irgendetwas Aktuelleres. Fand Calexico. Immer noch «White Man's Music», aber gebrochener, nicht mit dieser Attitüde gespielt, die junge weiße Männer oft zeigen. Diese Was-willst-du?-Haltung. Diese unappetitliche Idee von der eigenen Unbesiegbarkeit. Es steckte in ihnen allen. Der Gedanke der Überlegenheit. Man sah es ihnen einfach an.

Was für ein Scheißtag. Er stoppte auch Calexico. Musik war nicht das Richtige. Kodjo setzte die Flasche an und leerte sie. Dann ging er durch die ganze Wohnung und löschte die Lichter. Er öffnete das Wohnzimmerfenster und lehnte sich hinaus. Der langgezogene Innenhof der Passage, die sich durch den ganzen Häuserblock zog, war zu jeder Tageszeit ruhig. Mitunter hörte man keinen Ton, vor allem nachts. Gegenüber stand eine ältere Frau im Licht einer Laterne und kramte ihren Schlüssel aus der Handtasche. Sie brauchte eine Weile, bis sie ihn gefunden hatte, schloss die Haustür auf und war verschwunden. Jeanette fiel ihm ein. Er hatte sie komplett vergessen. Den ganzen Tag über hatte er nicht ein einziges Mal an sie gedacht. Was hatten sie verabredet? Er würde sich melden? Oder sie? In jedem Fall würde Jeanette sehr sauer sein. Andere 31-jährige Männer schliefen mit gleichaltrigen Frauen, dachte Kodjo. Der Seufzer, der ihm entfuhr, erschreckte ihn. Eine Regung, die tief von innen kam, die er aber wahrnahm wie ein Fremder.

Andere 31-Jährige hatten ein Zuhause.

Andere 31-Jährige waren schon tot.

Andere 31-Jährige wurden nicht von der Polizei gesucht. Morgen früh musste er unbedingt beginnen, diese Adressen abzuarbeiten, die ihm Anna in die Hand gedrückt hatte. Er warf einen Blick auf den Zettel. Er konnte mit keinem der Namen und keiner der Adressen irgendetwas anfangen.

40

Es war dunkel, als Kodjo wach wurde. Ein Rest von dem Bier war noch in seinem Kopf, aber hinter der Stirn hatte irgendetwas rotiert und ihn aus dem Schlaf geholt. Unter dem Licht der Nachttischlampe betrachtete er Annas Zettel, aber der Blick darauf machte ihn nicht schlauer. Er löschte das Licht wieder und zog die Bettdecke noch enger um sich.

Wieder einschlafen konnte er nicht. Also probierte er es noch einmal. Licht an. Auf den Zettel schauen. Da waren drei Namen gelistet unter B B Bau und fünf unter HoBaBe. Zwei Geschäftsführer und ein Prokurist unter dem ersten Namen, vier Geschäftsführer und ein Prokurist unter dem zweiten. Alles Männer. Zu den Namen hatte Anna die Privatadressen geschrieben. Einer der beiden Geschäftsführer von B B Bau war auch bei HoBaBe notiert. Das war der einzige Name, der zweimal auftauchte. Weder die Namen noch die Adressen sagten Kodjo irgendetwas. Aber einige der Straßen wirkten so, als lägen sie nicht in Neukölln. Am großen Wannsee war definitiv eine Adresse, wo nur Leute wohnten, die deutlich mehr verdienten als er. Auch Terrassenstraße las sich wie eine Gegend mit eingebautem Seeblick. Der Geschäftsführer, der bei beiden Firmen gelistet war, hieß Karl-Horst Schluttmann und war der mit der Adresse am Wannsee. In der Terrassenstraße wohnte ein anderer Geschäftsführer der HoBaBe. Er hieß Peter Dirk Holzmacher.

Zum Schlafen reichte es nicht mehr, also ging Kodjo ins Badezimmer und drehte die Dusche auf. Als ihm die Wassertemperatur erträglich erschien, stieg er unters fallende Wasser und genoss die Wärme. Mit der Shampooflasche schon in der Hand, klickte es in seinem Kopf. Er stellte das Wasser ab und ging, ohne sich abzutrocknen, ins Schlafzimmer. Holzmacher wohnte in der Terrassenstraße 80.

Patschnass begann Kodjo, sich umzusehen. Dieser andere Zettel, der andere, der zerrissene. Wo war der? Er rannte ins Wohnzimmer und blickte sich ebenfalls um. Unter dem Tisch war die Kiste mit dem Altpapier. Er schüttete den Inhalt auf das Parkett. Früher hatte er jeden zweiten Tag Altpapier weggebracht, heute las er die Zeitungen meistens online. Es dauerte eine Weile, bis er den ersten Schnipsel gefunden hatte. Dann noch ein paar Sekunden mehr, und er hielt den anderen ebenfalls in seinen Händen.

SS100 stand darauf. Und darunter TS 80.

Storkower Straße 100 war die Adresse der B B Bau. Und Holzmacher wohnte in der Terrassenstraße 80. Online suchte er die Adresse und fand sie am Schlachtensee. Keine Stunde später stieg er am gleichnamigen S-Bahnhof aus.

Kodjo musste ein paar hundert Meter zwischen Wald und Bahntrasse laufen, bevor er die Terrassenstraße erreichte. Mit ihm gingen noch andere diesen Weg. Frauen mittleren Alters, unauffällig gekleidet, eine ältere Frau am Stock, zwei junge Männer im Blaumann, einer in Jeans und T-Shirt. Zwei Männer über 50 ließen sich Zeit und fielen bald zurück. Eine der älteren Frauen war schwarz. Es dauerte eine Weile, bevor er begriff, dass er Hausangestellte sah, die auf dem Weg zur Arbeit waren.

Als sie an der Terrassenstraße ankamen, war die Gruppe zerrissen. Kodjo blieb an der Ecke stehen. Hier begann die Bebauung, aber der Wald hörte nicht auf. Die Häuser waren groß und zweistöckig, alte Bäume umgaben sie. Hinter ihm kamen noch einige Leute der Gruppe, die am S-Bahnhof gemeinsam gestartet war. Er blieb an der Ecke stehen und simulierte ein Telefonat. Als auch die beiden Männer, die die Nachhut bildeten, verschwunden waren, bog er in die Terrassenstraße.

Die Häuser waren sogar noch größer, als sie aus der Distanz zu sein schienen. Einige hatte drei Stockwerke. Architektur war nicht seine starke Seite, aber Kodjo schätzte, dass zahlreiche der Gebäude noch vor dem Zweiten Weltkrieg gebaut worden waren.

Der Sichtschutz zwischen den einzelnen Häusern bestand wiederum aus Bäumen. Es roch nach Grün und auch nach Wasser. Er hatte gesehen, dass das Ufer des Schlachtensees nicht weit hinter den Häusern links der Straße verlief. Es dauerte seine Zeit, bis er die Nummer 80 erreichte. Ein Haus wie die anderen. Versetzt von der Straße, mit einem großen Garten davor. Einer der beiden Männer, die die Gruppe abgeschlossen hatten, stand mit einem Rechen in der Hand am Rand und zündete sich eine Zigarette an. Kodjo passierte das Haus und verlangsamte sein Tempo.

Die Frage, was er hier genau erreichen wollte, konnte er nicht beantworten. Aber er musste mehr sehen von dem Haus, in dem Peter Dirk Holzmacher lebte. Deshalb blieb er stehen und bückte sich. Ganz langsam band er sich die Schnürsenkel neu und stand wieder auf. Ging zurück. Der Gärtner war verschwunden.

Kodjo blieb eine Minute auf dem Bürgersteig vor dem Haus stehen und betrachtete es. Es war nicht historisch. Eher ein Nachkriegsbau. Zwei Etagen plus ein Dach, in das noch ein paar weitere Fenster eingelassen waren. Autos waren keine zu sehen. Der Weg zur Vordertür war leer. Und neben dem Haus war eine Garage mit Raum für vier Wagen, aber nur eine Tür war offen, und dahinter blickte er auf ein paar an der Wand abgestellte Reifen.

Zeit, sich zu bewegen. Das war keine Gegend, in der man sich irgendwo unterstellte. Und ein Haus zu betrachten, sei es aus Freude an dessen Architektur oder an der schieren Pracht, konnte einem schnell schlecht ausgelegt werden. Er ging wieder in Richtung S-Bahnhof. Der Wagen, der ihm entgegengerollt kam, trug das Logo einer Sicherheitsfirma. «Sec-Tech» stand auf der Tür.

Genau, dachte Kodjo. Das ist es. Aber er ging weiter, ohne einen Blick ins Auto zu werfen. Hoffentlich saß niemand im Wagen, der sich an ihn von der Storkower Straße erinnerte. Eine halbe Minute später blieb er wieder stehen und drehte sich um. Der Wagen der Firma war verschwunden. Er musste noch mindestens einen weiteren Blick auf das Haus mit der Nummer 80 werfen.

Kodjo schlenderte auf der gegenüberliegenden Straßenseite entlang, bis er das Haus sehen konnte. Zwischen zwei kleinen Vans mit dem Logo einer Fliesenlegerfirma hindurch schaute er auf das Gebäude. Er gab sich Mühe, so viel wie möglich mit seinen Blicken aufzunehmen, aber er wusste nicht, wonach er suchte. Gewagte Dinge zu tun, wie etwa den Briefkasten, der am Haus selbst angebracht war, zu öffnen oder einen Spaziergang hinter das Gebäude zu machen, kamen nicht in Frage. In der Position war er einfach nicht.

Die Fenster im Parterre waren mit Gittern gesichert. Über

der Eingangstür prangte eine rote Alarmleuchte. Und schräg darüber … Kodjo fokussierte den schwarzen Fleck rechts vom Alarm, da war eine Kamera angebracht. Erst da sah er, was er die ganze Zeit schon hätte erkennen können. Da waren mehr dieser schwarzen Flecken, die an der weißen Wand des Hauses hingen. Er zählte: eine links vom Haus, den Garten überblickend, eine darüber, die die Garagen überwachte, und noch eine. Und die war auf ihn gerichtet.

Rechts von ihm nahm Kodjo irgendwo ein Geräusch wahr. Er blickte sich um und sah den Security-Wagen wieder in seine Richtung rollen. Ihm fiel nichts anderes ein, als sich hinter einem der beiden Autos zu verbergen. Noch während er sich bückte, dachte er, dass dies ein Fehler sei. Wenn er aus dem Auto bemerkt worden war, wäre er bald in der Rolle des Gejagten. Aber die Security-Leute fuhren vorbei.

Er richtete sich wieder auf und betrachtete das Haus noch ein letztes Mal. Dann ging er zurück. Vielleicht gab es noch eine andere Möglichkeit, etwas herauszufinden über diesen Peter Dirk Holzmacher. Hatten die Akten der B B Bau hier landen sollen? Und wenn ja … Was hatte das zu bedeuten? Und war die Antwort auf diese Frage überhaupt wichtig für ihn?

Auf jeden Fall war die Antwort auf eine andere Frage von Bedeutung. Habe ich einen besseren Anhaltspunkt als dieses Haus und Holzmacher?

Kodjo blieb stehen, als er einen Sportwagen mit hoher Geschwindigkeit auf ihn zukommen sah. Kurz hörte er auf zu atmen, als er erkannte, dass es genau das Modell war, das er suchte. Aber anstatt genauer hinzusehen, drehte er sich weg. Sosehr er sehen wollte, wer am Steuer saß, so wenig wollte er von dem Fahrer in dieser Gegend gesehen werden.

Als der Mercedes an ihm vorbeigerauscht war, schaute er ihm hinterher. Da war der Aufkleber.

Ein Impuls war es, der ihn dazu brachte, dem Auto nachzulaufen. Kodjo beschleunigte und erreichte schnell sein bestes Lauftempo. Bevor er das Haus mit der Nummer 80 erreichte, wurde er langsamer und blieb hinter einem Baum stehen, der an der Grenze zum Nebengrundstück lag.

Den Mann, der den Wagen direkt vor der Haustür abgestellt hatte, konnte er nicht mehr genau erkennen. Er hatte schon die Schwelle überschritten. Aber er war sich sicher, diese Bewegung der Schultern erkannt zu haben, die ihm in der Mordnacht aufgefallen war.

Kodjo fühlte eine Gänsehaut, die sich von den Schultern langsam über den ganzen Körper verbreitete. Das war er. Er hatte den Mörder gefunden.

41

Ich habe hier nichts mehr zu tun, sagte sich Kodjo, als er langsam über die Terrassenstraße zurückging. Ich muss einfach nur verschwinden. Und nicht noch mehr auffallen als ohnehin schon.

Vor einem neubarocken Haus stand ein weiterer Sec-Tech-Wagen. Oder war es derselbe wie eben schon? Es war das gleiche Modell, aber der Wagen war leer. Weitergehen. Endlich erreichte Kodjo die Straße, die zum Bahnhof führte. Zwei Frauen kamen ihm entgegen. Eine schwere, die eine Tasche unter den Arm geklemmt hatte, als befürchtete sie, dass sie ihr jemand entreißen wollte. Und eine dünne, die mit ihrer großen 70er-Sonnenbrille aussah, als hätte sie sich im Jahrzehnt vertan. Sie grüßten ihn mit einem kaum wahrnehmbaren Nicken. Er grüßte zurück. Ein Schwarzer, der ihnen hier entgegenkam, war sicher der Gärtner von irgendwem. Einem Nachbarn vom Arbeitgeber.

Noch ein Sec-Tech-Auto. Anderes Modell. Dieses Mal auf dem Weg in Richtung Bahnhof. Entweder hatten die Verträge mit mehreren Häusern in der Gegend, oder sie coverten gleich das ganze Villenviertel. Wie auch immer, dachte er. Erst einmal weg hier. So laufe ich nicht Gefahr, von jemandem wiedererkannt zu werden. Oder ... ihm kam ein Gedanke. Vielleicht war es schon passiert. Er war diesen Kollegen aufgefallen, und nun wollten sie sehen, ob er es auch tatsächlich bis zum Bahnhof schaffte und verschwand.

Der Bahnhof war fast leer. Der Typ im schwarzen Anzug hielt eine Zeitung so, dass er zur gleichen Zeit lesen und den Bahnsteig im Blick haben konnte. Eine schmale Sonnenbrille verdeckte seine Augen. Kodjo passierte ihn, stellte sich so, dass er seinen Rücken sehen konnte. Der Typ rührte sich nicht.

Eine Frau mit einem Säugling vor der Brust stellte sich zwischen Kodjo und den Anzug. Der Anzug holte ein Telefon aus der Jackentasche und sprach kurz hinein. Bewegte sich nicht vom Fleck. Schaute sich immer noch nicht um.

Der Typ ist ein Profi, dachte Kodjo. Und ich bin paranoid. Als die S-Bahn einrollte, machte er schnell einige Schritte zur Seite und stieg in ein anderes Abteil ein als der Anzug. Den schien das nicht zu kümmern.

Es war kurz vor zehn. Genug Zeit also, um rechtzeitig zur Arbeit zu kommen. Kodjo hielt einen Moment lang die Luft in der Lunge und hörte seinem Herzschlag zu. Ta-tamm, Ta-tamm, Ta-tamm. Er hatte ihn tatsächlich gefunden. War das nun Peter Dirk Holzmacher? Er hatte sich einen älteren Mann unter dem Namen vorgestellt. Oder gleich einen alten. War der Mörder ein Familienmitglied? Ein Sohn? Neffe? Enkel? Aber gleich, wer und was er war, er hatte ihn lokalisiert. Und das Kennzeichen des Mercedes hatte er auch: B-HT 1347. Damit musste sich doch irgendetwas anstellen lassen.

In Steglitz stieg noch ein schwarzer Anzug zu. Wie der andere trug er keine Tasche bei sich, dafür aber eine Sonnenbrille auf der Nase. Eine Zeitung hatte er auch in der Hand. Er war ein kleiner Mann, wendig, schlich geschickt um einen Riesen mit bunt gescheckten Turnschuhen und ebenso buntem Rucksack herum. Blieb hinter ihm stehen und hatte durch seine Brille den perfekten Blick auf ihn. Kodjo rutschte ein Stück zur Seite.

Sie mussten den Mörder aus seinem Versteck locken. Aber was dann? Und war das nicht schon die Idee gewesen, die hinter dem Verkleben der Plakate stand? Hatte der Täter die schon bemerkt?

Eine Frau, die ihm gegenübersaß, glotzte ihn an. Sie war älter als 40, aber noch keine 50. Jeans und Bluse. Locken vom Friseur. Schultertasche auf dem Schoß. Zu viel Rouge auf den Wangen. Sie sah ihm ins Gesicht. Nein, sie starrte.

Kodjo wandte den Kopf um und blickte auf Steglitz oder was immer das jetzt noch sein mochte. Er zählte bis zwanzig. Dann schaute er wieder die Frau an. Ihr Blick klebte immer noch auf ihm. Er glotzte zurück. Das ging zehn Sekunden lang gut. Schließlich bemerkte die Frau die Konfrontation und begann, mit ihren Fingern zu spielen. Kodjo meinte, Zorn in ihren Gesichtszügen zu sehen. Der kleine Anzug stand immer noch hinter dem großen Rucksack.

In Schöneberg ließ sich Kodjo Zeit. Der Anzug stieg vor ihm aus und verließ den Bahnsteig. Die Frau, die ihn eben noch angeglotzt hatte, rempelte ihn beim Aussteigen an. Die Bahn fuhr wieder los. Und Kodjo guckte sich um. Niemand zu sehen, der ihn im Visier haben konnte.

War er nervös! Aufgeregt. Als er auf die Ringbahn wartete, war der kleine Anzug nirgends zu sehen.

Reiß dich zusammen, sagte er zu sich. Zehn Minuten bevor ihn die anderen erwarteten, erreichte Kodjo das *Hibiskus*. Grüßte Linde hinter der Theke, Ellen und einen neuen Jungen im Service und ging zur Küche. Als er sich noch ein letztes Mal umblickte, meinte er auf der Straße einen bunten Rucksack zu sehen. Aber der ihn trug, war schon wieder verschwunden. Es war ein großer Mann gewesen. Da war er sich sicher. Kodjo war sich auch sicher, dass er runterkommen musste von dem Trip, verfolgt zu werden.

42

«Also war das mit den Plakaten ganz umsonst?» Marie saß am Zweipersonentisch in der Ecke des Cafés und blickte Kodjo in die Augen. Seine Schicht war zu Ende, ihre begann gleich.

«Wahrscheinlich.» Kodjo lächelte sie an. «Aber wir haben ihn ja. Na, fast ...»

«Hmhm. Fast. Was machen wir denn jetzt? Ich muss mich gleich mal umziehen. Viel los heute. Mehr als der halbe Laden ist schon reserviert für den Abend.»

«Wir wissen noch nicht viel. Wir haben ihn mit dem Haus in der Terrassenstraße in Verbindung gebracht. Aber seinen Namen haben wir noch nicht.»

«Wir haben das Kennzeichen.»

«Ja, kann man den Inhaber rausfinden? Wenn ihr wollt, dass ich aus der Schusslinie komme, müssen wir den Namen rausfinden.»

«Ich frage Anna mal, bevor ich mit der Schicht anfange. Vielleicht fällt ihr etwas dazu ein.» Marie stand auf und gab ihm einen Kuss. Flüchtig, aber auf die Lippen. Dann war sie weg.

Kodjo verließ das Café und ging zu Huffs Laden. Eula stand

hinter der Kasse und kassierte eine Frau ab, die Haarmittel einpackte. Färben, Glätten, all das Zeug. Eula hob nur den Kopf als Gruß und wandte sich einer anderen Kundin zu. Kodjo ging durch bis zum Hinterraum. Nur Huff und Issa saßen da. Beide sahen zu Boden.

«Was ist?», fragte Kodjo.

Die beiden sahen sich an. Jeder wartete darauf, dass der andere antwortete.

«Sagt schon.»

«Erinnerst du dich an Ato?» Issa stellte sein Bier auf dem Boden ab.

Kodjo dachte nach. «Lange nicht mehr gesehen. Der ist zurück in … Wo war er her?»

«Kamerun.» Huff.

«Abgeschoben.» Issa.

«Er war wieder unterwegs.» Huff.

«Hierhin?», fragte Kodjo.

«Hmhm.» Huff.

«Er hat mir ein Foto geschickt.» Issa. «Aus Marokko.»

«Und?»

Issa kramte sein Telefon hervor. Er drückte ein paar Tasten. Reichte es Kodjo.

Auf dem Foto war Ato zu sehen. Ein Selfie. Im Hintergrund das Meer. Ein Boot. Ein Schlauchboot. Mit Außenbordmotor. Ungefähr zwanzig andere Leute standen noch zwischen Ato und dem Boot. Einige von ihnen guckten in die Kamera. Die meisten rafften ihre Sachen zusammen. Einer reckte den Daumen nach oben und grinste.

«Okay?», fragte Kodjo.

Keiner der beide sagte etwas.

«Scheiße», sagte Kodjo. «Das Boot?»

Huff nickte.

Eula klopfte an den Türrahmen und winkte. «Bis später», sagte sie zu Huff.

Issa rollten Tränen über die Wangen. «Er war cool. Ich hab ihn gemocht. Wirklich.»

«Da sind Leute, die haben mit Ato geredet. Über ein Satellitentelefon. Sie sind in Seenot geraten.» Huff stand auf und verließ den Raum.

«Sie sind einfach abgesoffen», sagte Issa. «Die Spanier haben noch ein Rettungsboot geschickt. Aber es ist zu spät gekommen.»

«Sie sind alle ertrunken.» Huff stand wieder in der Tür.

Kodjo sah noch einmal auf das Display des Telefons. Atos Gesichtsausdruck war angespannt. Er wusste, auf was er sich einließ. Er hatte gewusst, dass die Fahrt über das Mittelmeer gefährlich sein konnte. Schließlich hatte er das nicht zum ersten Mal getan. Die anderen auf dem Bild waren alles Männer. 20 Jahre alt. 30. Kaum älter. Kodjo betrachtete einen, der gerade eine Schwimmweste vor der Brust zuschnürte. Bei hohem Wellengang rettete die niemanden. Er vergrößerte den Bildausschnitt neben dem Mann. Guckte genauer hin. Doch. Da saßen auch zwei Frauen. Eine von ihnen hielt ein kleines Kind auf dem Arm. Die Frauen steckten die Köpfe zusammen. Das würden sie nicht wieder tun.

Kodjo gab Issa das Telefon zurück.

«Ich will den Laden gleich zumachen», sagte Huff. «Brauche ein bisschen Zeit für mich.» Er stand auf und ging aus dem Raum.

Issa stand auch auf. Ging in den Verkaufsraum hinein.

Kodjo folgte ihm und blieb sofort stehen. «Halt», sagte er. Und drehte sich wieder um. «Kommt zurück.»

«Was ist?», fragte Huff, als die drei wieder im Hinterraum angekommen waren.

«Der Typ da draußen.»

«Welcher Typ?» Issa war beinah wieder im Laden, aber Kodjo hielt ihn an der Schulter fest.

«Nicht! Warte.» Kodjo zeigte in Richtung Straße. «Wenn du rausguckst, steht da einer. Großer Kerl. Jeans und Hoodie. Der verfolgt mich.»

«Dich?» Huff. «Ein Bulle?»

«Kein Bulle. Aber ich hab den am Morgen schon einmal gesehen. Glaube ich jedenfalls.»

«Come on», sagte Huff. «Du glaubst es? Oder du bist dir sicher?»

«Ich bin … ich weiß es nicht. Am Morgen hatte ich so ein komisches Gefühl.»

«Und wo hast du den gesehen?» Issa.

«In der S-Bahn.»

«Wo?» Huff.

«Von Steglitz bis Schöneberg.»

«Und was hast du da getan?» Issa.

«Ist doch egal. Ich glaube, dass der mir folgt.»

«Weißt du was?», sagte Issa. «Ich geh jetzt raus und versuche was. Bin gleich wieder da.»

«Willst du ihn von hier weglotsen?», fragte Kodjo.

«Nein, dann brauchte ich ja deine Klamotten. Gib mir fünf Minuten.» Damit verschwand Issa aus dem Laden. Kodjo steckte den Kopf noch zur Tür des Hinterzimmers hinaus, aber Issa war nicht mehr zu sehen.

«Wenn es kein Cop ist», fragte Huff, «wer sonst?»

Kodjo erzählte ihm die Geschichte vom Morgen. «Wow», sagte Huff. «Also hast du ihn?»

«Noch nicht. Ich bin mir ja nicht einmal sicher, wie er heißt.»

«Kann ich dir irgendwie helfen?»

Kodjo dachte ein paar Sekunden lang nach. «Ich sag Bescheid, wenn es da was gibt.»

Die Ladentür wurde geöffnet. Issa kam zurück. «Also ...», sagte er.

«Was?», fragten Kodjo und Huff gleichzeitig.

Issa holte sein Telefon aus der Hosentasche und reichte es Kodjo. «Drei Bilder.»

Kodjo sah ein Ganzkörperbild, ein Profil des Gesichts und ein verwackeltes, das den Mann von vorn zeigte. «Das Letzte hab ich heimlich gemacht. Sorry.»

Neue Blue Jeans. Schwarzer Hoodie, Kapuze im Nacken. Das Gesicht ... unauffällig. Eines, bei dem man Schwierigkeiten hätte, es zu beschreiben. Rund, Stupsnase, rasiert, dunkles Haar ohne spezifische Farbe, die Ohren etwas größer und oben irgendwie ausgefranst – aber wann achtet man schon auf die Ohren? Kodjo stellte die Figur in bunte Schuhe und hängte ihm diesen bunten Rucksack an. Ganz sicher war er sich nicht.

«Ich glaube, dass er das ist», sagte er dann aber.

«Also wartet er darauf, um dich ... was? Zu verfolgen?»

«Wahrscheinlich. Wenn er das ist, hat er Erfolg gehabt. Wie soll er sonst hierhergekommen sein, wenn nicht auf meiner Spur?»

«Was also machen wir?» Huff ging nach vorn, kam eine halbe Minute später wieder. «Der ist ein paar Meter weitergegangen.»

«Vielleicht musst du mir jetzt schon helfen», sagte Kodjo.

«Wie?»

«Kann ich woanders raus?»

«Schon.» Huff zeigte auf das Fenster des Hinterzimmers. «Im Hof über die Mauer. Dann ins Haus auf der anderen Seite des Blocks.»

«Ist da die Hoftür offen oder abgeschlossen?»

«Das musst du schon selbst rausfinden.»

Zwei Minuten später kletterte Kodjo über die Mauer aufs angrenzende Grundstück. Die Hoftür ließ sich öffnen, und schon war er auf der Straße. Huff und Issa würden noch eine Weile im Laden bleiben, entgegen Huffs ursprünglichen Plänen. Sie würden gemeinsam abschließen, um dem Großen zur Not entgegentreten zu können.

Kodjo war ihnen dankbar. Aber stärker als das Gefühl der Dankbarkeit war die Sorge darüber, was die Überwachung zur Folge haben konnte. Ein Hinweis an die Polizei, und er war womöglich für lange Zeit eingesperrt.

43

Zu Hause legte sich Kodjo aufs Bett und betrachtete die Fotos des Mannes, die ihm Issa noch geschickt hatte. Er war sich inzwischen sicher, dass das sein Verfolger vom Morgen war. Der mit dem Rucksack. In der S-Bahn hatte er mehr auf die bunten Farben geachtet als auf das Gesicht des Mannes. Und er erinnerte sich deutlicher an den kleinen Mann im Anzug, der sich hinter dem Großen versteckt hatte. Auf den hatte er geschaut. Den hatte er sich gemerkt. Und den hätte er wiedererkannt.

Nach Hause war ihm ganz sicher niemand gefolgt. Dafür war das Ablenkungsmanöver mit Huff und Issa gut gewesen. Aber sie wussten jetzt, wo er arbeitete. Dort würden sie warten. Wer auch immer sie waren. Kodjo versuchte, die Ereignisse des Morgens zu rekapitulieren. Denn da hatte es angefangen.

Die Kameras am Haus in der Terrassenstraße. War er da schon irgendwem aufgefallen? Hatte der Fahrer des Mercedes ihn bemerkt? Bemerkt und erkannt? Erkannte der einen Afrikaner wieder, dem er mitten in der Nacht begegnet war? Aber es war ja nicht irgendeine Nacht gewesen, in der sie in dieser Tür zusammengestoßen waren. Der andere hatte gerade eine Frau getötet.

Hatte der Mercedes-Fahrer die Kameras ausgewertet, nachdem er zu Hause war? Aber warum hatte er so schnell reagieren können? Die waren ihm doch offensichtlich schon in der S-Bahn auf den Fersen gewesen. Dann hatte er ihn eben schon früher erkannt. Doch auf der Straße.

Vom Haus in der Terrassenstraße bis zum Bahnhof hatte Kodjo zehn Minuten gebraucht, vielleicht ein bisschen mehr. Genug Zeit für den Mörder, um Leute aufzutreiben, die sich mit Überwachung beschäftigten. Da kamen die Leute von Sec-Tech ins Spiel. Ein Auto mit Firmenlogo hatte ihn überholt, als er auf dem Weg zurück zur S-Bahn gewesen war. Was also wusste der Mann nun von ihm? Er kannte das *Hibiskus*. Und Huffs Laden, wo Kodjo der Bewachung entwischt war. Was würde der Große berichtet haben? «Chef, der hat mich geleimt.» – Oder: «Wer konnte denn mit so was rechnen?» Hatte der Große überhaupt begriffen, dass er ihm ein Schnippchen geschlagen hatte? Oder dachte der, dass es sein eigener Fehler war, der dazu geführt hatte, dass er seine Zielperson verloren hatte? So viele Schwarze. Die sehen alle gleich aus. Man kennt das ja.

Wenn er nicht illegal wäre … Was würde er tun?

Zur Polizei gehen und alles aufklären. Vielleicht. Hallo, ich bin der Kodjo, und ich würde so etwas nie tun. Ach so, würde irgendein Polizist sagen, na ja, schade, nichts für ungut, also suchen wir halt weiter, bis wir den Mörder gefunden haben.

Sie würden ihn einsperren und verhören. So viel war klar.

Aber wenn er legal wäre, dann wäre er gar nicht in diese Situation gekommen. Hübsche Wohnung und guten Job. Ohne diese Abhängigkeit von Jeanette. Und er hätte nicht in dieses

Abrisshaus umziehen müssen, weil sie die Wohnung für was auch immer brauchte.

Scheiße. Er hatte Jeanette vergessen. Schon wieder. Und sie hatte ihn nicht angerufen. Das war ein Zeichen dafür, dass sie schmollte. Was hatten sie genau verabredet? Nichts … Außer …

Es war fast zehn. Der Abend war noch lang. Ruf sie sofort an, sei nett zu ihr, alles wird gut. Kodjo nahm das Telefon zur Hand und holte Jeanettes Nummer auf das Display. Starrte sie an. Und drückte sie weg.

Schlaf eine Nacht lang, sagte er sich. Er zog sich aus und legte sich unter die Decke. Dann dachte er an Marie und konnte nicht einschlafen. Dachte an ihren schönen deutschen Pass. Und verfluchte sich gleich für den Gedanken.

Jetzt schlaf aber, befahl er sich. Er sah den Großen, in Bunt, die Schuhe, den Rucksack, und auch, wie er mit anderen Klamotten gegenüber von Huffs Laden stand. Der würde ihn nicht noch einmal verfolgen.

Du musst schlafen, Kodjo. Er drehte sich auf die Seite und zog die Decke über den Kopf. Konnte er überhaupt wieder ins *Hibiskus* gehen? Dort würden die doch auf ihn warten. Er setzte sich wieder auf. Schlaf konnte man nicht erzwingen.

Er versuchte, ganz ruhig zu atmen.

Das Telefon klingelte. Jeanette.

«Hallo», sagte Kodjo.

«Hallo», sagte Jeanette. Ihre Stimme war trocken und klang, als würde sie durch einen Mantel hindurch reden. «Ich möchte, dass du ausziehst. Nicht sofort, aber du musst dir bald etwas anderes suchen.» Es hörte sich an, als würde sie von einem Zettel ablesen. «Und wir sind natürlich auch nicht mehr zusammen. Ich will dich nicht mehr treffen. Sag mir einfach, wann du weg bist. Den Schlüssel kannst du in den Briefkasten werfen.» Da war eine Pause, als hätte sie noch ein paar

Sachen auf den Zettel geschrieben, aber dann beendete sie das Gespräch auch schon.

Kodjo stand auf und suchte nach dem billigen Whisky, den irgendwer einmal mitgebracht hatte. Es war der einzige Alkohol, der noch im Haus war. Er goss sich davon in ein Wasserglas und trank in kontrollierten Schlucken, bis er fühlte, wie ihm im Kopf und im Bauch gleichzeitig warm wurde.

Schon wieder das Telefon. Er sah auf das Display.

«Marie», sagte er, als er sie schon weinen hörte. «Was ist?»

«Weißt du, was das Zischen bedeutet?»

«Welches Zischen?»

«Erinnerst du dich? Die beiden jungen Weißen am Fluss.»

«Ach so ...»

«...»

«Was?»

«...»

«Marie?»

«Es ist Gas ... Sie meinen die Gaskammer.» Kodjo hörte ihr tiefes Schluchzen.

–

–

–

TEIL 2

1

Es war kurz nach 15 Uhr, als Deniz Ortaç den Wecker hörte. Er hieb mit der Hand auf die Uhr und wunderte sich wie stets darüber, dass das Stück, das er für einen Euro in einem Ramschladen gekauft hatte, unter seiner Hand nicht zerbarst. Dann setzte er sich auf die Bettkante und pulte die Stöpsel aus den Ohren. Eine halbe Stunde noch, dann würde die Jüngste aus der Schule kommen. Bis dahin wollte er geduscht und angezogen sein.

Deniz öffnete die Vorhänge und blickte hinaus. Der Umzug nach Schöneberg war der richtige Schritt gewesen, dachte er, als er die Leute auf den U-Bahnhof Bayerischer Platz zugehen sah. Ihre drei Kinder waren hier sicherer als im Wedding. Zu viele Ausländer dort. Zu viele Drogen.

Vor den Drogen hatte er am meisten Angst. Manche von den Afrikanern, die da überall herumlungerten, kamen einem nach bis auf den Bahnsteig am Leopoldplatz. Natürlich war es nicht so schlimm wie am Görlitzer Bahnhof. Da war man kaum aus der Bahn gestiegen und hörte schon das Flüstern der Mittelsmänner. Na gut … Er wurde natürlich nicht angesprochen. Schließlich sah er nicht so aus, als würde er Drogen nehmen.

Und auch wenn es im Wedding noch nicht so weit gekommen war, hatte er die Entscheidung nie bereut, nach Schöneberg zu ziehen. Schiefgehen durfte eben nichts. Die beiden Gehälter reichten für die Wohnung, für die drei Töchter und ihre Ausbildung, für alles andere auch. Wenn auch knapp. Viel blieb nicht übrig. Nur schiefgehen durfte halt nichts. Sein Gehalt war ja relativ sicher. Und Semiha brachte seit der Beförderung zur Oberstudienrätin auch ganz gutes Geld mit. Es würde schon alles gutgehen.

Seit er den Nachtbus fuhr, hatten sie auch noch die Zulage. Semiha und er hatten vereinbart, das zusätzliche Geld zu sparen. Es gut anzulegen. Wenn wirklich einmal etwas schiefgehen sollte, hatten sie immer noch diese Sicherheit. Das beruhigte ihn in Situationen wie dieser.

Direkt nach dem Aufstehen war er am wenigsten er selbst. Alles schien in der Schwebe, in Unordnung. Was hatte man heute schon noch, auf das man sich verlassen konnte? Wer arbeitete noch über Jahrzehnte in einem einzigen Job? Das war früher. Sein Vater hatte so gelebt, nachdem er nach Deutschland gekommen war. 34 Jahre lang bei Ford in Köln.

Deniz drehte den Wasserhahn an der Dusche auf. Dafür, dass die Wohnung in so einem guten Zustand war, musste man ganz schön lange warten, bis das Wasser heiß wurde. Da musste die Hausverwaltung mal ran. Deniz zählte bis zehn und stieg unter den Strahl. Dann drehte er das kalte Wasser so weit herunter, wie er es ertragen konnte. Ließ die Hitze auf den Rücken trommeln. Dachte an die letzte Nacht. Wie er die Tür vor der Gruppe mit den Bierflaschen geschlossen hatte und losgefahren war. Einer von den Kerlen hatte gegen den Bus getreten. Arschlöcher. Die waren total stramm gewesen. Bestimmt hätte einer von denen auf seinen Sitz gekotzt. Genau so hatten sie ausgesehen. Man musste ab und zu entscheiden, wen man mitnahm und wen nicht. Wenn am Hackeschen Markt eine große Gruppe in den N8-Bus stieg, hatte er wenig Möglichkeiten, Einzelne draußen zu lassen. Aber bei einer der kleineren Haltestellen fuhr er schon einmal weiter, wenn er eine betrunkene Gruppe warten sah. Schließlich war er für die Sicherheit verantwortlich. Niemand sonst.

Heute würde es nicht so stressig werden. Regen war für die Nacht angesagt. Er mochte den Regen. Man musste beim Fahren besser achtgeben. Die Sicht war nicht so gut, und der Bremsweg wurde länger. Aber der Regen hatte ganz klar seine Vorteile. Er zivilisierte sein Publikum.

Deniz trocknete sich ab und blickte aus dem Fenster auf den Himmel. Ein durchgehendes Grau, wie man es in Berlin so oft hatte. Dagegen konnte man nichts machen. Wetter war eben Schicksal. Gleich würde es tatsächlich anfangen zu regnen. Er hatte ein Gespür dafür. Im Schloss der Wohnungstür wurde ein Schlüssel herumgedreht.

2

Es würde bald regnen, dachte Kodjo, als er die beiden Taschen auf den Bürgersteig in Moabit stellte. Ihr Gewicht hatte an seinen Schultern gezogen, seit er die U-Bahn verlassen hatte. Das war ein Teil seines kargen Besitzes, ein paar Bücher, der Rechner, die Schuhe, Laufklamotten. Ein- oder zweimal würde er noch nach Neukölln fahren müssen – er hoffte, dass das reichte, um den Rest aus Jeanettes Wohnung zu holen. Ein paar hundert Meter noch. Er nahm die Taschen wieder in die Hände. Und hoch in den vierten Stock. Gut wäre, den Rest heute noch abzuholen.

Er schloss die erste Tür auf und arretierte sie in der Wand. Dann ging er hinaus und nahm die beiden Taschen auf. Als er sich herumdrehte, um wieder ins Haus hineinzugehen, sah er an der nächsten Ecke eine Silhouette, die ihm bekannt vorkam. Noch bevor er den Blick scharfstellen konnte, war sie verschwunden. Kodjo verharrte einen Moment und überlegte, was ihm an der Gestalt bekannt vorgekommen, was genau ihm aufgefallen war. Groß und dünn. Irgendetwas an der Haltung, das ihn an etwas erinnert hatte?

Egal.

Als die große Tür zugefallen war, erinnerte er sich an einen Stammgast des *Hibiskus*, der groß und hager war. Er trank grundsätzlich in Ruhe einen Milchkaffee, bevor er das Essen bestellte. Immer war es kurz vor 14 Uhr, wenn er kam. Und immer trank er zuerst den Kaffee. Nie bestellte er den Kaffee und das Essen gleichzeitig. Konnte er das gewesen sein? Es war eine weite Strecke vom Café bis hierhin. Aber war er selbst nicht auch hier in Moabit?

Kodjo schloss die Tür zum Hinterhaus auf. Sie ließ sich nicht in der Wand festhaken. Also gab er ihr einen Tritt, sodass sie weit aufschwang, und packte die beiden Taschen. Als sie wieder zufallen wollte, stemmte er sich mit der Schulter dagegen und ging hinein. Langsam machte er Schritt für Schritt nach oben.

Dort stellte er die Taschen ab und ging zum Fenster. Die Zimmer in der Wohnung gegenüber waren noch nicht ausgeräumt. Auch der Raum, in dem der Mord geschehen war, sah so aus, als würde Dunya L. gleich wiederkommen und einen Klienten empfangen. Ein Regentropfen erreichte die Scheibe vor Kodjos Nase und rollte langsam und ein wenig widerstrebend herunter. Kurz bevor dieser den Fensterrahmen erreichte, löste er sich auf. Er hatte seine Energie verprasst. Ein zweiter Tropfen rollte in Kodjos Blickfeld, noch ein dritter.

Es hatte angefangen zu regnen. Trotzdem wollte Kodjo die Arbeit des Tages fortsetzen. Die Wohnung räumen, um Jeanette aus dem Weg zu gehen. Und dann so schnell wie möglich eine neue Unterkunft finden. Eine Woche gab er sich. Die afrikanischen Netzwerke, das *Hibiskus*, ein paar alte Bekannte – schlimmer als hier unterm Dach konnte es ohnehin nicht werden.

Ihm war klar, dass er vorsichtig sein musste. In dieser Gegend lief jeder, den sie für einen Afrikaner halten konnten, immer noch Gefahr, von der Straße weg aufgelesen zu werden. Aber er würde sich vorsehen. Er war in den zehn Tagen nach dem Mord nicht festgenommen worden, und er würde das auch jetzt zu verhindern wissen. Als er das Vorderhaus verließ, schaute er sich um, während er die Tür hinter sich mit einem Fuß offen hielt. Zur Not konnte er in weniger als einer einzigen Sekunde wieder von der Straße verschwinden.

Aber niemand schenkte ihm auch nur für ein Gramm Beachtung. Eine Frau mit Kinderwagen ging vor ihm den Fußweg entlang. Gegenüber stand ein Junge mit einem Fußball und wartete auf irgendetwas oder irgendjemanden. Es regnete nun, aber nicht stark.

Er verließ das Haus endgültig, schaute sich dabei noch einmal um. An der Ecke, wo diese Gestalt eben verschwunden war, ließ sich niemand blicken.

Da vorn war der Eingang der U-Bahn. Kodjo würde versuchen, den Rest seines Besitzes in zwei weiteren Fuhren nach Moabit zu bringen. Jeanette den Schlüssel im Briefkasten hinterlassen. Grußlos.

3

«Das ist nicht gut gelaufen.»

«Sie haben so recht, Herr Holzmacher.»

«Ich meine, die haben sich den Wagen unter dem Arsch weg stehlen lassen.»

«Dazu gibt es keine zwei Meinungen.»

«Das war ein ehemaliger Angestellter. Wir haben ihn rausgeworfen. Er war nicht zuverlässig. Und dann so etwas.»

«Das ist ein Problem heute. Bei Sec-Tech haben wir auch Probleme, qualifiziertes Personal zu kriegen.»

«Ja ... Man kennt das. Und zu diesem Kerl ... Ich will den haben. Aber ohne großes Aufsehen zu machen.»

«Okay ...»

«Ich weiß, wo er jetzt wohnt, oder jedenfalls weiß ich, in welchem Viertel.»

«Das ist ...»

«Moabit.»

«Also ...»

«Diese Akten ...»

«Ja?»

«Wir wollen nicht, dass sie Dritten in die Hände fallen. Da geht es um allerlei delikate Angelegenheiten. Sie wissen ja, dass die B B Bau nicht so lange existiert hat. Da gab es Gespräche mit allen möglichen Partnern über viele Geschäfte, die letztlich nicht zustande gekommen sind. Und das kann man aus den Akten ersehen. Und Sie wissen vermutlich, dass die B B Bau am Ende so eine schlechte Presse hatte. Wir wollen unsere anderen Firmen nicht mit dieser Sache herunterziehen.»

«Klar.»

«Und dann gibt es da noch etwas ...»

«Schießen Sie los. Mich können Sie nicht so leicht erschrecken.»

«Haha ... das ist gut. Es ist Folgendes. Da sind vielleicht ein paar Dinge in diesen Aktenordnern, die verweisen auf Vorgänge, die nicht immer ganz astrein gewesen sind. Verstehen Sie mich?»

«Klar. Sie meinen, die Unterlagen müssen nicht irgendwann in der Zeitung auftauchen. Von uns können Sie alle Unterstützung erwarten, die man sich vorstellen kann. Wie viele Leute brauchen Sie?»

«Sechs auf jeden Fall.»

«Kein Problem. Für wie lange?»

«Einen Tag und eine Nacht vielleicht.»

«Wie gesagt … Kein Problem.»

«Und die Leute, die Sie mir schicken, die müssen alle vertrauenswürdig sein.»

«Sie wissen, dass Sie sich auf uns verlassen können. Also … bis auf diesen Zwischenfall, für den ich mich noch einmal entschuldigen möchte. Aber diese beiden Idioten …»

«Wissen Sie was? Schicken Sie mir diese beiden auch.»

«Die beiden? Warum? Ach … Ja, ich sehe, was Sie meinen. Wiedergutmachung. Sie wollen ihnen eine Chance geben, nicht wahr. Das finde ich nobel von Ihnen, Herr Holzmacher. Wirklich nobel. Die beiden werden Sie nicht enttäuschen. Nicht noch einmal.»

Frank Michael Holzmacher war sich ganz sicher, dass ihn die beiden nicht noch einmal enttäuschen würden. Er steckte das Telefon weg. Sie würden Feuer und Flamme sein, dem Schwarzen eins auszuwischen. Besseres Personal für die Aufgabe konnte es gar nicht geben. Die anderen vier waren auch Leute, die schon für die Firmen von seinem Vater gearbeitet hatten. Die würden nicht blöd rumheulen, wenn sie ein bisschen zupacken mussten. Vielleicht, dachte er, machte es ihnen sogar Spaß.

4

«Komme sofort», sagte Marie. Sie stellte drei schmutzige Teller samt Besteck in die Durchreiche zur Küche, ging zur Kasse neben der Theke und lächelte Ellen an, die auf einem Barhocker saß und an einem Tee nippte. Mit dem ausgedruckten Beleg erschien Marie am Tisch und kassierte. Die Frau mit dem gefärbten Blondhaar bezahlte für sich und die beiden Jungs, die ihre beinah erwachsenen Söhne sein konnten.

«Trinkgeldschwemme.» Marie leerte das Fach in ihrem Portemonnaie, in dem die freiwilligen Gaben der Gäste landeten, in einen Topf aus, der am Abend unter allen geteilt wurde.

«Gibt Schlimmeres!», sagte Ellen und übernahm die Börse. «Irgendwas Besonderes?», fragte sie. Marie schüttelte den Kopf.

Als Marie sich umzog, fiel es ihr ein. Klar war da was gewesen. Ein großer massiver Typ hatte eine Stunde lang im *Hibiskus* gesessen. Zwei Tassen Kaffee hatte er bestellt, schwarz, und sie recht langsam getrunken. Das allein war noch nicht auffällig gewesen. Aber er hatte nicht die üblichen Dinge getan, die die Gäste des Cafés eben tun. Keine Zeitung gelesen, nicht an irgendetwas gearbeitet, nicht auf jemanden gewartet. So was kriegte man ja mit. Er hatte einfach nur dagesessen. Jeden Tag waren Leute im Café, die niemand kannte. Ein wenig Laufpublikum. Ein paar Leute aus der Nachbarschaft, die sonst nicht auftauchten. Stammgäste aus anderen Cafés, die nur kamen, wenn ihr Stammladen voll war. Aber selten fielen Leute so auf wie er. Schon wie er auf seinem Stuhl gesessen hatte. Als ob er sich nicht wohl fühlte. Als ob er das erste Mal an einem Restauranttisch Platz genommen hatte. Das merkte man Leuten sofort an, wenn sie es nicht gewohnt waren, einen Kaffee zu bestellen. Und dann hatte er die ganze Zeit auf den Boden geschaut. Was machten Leute, die allein in einem Restaurant waren? Sie beobachteten das Geschehen. Ihr war aufgefallen, dass er das nicht getan hatte.

Und trotzdem hätte sie ihn sicher längst vergessen. So wie man Leute, die nicht wichtig waren, eben zu den Akten legte. Wenn sie ihn nicht noch zweimal draußen auf der Straße gesehen hätte.

Einmal war sie sich nicht sicher gewesen. Sie hatte gerade bedient und ein paar Teller auf einem Tisch platziert, da schien ihr, als wäre ihr die große Gestalt vor den Caféfenstern erschienen. Als die Teller an der richtigen Stelle gestanden hatten, war er nicht mehr zu sehen gewesen. Aber später hatte sie an der Kasse eine Rechnung ausgedruckt. Da hatte sie bemerkt, wie er sich in einem Hauseingang schräg gegenüber auf der anderen Straßenseite eine Zigarette angezündet hatte. Er hatte dagestanden und genauso teilnahmslos geblickt wie vorher im Café. Hatte es da schon geregnet? Sie wusste es nicht mehr.

Erst jetzt fiel ihr der einzige Bezug ein, den es zu dem Mann geben konnte. Kodjo. Warum war sie da nicht früher draufgekommen? Sie zog sich fertig um und ging in den Hausflur. Langsam öffnete Marie die Tür zur Straße hin und stellte sich in den Eingang. Der Regen war stärker geworden. In der Tür schräg gegenüber war der Große nicht mehr zu sehen. Vielleicht war er verschwunden.

Sie suchte Kodjos Nummer in ihrem Telefon und drückte die grüne Taste. «Der gewünschte Teilnehmer ist zurzeit nicht erreichbar», hörte sie. «Bitte hinterlassen Sie eine Nachricht oder versuchen Sie es zu einem späteren Zeitpunkt noch einmal.» Dann der Biep.

«Ich bin's», sagte sie. Und weil sie sich nicht sicher war, ob Kodjo ihre Stimme im Telefon sofort erkennen würde, setzte sie noch hinzu: «Marie.» Was konnte sie erzählen? Lass dir schnell etwas einfallen, dachte sie. «Ich will dich nicht verunsichern», begann sie. «Da ist so ein Typ. Der lungert vor dem Café herum. Der war sogar hier drin. Und ich dachte … Diese Geschichte bei Huff … Vielleicht ist das ja derselbe. Vielleicht auch nicht. Ruf mich an.»

Nach dem finalen Biep drückt sie auf Rot und steckte das Telefon in ihre Tasche. Aber sie nahm es noch einmal heraus und stellte die Verbindung erneut her. «Ruf mich sofort an», sagte sie.

Sie hatte noch eine Hausarbeit zu Ende zu bringen. Psychologie. Aber sie war nicht in der Stimmung für so etwas. Trotzdem ging Marie nach Hause. Wie sollte sie Kodjo auch helfen, wenn sie nicht einmal wusste, wo er war?

5

«Wir sollen nach Moabit kommen.»

«Warum? Ich habe frei.»

«Der Schwarzafrikaner …»

«Der? Der ist in Moabit?»

«Hmhm. Chef meint, der Typ hätte genau gewusst, wo er ranwollte. Da in der Etage letzte Woche. Ehemaliger Angestellter von dieser Baufirma. Der hat wohl nach was gesucht.»

«Das Schwein.»

«Genau. Und Chef meint, wir sollen sehen, dass wir das diesmal nicht versauen.»

«Was sollen wir denn tun?»

«So genau weiß ich es gar nicht. Irgendwer von der Firma will ihm eine Abreibung verpassen.»

«Das will ich auch.»

«Ja … Aber wir halten uns zurück.»

«Vielleicht ergibt sich eine Gelegenheit.»

«Ja, vielleicht. Holst du mich ab?»

6

Der kleine Koffer gehörte ihm, genau wie diese grässliche Sporttasche. Einen Moment lang überlegte Kodjo, sie in der Wohnung zu lassen. Aber obwohl ihm an der Tasche selbst nicht gelegen war, missfiel ihm die Idee, dass Jeanette hier noch etwas von ihm vorfand. Irgendetwas von ihm in der Hand hielt.

Die Beziehung war von Anfang an ein Fehler gewesen. Er hatte sich leichtfertig darauf eingelassen. Jeanette war nett und erfahren, sie hatte ihm eine Bleibe geboten und dadurch ein wenig Sicherheit inmitten all der Unsicherheit. Beim Sex hatten sie Spaß miteinander gehabt, und selbst die Aussicht auf ein paar Jahre zusammen mit ihr hatten ihn nicht erschreckt. Als er ein T-Shirt vom Wäschereck nahm, fiel sein Blick auf das Foto, das Jeanette ihm auf den Nachttisch gestellt hatte.

In Schal und Mütze, grün beides, und etwas zu grell für seinen Geschmack. Das Foto hatte er selbst gemacht während eines Ausflugs an die Ostsee. Ein schöner Tag war das gewesen. Sie hatten sich noch nicht so lange gekannt. Und Jeanette hatte geheimnisvoll getan, als sie ihn zu einer Reise mit unbekanntem Ziel mitgenommen hatte. «Einer meiner Lieblingsplätze.»

Sie waren auf einer Halbinsel gelandet, endloser Strand. Die Sonne hatte geschienen, aber kalt war es trotzdem gewesen. Und als Jeanette ihn während des Spaziergangs im Gegenwind umarmt hatte und nicht wieder loslassen wollte, hatte er ihre Verliebtheit gespürt. Sie waren schon ein paarmal im Bett gewesen vorher, aber da war noch nichts, das sie ausgesprochen hatten. Keines der magischen Worte, keines der Signale, die ausdrücken, dass morgen auch noch was geht. Aber in diesem Moment, am Strand an der Ostsee, hatte er gespürt, dass Jeanette etwas sagte, das sie nicht zu sagen brauchte.

Kodjo legte das Foto auf den Kopf. Es erinnerte ihn an die Gedanken, die ihn selbst dominiert hatten damals. Er hatte ja gewusst, was Jeanette für einen Job hatte. Er hatte gewusst, dass sie Wohnungen vermakelte und vermietete. Und er hatte auch gewusst, dass die Verliebtheit einseitig bleiben würde. Geredet hatte er anders. Er hatte seinen Anteil an der Situation.

Der kleine Koffer war jetzt voll. Klamotten und ein paar Sachen, die er für die Küche gekauft hatte. In die Sporttasche warf er noch die Wintersachen. Die beiden Mäntel und die Steppjacke. Und die schweren Stiefel, die ihm Jeanette gekauft hatte. Das war's. Alles war eingepackt. Er musste nicht mehr wiederkommen. Er blickte sich noch einmal um in der Wohnung und öffnete die Tür zum Flur. Dann ließ er aber Koffer und Tasche stehen und ging zum Fenster. Der Regen fiel gleichmäßig in die Passage, von der die Haustüren abgingen. Zwei Kleinkinder planschten in einer Pfütze, eingepackt in wasserdichte Klamotten. Kodjo suchte die Augen, die die Kleinen bewachten, und fand sie schnell. In einer der Haustüren stand ein Mann und schaute müde auf die beiden Kinder. Jeans und schwarzer Blouson. Seine emotionale Beteiligung war bei null. Vielleicht hatte er keine Lust auf das deutsche Wetter. Oder er glaubte, mit seiner Zeit Besseres anfangen zu können, als Kinder zu beaufsichtigen. Egal, sagte sich Kodjo. Auf dem Weg zur Tür stellte er Jeanettes Foto wieder auf und griff in die Schublade des Nachttisches. Er holte eine Handvoll Kondome heraus und steckte sie in die Sporttasche.

Die Schlüssel zur Wohnung und zum Haus warf er in den

Briefkasten. Öffnete die Haustür. Der Regen wurde stärker, und er blieb noch im Trockenen stehen. Eine Tür weiter stand eine Frau in Gore-Tex-Klamotten und sah den beiden kleinen Planschern lächelnd dabei zu, wie sie sich einsauten.

Kodjo blickte die Passage entlang in die eine Richtung, soweit es ihm von seinem Standpunkt aus möglich war. Dann in die andere. Der schlechtgelaunte Mann war nicht mehr zu sehen. Sicher hatte er sich eben nur untergestellt. Das war Menschenrecht bei diesem Wetter. Er versuchte, sich an das Gesicht des Typen zu erinnern.

Schwierig.

Normal. Ein normales weißes Gesicht.

Egal. Er musste weiter. Den Koffer packte Kodjo unter den Arm, die Sporttasche schulterte er. Und begann zu laufen. Er war schlecht ausgestattet dort unter dem Dach. An einen Wäscheständer war gar nicht zu denken. Also sollte er darauf achten, einigermaßen trocken nach Moabit zu kommen.

Die U7 rollte gerade ein, als er die Treppe zum U-Bahnhof Rathaus Neukölln hinunterging. Er machte ein paar schnelle Schritte, um in den Waggon zu gelangen. Nur im Augenwinkel nahm er den Mann wahr, der einige Türen weiter zustieg. Als die Türen sich geschlossen hatten, versuchte Kodjo, die Jeans und die schwarze Jacke des Mannes in der U-Bahn mit der Kleidung abzugleichen, die der Typ in der Passage getragen hatte. Es gelang ihm nicht.

Er setzte sich hin. Ihm gegenüber saß ein junger Kerl, ein Junge eigentlich noch. Er trug eine Jeans. Und darüber eine schwarze Jacke. Normal eben, dachte Kodjo, so ein Outfit. Alles ganz normal.

7

Das war gelungen, dachte er. Frank Michael Holzmacher betrachtete sich im Rückspiegel des Firmenwagens und hatte keinen Zweifel daran, dass ihn hier niemand wiedererkennen würde. Sein Haar war kurzgeschoren. Mit der Maschine, die er auf drei Millimeter gestellt hatte, war das eine Sache von Sekunden gewesen. Vater würde ihn darauf ansprechen morgen in der Firma. Wie siehst du denn aus? Er würde ihm entgegnen, dass er beim Friseur gewesen war, aber schließlich – nicht zufrieden mit der teuren Frisur – den Laden verlassen hatte. Das kapierte der Alte. Nicht zufrieden zu sein mit der Leistung anderer.

Der Bart war noch nicht sehr stark, höchstens so lang wie das Haupthaar. Aber auch er veränderte sein Aussehen deutlich. Er hatte rund um Mund und Kinn ein Oval gelassen und den Rest sauber weggrasiert. Das war nicht, was er gern an sich sah. Aber in absehbarer Zeit würde er es ja wieder verändern. Er hätte gern einen dieser Hipsterbärte getragen, wie ihn die jungen Kreativen in Friedrichshain zur Schau stellten. Aber das war nicht vermittelbar in der Firma. Was war es, das Vater immer predigte? «Du musst mit deinem Auftreten die Firma genauso repräsentieren wie mit deinen Worten.» Ewig würde er die Company auch nicht leiten, der Alte.

Den Brillie hatte er auch entfernt. Schon lange hatte er das tun wollen. Immer den richtigen Zeitpunkt verpasst. Jetzt war es höchste Zeit gewesen. Gewiss hatte den in dieser Nacht niemand bemerkt – höchstens der, den sie gerade suchten, wenn überhaupt. Aber trotzdem war es ein kleines Mosaiksteinchen in seiner Strategie, hier in Moabit als Unbekannter aufzutreten. Gerade stand er ohnehin weit genug entfernt vom Ort des Geschehens. Aber ein Anruf genügte, und er war bereit zu handeln.

Ganz erklären konnte sich Holzmacher nicht, wie ihm dieser Schwarze auf die Spur gekommen war. Er war sich ziemlich sicher, dass es derselbe war wie in jener Nacht. Wer auch sonst? Es war doch unmöglich, dass sich zwei von denen aufmachten, ihn zu suchen. Nein, keine Frage, das musste er sein.

Dass er es aber auch geschafft hatte, bis zum Familiensitz zu kommen. Dabei hatte es doch gar keinen Hinweis darauf gegeben. Nicht einmal in den Unterlagen, die er ganz offensichtlich gestohlen hatte. Gott, wie hatte er es den beiden Schwachköpfen besorgt, als sie gestanden hatten, dass der Wagen geklaut worden war. Wie der Schwarze da hingekommen war, in die Storkower Straße … Das interessierte ihn sehr. Er würde ihn fragen. Es aus ihm rausprügeln. Und dann würden sie ihn verschwinden lassen. Was der sich einbildete.

Holzmacher stieg aus und vertrat sich die Füße. Zündete sich eine Zigarette an. Inhalierte tief. Hier in der Lehrter Straße war er recht nah dran an dem Haus, in das sie den Schwarzen verfolgt hatten. Das wiederum grenzte an jenes, in dem Mandy gelebt hatte. Er hatte ihren richtigen Namen erst aus der Zeitung erfahren. Den Vornamen jedenfalls.

Dunya.

Dunya L. Wofür auch immer das L gestanden hatte.

Warum hatte sie sich auch gewehrt? Das war dumm von ihr gewesen. Er hatte sie schließlich dafür bezahlt, stillzuhalten. Und er hatte sie gut bezahlt.

Sie hatte das doch schon oft gemacht. Natürlich hatte sie selten glücklich ausgesehen, nachdem er mit ihr fertig gewesen war. Aber die Vereinbarung war immer gewesen, dass sie sich nicht wehrte. Und so oft hatte er ja auch nie zugeschlagen. Drei- oder viermal höchstens. Dann war er immer gekommen. Ein einziges Mal hatte es etwas länger gedauert. Er hatte häufiger zuschlagen müssen. Aber als sie begonnen hatte, aus der Nase zu bluten, hatte er den unglaublichsten Orgasmus aller Zeiten gehabt. Wie war er da gekommen.

In der letzten Nacht mit Mandy war er auch … Aber um welchen Preis? Und was hatte der Schwarze eigentlich gesehen? War er nur zur falschen Zeit am falschen Ort gewesen? Und warum hatte er den Schlüssel zu dem Abrisshaus? Er fragte sich auch, was die Polizei gegen ihn in der Hand hatte? Ein paar Fingerabdrücke am Treppengeländer bestimmt. Möglicherweise kannten sie aber seine Identität tatsächlich nicht. Wenigstens behaupteten sie das ja.

Als er die Perleberger Straße hinunterblickte, klingelte sein Telefon. Er nahm das Gespräch an. «Ja.»

«Er steigt aus in der Birkenstraße. Gleich ist er wieder in dem Haus.»

«Verfolgen Sie ihn», sagte Holzmacher. «Und wenn er einmal drin ist, will ich nicht, dass er wieder rauskommt. Verstehen Sie? Wenn er drinnen ist, rufen Sie mich an. Dann komme ich vorbei.»

«Verstanden.»

Holzmacher begann, auf und ab zu gehen. Die Anspannung war kaum auszuhalten. Gleich würde abgerechnet werden. Nur gut, das die Sec-Tech-Leute nicht wussten, was wirklich auf dem Spiel stand.

8

Als sich Klaus Schmitt in der Fensterscheibe des Späti betrachtete, fand er, dass er sich gut gehalten hatte. Er war beinah 60, ging aber als Endvierziger durch. Die Falten im Gesicht nicht zu tief, die Haarstoppeln noch nicht zu grau, gute Figur, nur der Schnurbart sah etwas altmodisch aus, wie er so über die Oberlippe hing. Er sollte unbedingt mal etwas anderes probieren. Aber er hatte den halt schon seit über 30 Jahren. Trotzdem … Er musste sich mal umsehen, was die Männer so trugen, die 20 Jahre jünger waren als er. Vielleicht hatte er mit einem anderen Bart auch einen besseren Schnitt bei den Frauen.

Die leicht gepolsterte Jacke aber gefiel ihm. Sec-Tech hatte vor ein paar Monaten neue Jacken herausgegeben. Die sahen schon gut aus.

Er sah gut aus. Mit der Jacke. Nach oben hin wurde sie ein bisschen breiter. Er wirkte, als hätte er Gewichte gestemmt in so einem Fitnessstudio. Ein paar Sekunden lang hielt er die Luft in der Brust, da spürte er das kräftige Klopfen auf dem Rücken.

«Er kommt gleich», sagte Mirko. «Wir sind ihm vorausgegangen.»

Mirko und der Neue, dessen Namen er schon wieder vergessen hatte, stellten sich neben ihn.

«Ihr wart die mit dem Wagen, ne?», fragte der Neue. Als weder Schmitt noch Mirko antworteten, hob er die Hände vor die Brust und sagte: «Alles okay. Hätte allen passieren können. Was ist also der Plan?»

Mirko sah Schmitt an. «Ja … Wenn der Schwarzafrikaner im Haus ist, rufen wir jemanden aus dieser Baufirma an. Der kommt dann und … keine Ahnung.»

«Wir können doch mit ihm ins Haus.» Mirko.

«Anweisung ist Anweisung», sagte Schmitt. «Da kommt er sowieso schon. Lasst uns hinter der Ecke hier verstecken.»

Schmitt beobachtete, wie die Tür des leeren Hauses zufiel. «Ich ruf den Chef an.»

9

Als er in der Birkenstraße ausstieg, wartete Kodjo, bis der Bahnsteig leer war. Nachdem alle, die die Bahn verlassen hatten, verschwunden waren, konnte er den in Jeans und schwarzem Blouson nicht entdecken. Er hatte sich umsonst verrückt gemacht. Langsam stieg er die Treppe hinauf zum Ausgang. Oben schaute er noch einmal in alle Richtungen, bevor er weiterging. Niemand verfolgte ihn.

Das Telefon meldete den Eingang einer SMS. Kodjo überprüfte das Display und sah, dass Marie versucht hatte, ihn zu erreichen. Danach hörte er ihre Nachricht ab.

Vor dem Abrisshaus blieb er kurz stehen. An der nächsten Kreuzung suchte er nach der Gestalt, die er am Nachmittag dort noch beobachtet hatte. Es war dunkel geworden, und der Regen hatte Berlin im Griff.

Er schloss die erste Tür des Hauses auf und stieß sie nach vorn. Nachdem er die Schwelle mit den Taschen überschritten hatte, wartete er, bis sie wieder ins Schloss gefallen war. Dann erst ging er durch den Hof und in das Hinterhaus hinein. Auf dem Weg nach oben spürte er seine Müdigkeit. Hinlegen und Schlafen … Nur für ein paar Minuten.

In allen Wohnungen des Hauses gegenüber war Licht. Hinter einer Scheibe sah er die blonde Frau, der er in jener Nacht begegnet war. Sie saß an einem Tisch. Ihr gegenüber ein Mann im gleichen Alter. Sie waren ein paar Jahre jünger als er. Essen auf dem Tisch, zwei Töpfe. Wein. Sie redeten. Prosteten sich zu. Vertraut. Die Wohnung von Dunya L. war als einzige dunkel. Er holte das Telefon hervor und rief Marie an.

«Wo bist du?», fragte sie.

«Moabit.»

«Schon wieder?»

«Jeanette hat mich rausgeworfen.»

Marie sagte ein paar Sekunden lang gar nichts. «Warum?»

«Kann ich dir das später erzählen?»

«Kein Problem.»

«Was ist mit dem Typ, den du gesehen hast?»

Marie erzählte die Geschichte vom Nachmittag, und Kodjo versprach, vorsichtig zu sein.

«Zu bleiben», sagte Marie.

«Zu bleiben. Ich ruf dich morgen wieder an.»

Kodjo nahm seine Kleidung aus den Taschen und legte sie auf die Matratze. Danach blickte er in den Kühlschrank. Er wusste vorher, dass der leer war. Trotzdem starrte er einige Sekunden hinein. Dann ging er wieder hinunter. Er brauchte etwas zu essen und ein Bier oder zwei. Im Hof maulte eine Katze. In der Tür zum Vorderhaus blieb er stehen und versuchte, sie ausfindig zu machen. Sie musste ganz nah sein, aber sie hatte sich gut versteckt. Noch einmal schrie sie, danach war Ruhe. Er sah ihren Schatten über den Hof huschen.

Was wollte er eigentlich einkaufen? Bier natürlich. Brot. Irgendetwas Gebratenes. Er hatte sich nur selten versorgt hier in Moabit. Meistens etwas mitgebracht. Vielleicht fand er einen türkischen Imbiss. Ganz sicher auf halbem Weg Richtung Hauptbahnhof. Die Klinke der Vordertür hatte Kodjo schon in der Hand. Oder sollte er doch einfach schlafen gehen? Sich die Mühe sparen? Mit hungrigem Bauch ins Bett zu gehen, hatte noch niemandem geschadet. Einen langen Moment zögerte er, bevor er die Tür öffnete.

Der Schlag traf ihn völlig unvorbereitet. Halb gegen den Kopf, halb an die Schulter, warf er ihn zurück in den Hausflur. Dass Kodjo nicht umfiel, lag nur daran, dass er die Klinke noch in der Hand hielt.

Zwei Leute versuchten zugleich, zu ihm in den Flur zu gelangen. Dabei kamen sie sich in die Quere. Kodjo war noch nicht in der Lage nachzudenken. Der Kopf rauschte, die Schulter schmerzte. Aber instinktiv wusste er, dass er die Tür so schnell wie möglich wieder schließen musste. Er zog sich an der Klinke hoch, während die beiden Männer noch im Rahmen feststeckten. Dann drückte er gegen die Tür. Die beiden auf der anderen Seite hatten sich nun sortiert und hielten dagegen. Während er versuchte, keinen Zentimeter Raum preiszugeben, sah er eine dritte Gestalt, die von hinten schob. Der Druck der anderen Seite nahm zu.

Sein Vorteil war der trockene Boden im Hausflur. Der Dritte auf der anderen Seite rutschte gerade weg, als Kodjo ein paar Millimeter an Raum gewann. Er versuchte, seinerseits den Druck zu verstärken, und holte erneut ein paar Millimeter heraus. Wer waren die?

Zuerst die Tür, danach die Fragen. Kodjo stellte einen Fuß vor die Tür und arretierte sie so. Von der anderen Seite kam ein heftiges Grunzen, als sich der dritte Mann wieder einmischte. durch dessen Druck wurde die Hand eines der beiden anderen in den Rahmen geschoben. Der ganz hinten drückte noch ein wenig mehr, die Hand rutschte weiter in den Rahmen. Kodjo ahnte seine Chance.

Er ließ seinen Fuß, wo er war, und legte seinen Oberkörper kurz nach hinten. Er steckte so viel Schwung in den Stoß, wie es ihm möglich war, und hatte die Hand für einen Moment zwischen Tür und Rahmen. Ein Schrei, und der kollektive Körper auf der anderen Seite zuckte zurück. Schnell drückte Kodjo die Tür zu und schloss sie ab.

«Meine Herren, danke für die Einladung …» Deniz Ortaç stand vom Kneipentisch auf und trank seine Cola aus.

Es gab ein paar schnelle Worte für ihn, ein paar Leute grinsten, einige mitleidig. Nur Wladi guckte ihn voller Ernst an: «Armer Kerl. Für kein Geld würd ich nachts fahren.»

«Lass mal. Ich bin's ganz zufrieden. Das weißt du ja. Also … Wir sehen uns.» Deniz klopfte dreimal auf den Holztisch und verließ den Laden. So zufrieden, wie er tat, war er nicht, wenn die anderen beim Busfahrerstammtisch tranken und er nicht durfte. Aber er hatte sich ganz bewusst dafür entschieden, die Nachtroute zu fahren. Das hatte ein paar Vorteile für ihn. Freie Tage, wenn er sie brauchte. Mehr Zeit für die Kinder. Die Bezahlung war nicht schlecht. Und, aber das sagte er keinem Kollegen, der notwendige Verzicht auf Alkohol war auch so eine Sache. Es fiel ihm leicht, nicht zu trinken, wenn er wusste, dass er nachts den Bus fahren musste. Leichter jedenfalls als an den Abenden, an denen er wie alle anderen zu Bett gehen durfte. Die Nachtschicht war für ihn so etwas wie ein kalter Entzug. Na ja … ein halbkalter. Manchmal durfte er schließlich noch.

Er kam viel zu früh im Busdepot an. Holte seine Thermoskanne mit dem starken Kaffee heraus und trank ihn im Versammlungsraum. Er mochte diese Minuten des Übergangs. Nicht mehr Abend, aber noch nicht Nacht. Nicht mehr freihaben, aber noch nicht im Fahrersitz.

Deniz nahm sein Telefon und steckte die Ohrhörer ein. Dann suchte er nach den Red Hot Chili Peppers. Für *Californication* war noch genau dreimal Zeit. Er stellte auf laut.

Von der anderen Seite der Tür kamen weitere Schreie. Der Ausdruck von Schmerz. Er hatte dem einen der drei Männer sehr weh getan. Die anderen schlugen und traten gegen die Tür. Der hohe Flur des Vorderhauses war erfüllt vom Donnern der Blechplatten, mit denen sie befestigt war. Aber wer zum Teufel waren diese Typen?

Kodjo blieb im Hall der Schläge und Tritte stehen. Die verstärkte Tür schien ihm sicher. So schnell würden die drei da nicht durchbrechen. Er versuchte, sich die zwei Gesichter, die er kurz gesehen haben musste, vorzustellen. Aber da war gar nichts. Ihre Leiber. Waren sie groß oder klein, breit oder dünn gewesen? Die Bilder, obwohl nur Sekunden alt, waren verschüttet im Stress des Kampfes um die Zentimeter an der Tür.

Sein Herz raste. Er war noch feucht vom Regen und zusätzlich nass vor Schweiß.

Das Bollern an der Tür wurde leiser. Jetzt hörte es ganz auf. Stattdessen hörte er die Stimmen der drei Männer. Er ging leise näher an die Tür heran. Zwei Stimmen konnte er unterscheiden, ohne sie wirklich verstehen zu können.

«Wenn du nicht …», konnte er verstehen. Sie waren sich nicht einig.

«… mehr Druck …»

«… wieder entkommen …»

Dann gab es Gebrabbel. Alle redeten gleichzeitig, bis er eine Stimme ganz deutlich hören konnte. «Eins ist sicher. Hier kommt er nicht mehr raus!»

Daran hatte er nicht gedacht. Das war der einzige Weg hinaus. Langsam ging er durch den Flur und öffnete die Tür nach hinten. Der Regen war beständig stark. Sein Herzschlag fuhr auf ein berechenbares Tempo herab. Kodjo atmete noch einmal durch. Geh systematisch vor, sagte er sich. Wer sind diese Leute?

Möglichkeit eins: Das waren die Cops. Was spricht dafür? Gar nichts eigentlich. Die Bullen sind immer einer mehr, als man denkt. Und wenn man gerade hofft, sie ausgetrickst zu haben, kommt von irgendwo noch einer her. Und hier hätten sie auf jeden Fall über eine Nachhut verfügt. Die versuchen nicht, in ein gesichertes Haus einzudringen, ohne über einen Plan B nachgedacht zu haben. Vielleicht überschätzte er die Polizei auch, hatte zu viel Respekt vor denen. Aber eines wenigstens hätten sie getan: Sie hätten sich zu erkennen gegeben. «Polizei! Machen Sie auf.» So ungefähr machten die das.

Und wenn es also nicht die Polizei war?

Kodjo spürte einen kalten Wind im Hausflur. Dann waren das die Leute, die ihn seit seinem Besuch in der Terrassenstraße verfolgten. Hatte er die nicht abgehängt, als er bei Huff über die Hinterhöfe verschwunden war? Andere fielen ihm nicht ein. Sec-Tech. Das bedeutete zwar nicht so viele Leute wie die Cops, aber immer noch viele. Es bedeutete auch B B Bau, denn da war er denen zum ersten Mal begegnet. Und ganz zuletzt führte es zu Holzmacher.

Kodjo hielt seine Hand in den Regen und fing ein paar der Tropfen auf. Er fuhr sich mit der Hand durch das Gesicht. Wiederholte die Prozedur. Schließlich bildete er mit beiden Händen ein Gefäß und versuchte, so viele Tropfen wie möglich zu sammeln. Er hielt sein Gesicht in die Flüssigkeit und versuchte, einen klaren Kopf zu bekommen.

Eines musste er sich eingestehen. Er war in der Situation, in die er nie hatte kommen wollen. Er war auf der Flucht.

Was macht man auf der Flucht?

Man läuft davon.

Man entkommt.

Zuerst brauche ich andere Klamotten, dachte er. Kodjo ging hoch unters Dach und zog sich aus. Statt der Blue Jeans zog er schwarze an. Das rote T-Shirt tauschte er gegen das blaue mit dem Hertha-Emblem. Nein, dachte er, ganz falsch, das hätte ich sowieso längst entsorgen müssen. Stattdessen zog er ein graues Hemd mit kurzem Arm an. Darüber einen dunkelblauen Blouson mit Kapuze. Und zuletzt die Laufschuhe. Er band sie extra fest zu und machte noch eine zweite Schleife, damit sie nicht im falschen Moment aufgehen konnten. Schließlich schaute er an sich herab und nickte. So konnte es gehen. Vor allem, wenn er die Kapuze über den Kopf zog.

Jetzt brauchte er einen Plan.

Eigentlich hatte er einen. Er wollte aus dem Hinterhaus raus in jenes, in dem der Mord geschehen war. Das war das einzige, das er von hier aus erreichen konnte. Nur so konnte er die Kerle vor der Vordertür vermeiden. Aber er brauchte auch einen Plan im Plan. Denn wie sollte er hinter das Haus kommen? Das Parterre war dort komplett zugemauert.

Kodjo ging in den ersten Stock hinab und öffnete ein Fenster. Das Fallrohr befand sich gleich daneben. Okay, das war leichter als gedacht. Viele der Fenster gegenüber waren noch beleuchtet, aber erstens, dachte er, sieht man vom Hellen ins Dunkle nicht so gut. Und zweitens war die Erwartung, im leeren Haus etwas Interessantes zu sehen, doch eher gering. Wer sollte hinten rausblicken? Er hatte ohnehin keine Wahl. Das Fenster, in dem er eben die Blonde und den Mann gesehen hatte, war nicht mehr hell.

Langsam stieg er auf das Fensterbrett. Nur nicht ausrutschen. Beide Hände an das Rohr, das vom Regen nass war. Etwas Schwung, und er stand mit den Füßen auf einer Muffe, die das Rohr mit der Wand verband. Vorsichtig ließ er sich hinab, und als er noch weit mehr als einen Meter vom Boden entfernt war, sprang er. So weit war das einfach gewesen. Die Mauer zum nächsten Hof war so hoch wie er selbst. Nicht schwierig, im Gemäuer Halt für die Füße zu finden. Schnell war er im Hof des Hauses, in dem Dunya L. gearbeitet hatte.

Die Hoftür war das nächste Hindernis. War sie abgeschlossen, war er eingeschlossen. Aber wer hielt sich schon an das Kleingedruckte im Mietvertrag. Die Hoftür ist ab 20 Uhr abzuschließen.

Kodjo drückte die Klinke und zog. Niemand hielt sich daran. Er atmete aus.

Im Haus horchte er zuerst einmal in die Dunkelheit hinein. Es war noch früh, und er wollte niemandem im Flur begegnen. Alles war ruhig. Ein paar Stufen nach oben, dann konnte er die Haustür sehen. Hier war er dem Mörder begegnet.

Immer noch kein Geräusch. Er zog die Kapuze über den Kopf und ging auf die Haustür zu. Vor ihr tauchte ein Mann auf. Kodjo hatte gerade die Klinke von innen in die Hand genommen. Der Mann hatte einen Schlüssel in der Hand und wollte die Tür aufschließen, als er ihn durch das Glas der Tür sah. Der Mann hielt mitten in der Bewegung inne.

Kodjo hatte das Gefühl, als blickte der andere kurz hinter sich. Nur ein leises Zucken in den Schultern. Dann fuhr er mit dem Schlüssel ins Schloss. Kodjo konnte es deutlich in der Stille des Hauses hören. Er drückte gleichzeitig die Klinke von innen und zog die Tür langsam zu sich. Einfach rausgehen. Ich bin nur ein Typ, der das Haus verlassen will. Kodjo nickte kurz, während der Mann mit dem Schlüssel ein paar Zentimeter zur Seite ging, ohne den Gruß zu erwidern.

Hinter ihm erschien eine Frau. Spät begriff Kodjo, dass es die Blonde war. Zu spät. Sie trug Rock und Bluse, sah anders aus als damals in der Nacht. Aber er erkannte sie.

Schlimmer war, dass sie auch ihn erkannte. Sie blieb stehen, fror in der Bewegung ein. Kodjo war noch auf der Höhe des Schlüsselmannes.

Dann holte die Frau Luft und schrie.

Der Mann mit dem Schlüssel rührte sich. Kodjo fühlte seine Hand am Rücken.

Die Frau holte Luft und schrie noch einmal. Viel lauter als vorher.

Der Mann griff an Kodjos Schulter. Der befreite sich sofort. Der Mann griff noch einmal zu. Kodjo schlug nach dessen Arm.

Die Blonde atmete heftig und rief: «Das ist er!»

Während Kodjo sich anspannte und losrannte, versuchte der Mann hinter ihm, seine Jacke zu greifen. Die Finger waren kurz ein Hindernis und hielten sein Laufen für eine Sekunde auf. Aber Kodjos Bewegung war zu entschlossen. Er fühlte, wie dem Mann die Jacke entglitt. Schnell war er einige Schritte weit weg.

«Hilfe!», rief die Frau.

«Stehenbleiben!», der Mann.

Kodjo hörte, wie auch er begann zu laufen.

Weiter weg hörte er noch eine andere Stimme. «Da ist er», sagte die Stimme. Bevor er sie zuordnen konnte, war er schon um die nächste Ecke gebogen.

12

Als Marie die Wohnungstür aufschloss, stand Anna gerade in der Küche. «Pasta», sagte sie.

«Diese Kuh hat Kodjo rausgeschmissen», sagte Marie.

«Soll er doch froh sein.» Anna rührte in einer roten Soße herum. «Ich hatte nicht das Gefühl, dass das passt.»

«Sie hat ihn rausgeschmissen. Aus der Wohnung.»

«Ah, sorry, ich hatte nur an die Beziehung gedacht. Willst du, dass er hier unterkommt?» Anna grinste.

«Richtig viel Platz ist nicht, ich weiß.» Marie streckte sich auf dem kleinen Sofa im Wohnzimmer aus. «Und grins nicht so. Da ist gar nix. Hast du was dagegen? Für kurz?», rief sie in die Küche.

«Für kurz ist es okay. Wann kommt er denn?»

«Ich hab ihn noch nicht gefragt. Er ist wieder nach Moabit gegangen. In dieses Haus ...»

«Schlechte Idee.» Anna trug die Soße auf den Tisch, kam mit Tellern und Besteck wieder. Dann goss sie die Nudeln ab und brachte die auf den Tisch. «Fertig.»

Als Anna und Marie beide am Tisch saßen, klingelte Maries Telefon. Sie sah Kodjos Nummer auf dem Display und nahm den Anruf an.

«Was gibt's?», fragte sie. Aber das Gespräch wurde sofort wieder unterbrochen.

Sie stellte die Verbindung wieder her. Doch Kodjo meldete sich nicht.

Ein paar Sekunden blieb sie sitzen, den Kopf in die Hände gelegt, und stand auf.

«Ich fahre nach Moabit.»

13

Erst als er um die Ecke gebogen war und versuchte, die andere Stimme in seinem Kopf mit einem Körper zu verbinden, wurde ihm bewusst, dass er nicht nur theoretisch auf der Flucht war. Er rannte. Er rannte davon. Und er wusste nicht, wohin.

Konzentrier dich, Kodjo!

Was tust du gerade?

Du läufst.

Wohin?

Keine Ahnung.

Aber wohin willst du?

Egal. Hauptsache, wegkommen vor denen, die mich verfolgen.

Wer verfolgt dich?

Der Typ von der Blonden, die der Polizei diesen Mist erzählt hat.

Und? Wer noch?

Ich weiß es nicht. Aber da sind noch diese anderen.

Also: Wohin willst du?

Weg von denen. Egal wohin.

Aber egal wohin ist kein Plan.

Brauche ich einen Plan?

Ohne Plan bist du aufgeschmissen.

Aber wohin will ich denn?

Kodjo erkannte, dass er unbewusst auf den U-Bahnhof Birkenstraße zugelaufen war. Ist das richtig, fragte er sich. Ist das ein Ausweg?

Er war schon auf den Stufen nach unten, er flog geradezu. Drei Stufen, auch mal vier mit einem Schritt. Den in dem schwarzen Blouson sah er erst, als er unten angekommen war. Er stand mit dem Gesicht zu den Schienen, die Richtung Norden führten, und starrte auf sein Telefondisplay. Kodjo verbarg sich hinter dem Ticketautomaten. Holte sein eigenes Telefon hervor.

Maries Nummer.

Die grüne Taste.

Da sah er jemanden die Treppen hinunterlaufen, die er gerade heruntergesprungen war. Er stopfte das Telefon in die Hosentasche und verschwand im Schatten der Treppe.

«Hey», rief der Mann auf der Treppe. Meinte der ihn? Oder den in der schwarzen Jacke?

Der wachte auf und drehte sich um. Als sich die beiden begegneten, rannte Kodjo schon wieder die Treppen hoch. Er hörte sein Telefon klingeln.

Weiterrennen. Zunächst hier weg.

Drei Stufen auf einmal. Den Rhythmus beibehalten. Aufpassen, nicht hinzufallen. Zwischenebene. Noch einmal drei Treppen pro Sprung. Nur nicht stolpern. Er konnte den Regen schon auf dem Gesicht spüren. Noch ein weiterer Sprung. Die letzten beiden Schritte verkürzte er auf zwei Stufen. Dafür änderte er beim letzten schon die Richtung. Er hastete über die Straße und lief nun in kontrolliertem Tempo weiter.

14

So eine Scheiße. Jetzt hatten sie den schon in dem Haus gefangen, und trotzdem schafft der es doch noch abzuhauen. Das musste man dem lassen. Ganz so doof war der nicht.

Schmitt stand an einer Ecke und sondierte die Gegend. Dass der Schwarzafrikaner in dem U-Bahnhof entwischt war, hatte er gerade erfahren. Aber dafür waren sie ja sechs Leute. Zu fünft eigentlich, denn der Neue war ja im Krankenhaus. Die Hand.

Mirko tigerte ein paar Ecken weiter irgendwo an der Bibliothek herum, oder wo auch immer. Er würde genauso hektisch herumrennen wie der Schwarzafrikaner. Und vielleicht hatte er ja auch Glück und begegnete ihm. Dann wollte er nicht in der Haut von dem Typ stecken. Haha, der Witz fiel ihm gerade noch auf. In dessen Haut wollte er sowieso nicht stecken.

Schmitt wusste, dass man Geduld brauchte. Wenn einer auf

der Flucht war, verhielt er sich früher oder später irgendwie komisch. Die Leute rennen und fallen deshalb schon auf. Sie stoßen kleine Kinder und alte Leute auf dem Fußweg zur Seite. Sie rennen ohne zu gucken über die Fahrbahn. Und sowieso … So eine Ordnung kannten die ja gar nicht. Da, wo der herkam.

Er drehte sich einmal um seine Achse. Tatsächlich, da war der Typ. Er rannte, und er rannte verdammt schnell. Schmitt machte, dass er ihm hinterherkam.

15

Immer noch wusste Kodjo nicht, wo er hinwollte. Denk nach, sagte er sich. Wenn du die Frage beantworten kannst, werden alle deine Handlungen zielgerichteter. Aber wie auch die Antwort lautet, bleib nicht stehen.

Er bog nach rechts ab und bald wieder nach rechts. Nicht, dass er sich hier auskannte. Mit angezogenem Tempo lief er weiter. Drehte sich kurz um, bemerkte aber niemanden hinter ihm. Noch mal beschleunigte er. In der Distanz sah er eine große Brücke. Er ahnte mehr als er wusste, dass er dort nahe einer S-Bahn-Station war. Dafür musste er rauf auf die Brücke und über den Fluss. Oder einen Kanal.

Hinter ihm waren doch Schritte zu hören. Eine Frau kam ihm entgegengeeilt. Sie hielt den Blick nach unten gesenkt, eine Tasche über ihr Haar haltend. Langsamer werden, nur ganz kurz. Er war sich nicht sicher, ob sie ihn überhaupt bemerkte. Er machte sich ganz dünn und passierte sie. Wieder umdrehen. Im Schatten eines Hauses rannte eine Gestalt hinter ihm her. Kodjo stoppte ganz und verbarg sich hinter einem Auto am Straßenrand.

Die Schritte kamen näher. Fest und laut. Keine Laufschuhe.

Mit den Schritten kamen seine Worte. «… nicht mehr …» Er war völlig außer Atem. «… seh ihn nicht …», «… weiß nicht …», «… gerade wirklich nicht …» Der Mann röchelte, als Kodjo ihm ein Bein stellte. Er fiel um wie ein Regal. Sein Kopf prallte gegen den nächsten Wagen. Das Telefon platterte auf das Trottoir. «Uh …», sagte er noch, dann hielt er sich den Kopf und tat sonst nichts mehr.

Kodjo betrachtete den Mann eine Sekunde lang, sammelte das Telefon auf und warf es hinter einen Zaun, der den Fuß-weg von einem Parkplatz trennte. Er bückte sich und drehte den Mann herum. Die Brandnarbe. Er erkannte das Gesicht im schwachen Licht einer Straßenlaterne. Es war der Mann, der ihm echte Angst gemacht hatte. Der boshaftere der beiden Sec-Tech-Leute, die ihm in dem Bürohaus so zugesetzt hatten. Kurz war er versucht, die Schmach durch einen satten Tritt in die Seite des verletzten Mannes zu rächen. Aber er wollte nicht noch mehr Kraft vergeuden. Nicht physisch. Nicht emotional.

Weiter, Kodjo.

Vielleicht hatte er es geschafft. Er hatte seinen letzten Ver-folger abgeschüttelt und konnte endlich darüber nachdenken, wo er hinmusste. Wo er hinwollte. Trotzdem nahm er zu-nächst wieder Tempo auf. Vielleicht gelang es ihm ja, bald eine S-Bahn zu besteigen. Gleich, in welche Richtung sie fuhr. Das hier war die Ringbahn. Irgendwie würde er zum Ziel kommen. Wenn er erst einmal in der S-Bahn saß und sich zurücklehnen konnte, fiel ihm das Ziel schon ein.

Ein bisschen Tempo rausnehmen. Er hatte die Brücke bei-nah erreicht. Irgendwo musste eine Treppe sein, die ihn da hoch führte. Das dahinten, in die eine Richtung, war Moabit, dort war er eben gestartet. Und wenn er hier über die Brücke lief, war er in … wo auch immer. Reinickendorf? Wedding? Da war eine Treppe. Hoch. In der Mitte blieb er stehen. Auf der

Straße, die er eben gekommen war, folgte ihm niemand. Die Fahrbahn der Brücke konnte er noch nicht sehen, also schlich er einige Stufen höher, bis er die Augen über deren Rand heben konnte. Der Autoverkehr war noch stark, wie spät war es eigentlich? Ah, Mitternacht schon.

Er war jetzt auf dem Fußweg neben der vierspurigen Brücke. Begann, wieder zu laufen. Kontrolliert. Er sah aus wie einer, der dem Regen entkommen will. Und nicht wie jemand, der in Panik vor irgendwelchen irren Sicherheitsleuten davonläuft. Da war schon die S-Bahn-Haltestelle. Ein großes S und ein genausogroßes U leuchteten hell. Er konnte sie von weitem sehen. Viele Leute warteten da nicht. Kamen um diese Zeit die Züge trotzdem noch alle zehn oder fünfzehn Minuten? An der Treppe, die zur Haltestelle hinabführte, blickte er noch einmal um sich. Alles frei.

Oder? Auf der anderen Seite kam einer angelaufen, der telefonierte. Er trug Jeans und einen schwarzen Blouson. Der Mann blickte sich selbst um und winkte irgendwem. Dann begann er zu beschleunigen. Kodjo rechnete in Sekunden. Wenn er selbst unten ankam und die Bahn sofort eintraf, war er weg. Entkommen. Aber wenn sie auch nur noch zwei Minuten brauchte … Dann lagen die Dinge anders. Wenn der mit dem Blouson noch eine Weile allein war, konnte er auf einer der vielen Zugänge der Haltestelle mühelos entkommen. Aber wenn da bald noch drei oder vier mehr von ihnen kommen sollten, war er geliefert.

Entscheide dich!

Jetzt!

Kodjo lief weiter. Sei kein Idiot. Geradeaus. Runter von der Brücke. Irgendwo … irgendwo dahinten gab es noch eine weitere U-Bahn-Haltestelle. Er lief schneller. Und noch ein wenig schneller. Das war sein Vorteil. Laufend konnte er denen entkommen. Er drehte auf. Spürte die Erschöpfung in sich, aber auch, wie sehr der Körper sich steigern konnte. Noch ein wenig mehr aus ihm herausholen. Die Schritte noch etwas länger, die Frequenz noch etwas höher.

Links ein Klinikgelände, rechts Wohngebiet. Es war gar nicht so weit. Das U kam immer näher.

Er kam dem U immer näher. Spürte die Waden. Schnell lief er, aber nicht locker.

Und er musste sie abgehängt haben. Jetzt doch endlich.

Als Kodjo überlegte, wie er die Treppe nach unten nehmen sollte, ob die Schuhe für vier Stufen auf einmal zu nass waren oder seine Muskeln zu müde, bremste auf der anderen Straßenseite ein Wagen scharf. Kodjo kam kurz aus dem Tritt. Sah zu Seite. Aus dem Sec-Tech-Auto sprangen zwei Leute heraus. Beide in Uniform. Kodjo lief weiter. Mit einem langen Sprung war er auf der Treppe und bald schon auf der Zwischenebene der Haltestelle, bevor einer der beiden Uniformierten auch nur die erste Stufe genommen haben konnte. Das vertraute Geräusch einer einfahrenden Bahn klang in seinen Ohren. Weiter. Sekunden später stand er in der Bahn, die in die Innenstadt fuhr. Kodjo konnte gerade noch sehen, wie die Sec-Tech-Leute den Bahnsteig erreichten.

16

Überraschend wenig los, dachte Deniz Ortaç, als er vom Hackeschen Markt in Richtung Wedding und Märkisches Viertel unterwegs war. Kommt noch, dachte er auch. Keine Nacht in dieser Stadt, in der nicht getanzt und gesoffen wird. Und wer tanzte und soff, musste früher oder später eben heim. Das war sein Job. Leute sicher nach Hause zu bringen.

Wie oft er gefragt wurde, warum denn die U-Bahnen nicht die ganze Nacht durchfuhren. Die Nachbarn fragten es, irgendwelche Leute, die sie im Urlaub trafen, die Familie, alle kamen sie früher oder später darauf. Ja, warum eigentlich? Man entlastete die eigene Infrastruktur, das war ein wichtiger Grund. Tagsüber, wenn es auf den Straßen kein Durchkommen gab, war der Untergrund das beste Mittel, um durch die Stadt zu kommen. Nachts konnte man die Massen auch über die Straßen lenken.

An der Osloer Straße stieg eine Frau ein, die beide Hände brauchte, um dem Rest ihres jungen Körpers in den Bus zu helfen. Sie stand vor ihm und suchte ihre Zunge. Als sie sie gefunden hatte, fragte sie: «Saa Sii Saa Raa Reidoof?»

Deniz nickte. Sie wollte zum Rathaus Reinickendorf, und da konnte er helfen. Dafür war er hier. Er hätte sie noch nach ihrem Ticket fragen sollen, das war die Anweisung von oben. Stattdessen lächelte er sie an, als sie nach hinten durchging. Was hätte sie auch sagen können? Und ob sie in diesem Zustand ihren Geldbeutel in der Tasche gefunden hätte? Ohne die Tasche vor ihm auszuschütten? Anweisung von oben war auch, Augenmaß zu benutzen. Und die Frau musste ganz klar nach Hause. Oder irgendwohin, um ihren Rausch auszuschlafen. Er wartete, bis die Frau sich hingesetzt hatte, und startete wieder. Es war auch einfacher, die Leute zu kontrollieren, wenn sie in den Bussen waren. Kleinere Einheiten als die Bahnen, weniger Sitze zum Saubermachen, und wenn jemand richtig fertig war, schmiss man ihn eben raus auf die Straße. Das war städtischer Raum. Eine Alkoholleiche auf dem Bahnsteig war da etwas ganz anderes. Da musste man sich kümmern.

In der Lindauer Allee erreichte Deniz ganz kurz die Erinnerung an die Nacht vor ein paar Wochen. Ob er das je vergessen konnte? Die Scherzkekse, die den Kinderwagen auf die Straße gerollt hatten. Und sie waren auch noch davongekommen. Er war natürlich sofort mächtig auf die Bremse gestiegen. Zum Glück waren nur diese drei Leute im Bus gewesen. Trotzdem hatte sich einer am Kopf verletzt. Nicht so schwer allerdings. Der Kinderwagen war leer gewesen. Hatte in einem Hausflur ganz in der Nähe gestanden. Klar war er leer gewesen. In der Nacht schläft so ein Säugling ja im Bett. Aber auch klar, dass er eben so scharf gebremst hatte. Wenn er die Wichser in die Finger kriegte …

Es gab ja noch mehr Gründe für die Nachtbusse. Sie waren billiger im Betrieb. Sie sahen gut aus, zeigten eine Metropole in Bewegung – jedenfalls hatte das irgendein Freak bei einer Fortbildung gesagt –, und …

«Schmss maa …» Die junge Frau stand hinter ihm. Er sah sie im Spiegel. Ihre Augen waren verdreht wie in einem Comic. Aber was sie sagte, war verdammt ernst. Die Nachtbusse sahen nach der Schicht alle scheiße aus, aber vollgepisst brachte den niemand gern zurück. Deniz wartete bis zur nächsten Haltestelle und stoppte den Bus vorsichtig.

«Ich kann aber nicht warten», sagte er.

Als die Frau draußen war und zwei andere Frauen eingestiegen waren, fuhr er weiter. Es gab noch einen anderen Grund als den Zeitplan, warum er nicht warten wollte. Er hatte die Stielaugen einiger männlicher Fahrgäste schon gesehen, die nur darauf warteten, dass die Betrunkene in Sichtweite ihre Hose runterzog. Das musste er ihnen nicht geben. Das war nicht im Fahrpreis inbegriffen.

17

Kodjo scannte den Bahnsteig in der Birkenstraße, als die U9 dort einrollte. Die Verfolger konnte er nicht mehr sehen. Aber der Bahnsteig war auch recht voll. Viel Zeit hatte er nicht mehr, bevor der Betrieb eingestellt wurde. Bald übernahmen die Nachtbusse. Aber gerade war er in dieser Bahn und wollte so viel Distanz zwischen sich und die anderen bringen, wie es eben möglich war.

Er überlegte, wie er am besten nach Neukölln und in Maries und Annas Wohnung kam. Das schien ihm der sicherste Platz zu sein. Und umsteigen musste er ohnehin. Am Zoo wäre es praktisch, große Haltestelle mit vielen Bahnsteigen, unübersichtlich auch spät am Abend. Da konnte er sich endgültig sicher sein, niemanden auf den Fersen zu haben. Aber als Afrikaner hatte man es dort besonders schwer. Viele Bullen waren da, und sie suchten sich gern schwarze Gesichter für willkürliche Personenkontrollen heraus.

Also Kurfürstendamm, und von dort die U1 bis zum Görlitzer Bahnhof.

Viele Leute stiegen in der Birkenstraße zu. Der Besenwagen. Wer schnell nach Hause wollte, musste mit der letzten Bahn kalkulieren. Sein Waggon wurde voller und voller. Die meisten Leute waren jünger als er. Ein Cowboy war es nicht. Er trug breitkrempigen Hut und grauen Bart und stand freihändig, als die Bahn anfuhr. Zwei minderjährige Mädchen neben ihm hatten viereckige Pupillen von irgendeiner Substanz, sie sahen ziemlich glücklich aus. Die eine kicherte der anderen gerade ins Ohr. Die andere grinste daraufhin wollüstig. Kodjo fühlte sich nicht wohl unter so vielen Leuten, die er nicht einschätzen konnte. Immerhin bewegte er sich schnell weg aus Moabit. Am Zoo würden viele aussteigen und mindestens ebenso viele wieder zu. Sie rollten auf dem Bahnsteig ein. Der Cowboy verließ die Bahn, die beiden Mädchen neben ihm nicht. Der Raum zwischen den beiden Türen wurde kurz halbleer, dann wieder voller, aber sie standen nun nicht mehr so gedrängt wie vorher.

Von den neuen Fahrgästen waren die meisten in seinem Alter, fast alle männlich. Eine Gruppe erzählte von einem Konzert, sie sahen aus wie Indie-Rock. Ein einsamer Typ in verwaschener schwarzer Jeansjacke und grauen Chinos wirkte nicht so, als ob er sich eine Konzertkarte leisten konnte. Er starrte zu Boden. Neben ihm ein Anzugträger, knapp 40, der aussah, als sei es eine politische Entscheidung, öffentliche Verkehrsmittel zu benutzen. Die Bahn war gerade gestartet und vielleicht zehn Sekunden unterwegs, da guckte der in der Jeansjacke auf und nuschelte: «Fahrscheinkontrolle.»

Scheiße, dachte Kodjo. Genau das, was ich gebraucht habe. Natürlich hatte er kein Ticket gezogen, als er in Moabit in die Bahn gesprungen war.

Sofort kam Bewegung in die träge Masse. Die beiden Mädchen flutschten wie Fische in den Bereich zwischen den Sitzen, während die Konzertjungs begannen, ihre Tickets zu suchen. Kodjo folgte den beiden Mädchen, aber er hatte nicht die Hoffnung, sich so unsichtbar machen zu können wie sie. Er war immer der Erste, den die Kontrolleure wahrnahmen. Und es war genau umgekehrt wie eine Fahrkartenkontrolle in Ghana. Dort ging der Schaffner in der Eisenbahn immer davon aus, dass jeder Weiße ein Ticket hatte. Und hier dachten sie einfach, dass der Schwarze sowieso keins besitzt. Warum muss das auch ausgerechnet jetzt passieren?

Der in der schwarzen Jeansjacke war noch mit den Konzertbesuchern beschäftigt, die Mühe hatten, sich zu erinnern, wo sie ihre Fahrscheine untergebracht hatten. Der im Anzug hielt sein Ticket demonstrativ hoch und suchte zur gleichen Zeit etwas auf dem Display seines Telefons. Die Bewegung, die sich innerhalb des Waggons abgespielt hatte, war abgeschlossen. Etwa ein halbes Dutzend Leute stand jetzt zwischen den vier Sitzabteilen und wartete darauf, was nun passieren würde.

Der Kontrolleur im nächsten Türbereich sah aus wie ein Erstsemester. Auf jeden Fall wirkte er fitter und intelligenter als der andere. Seine Kleidung hatte auch letztes Jahr noch im Laden gehangen.

Wenn die Bahn nur schneller fahren würde.

Der Student war bald fertig mit dem Raum zwischen den Türen und wandte sich um. Er sah, dass der Kollege beschäftigt war, und bewegte sich langsam dorthin, wo die Sitze waren. Die Mädchen kamen Kodjo wieder entgegen. Der Student ließ sich die Tickets im ersten Viererabteil zeigen. Dabei fiel sein Blick immer wieder auf die Mädchen, die noch einen Puffer bildeten zwischen ihm und Kodjo. Während er ungeduldig auf eine nicht mehr ganz nüchterne Frau wartete, die in ihrem Rucksack kramte, verharrte sein Blick auch eine Sekunde auf ihm. Kurze Kommunikation, nicht verbal. Dich nehm ich mir gleich vor.

Die Bahn wurde langsamer. Die Frau fand ihr Ticket im Rucksack. Sie reichte es dem Studenten. Während er einen Blick darauf warf, schlüpften die beiden Mädchen hinter dem Studenten in den Freiraum zwischen den nächsten Türen.

«Fahrscheine bitte!», war gerade auch hinter ihm zu hören. Kodjo war eingeklemmt zwischen der Jeansjacke und dem Studenten. Einige Leute begannen, sich zu erheben, andere standen schon zum Aussteigen bereit an den Türen. Der Student war mit dem Überprüfen fertig und wandte sich ihm zu. Lange konnte es nicht mehr dauern, und die Bahn musste in den Bahnhof Kurfürstendamm einfahren.

«Ihren Fahrschein bitte!», sagte der Student. Ohne sich umzublicken, wusste Kodjo, dass das ihm galt. Der andere hatte gerade einer Frau mit schwarzen Locken das Ticket zurückgegeben und drehte sich zu ihm um.

«Das Ticket?», hörte Kodjo von hinten den Studenten.

«Den Fahrschein bitte», sagte der in der Jeansjacke. Das Licht des Bahnhofs strömte in den Waggon, alle Leute waren in Bewegung, bis auf die beiden und ihn. Die Bremswirkung wurde stärker. Der in der Jeansjacke hielt sich an einer Rücklehne fest. Kodjo begann, in seiner Hosentasche herumzuwühlen. Er wusste, dass er da nichts finden würde. Dann tastete er seine Jacke ab. Die Bahn stoppte. Als Erste stiegen die beiden bekifften Mädchen aus.

Nun würde sich erweisen, ob die beiden genug hatten und die Bahn verlassen würden, oder ob sie ihn für interessant genug hielten, um einfach stehenzubleiben. Kodjo konnte nicht sehen, ob der Student mit weiteren Kontrolleuren hinter ihm kommunizierte. Wartet. Wir haben einen.

Das Telefon in seiner Hosentasche klingelte. Jeansjacke guckte erwartungsvoll. Das Telefon hörte wieder auf zu klingeln.

Weitere Leute stiegen aus. Und jetzt kehrte sich die Bewegung um. Wenn es noch mehr Kontrolleure gab, waren sie mittlerweile hinter ihm in den Waggon gestiegen, um sich nicht entgehen zu lassen, wie man ihn des Schwarzfahrens überführte. Oder um dabei zu helfen, ihn abzuführen. Der Schwarze hat sich gewehrt, wir mussten leider unmittelbaren körperlichen Zwang einsetzen.

Aber der Schwarze wollte sich nicht wehren. Er wollte weg.

Da war die Dynamik, die entsteht, wenn Leute, die keine einheitliche Gruppe sind, gemeinsam in die Bahn einsteigen. Diese Spannung, wer wen passieren lässt, wer welchem Drängeln nachgibt, die erst aufhört, wenn alle in der Bahn sind. Das war jetzt eingetreten. Die Spannung in der Gruppe war verflogen. Dafür wurde die Jeansjacke angespannter:

«Und?», fragte der Typ.

Von hinten spürte Kodjo eine Hand auf seiner Schulter. Der Student. In genau dem Moment, als die Hand gerade auf seiner Schulter lag, stieß Kodjo sich ab. Mit einem Arm hielt er den Studenten auf Distanz, mit dem anderen stieß er die Jeansjacke von sich weg. Als der taumelte, gab er ihm einen weiteren Stoß, sodass er umfiel. Der erste längere Schritt erwischte Jeansjacke am Kinn. Kodjo stolperte kurz, hatte aber die Balance schnell wiedergefunden. «Hey!», rief der Student und griff nach ihm. Das konnte Kodjo nicht sehen, aber spüren, weil die Hand gerade noch an seinem Rücken hinabwischte. Jeansjacke schrie auf, und mehrere Leute im Waggon ließen ein «Ah» oder «Oh» hören. Die Bahnsteigansage klang laut in Kodjos Ohren, «Zurückbleiben bitte», dann machte er den letzten Sprung und schlug dabei einer Frau ein Paket aus der Hand. Als er gerade auf dem Bahnsteig landete, schloss sich die Tür.

Kurz stützte er die Hände auf die Knie. Ausatmen.

Ausgebüxt.

Da sah Kodjo, wie der Student seinen Arm doch noch zwischen die Türen zwang und den Kontakt verhinderte, der dem Fahrer das Signal zum Losfahren gab.

Die Tür verharrte mehrere Momente im Zustand zwischen nicht mehr offen und noch nicht ganz zu – und öffnete sich dann wieder. Hinter dem Studenten standen noch drei andere Kontrolleure, grimmig wie bissige Köter. Zuerst war der Student auf dem Bahnsteig und sprang auf Kodjo zu. Der wich aus, sodass der Student mit den erhobenen Händen in das Glas einer Werbetafel fiel. Das Glas splitterte. Er schrie laut auf. Blut spritzte umher.

Die anderen Kontrolleure waren durch die Aktion des Studenten irritiert. Sollten sie Kodjo fangen oder dem Kollegen helfen?

Kodjo nutzte die Sekunde der Unentschlossenheit und machte, dass er davonkam.

18

«Er ist weg.»

«Wie ... Er ist weg?»

«Er ist einfach weggelaufen.»

«Und warum haben Sie ihn nicht aufgehalten?»

«Weil er so schnell ist.»

«Was heißt schnell?»

«Er ist ein Läufer.»

«Und jetzt?» Holzmacher war nach Fluchen zumute. Oder danach, den, der ihn gerade angerufen hatte, zusammenzufalten. Aber das würde nicht helfen.

«Und er hat einen von uns zusammengeschlagen.»

Als Holzmacher nichts entgegnete, sagte der andere noch: «Und sein Telefon gestohlen.»

«Scheiße. Wo ist er denn entkommen?»

«Amrumer Straße ... das ist ...»

«Ich weiß, wo das ist.»

«Die letzte Bahn Richtung Stadtmitte.»

«Wann war das?»

«Gerade ... Ich hab die nächsten Haltestellen schon abgedeckt. Und in der Birkenstraße wartet einer von uns. Aber ich tippe auf Zoo oder Kurfürstendamm. Wobei Zoo natürlich schwierig ist. Da ist so viel los.»

«Sie werden in Berlin doch wohl noch einen Schwarzen erkennen.»

«Wissen Sie, wie viele von denen es da gibt? Gerade am Zoo …»

«Ich fahre zum Kurfürstendamm. Ich werd das im Auge behalten. Kümmern Sie sich um den Rest. Finden Sie ihn. Und lassen Sie ihn nicht noch einmal entwischen.»

19

Als Marie an der Birkenstraße ausstieg, musste sie sich zuerst orientieren. Sie hatte den Straßennamen gehört, aber Kodjo hatte nie eine Hausnummer erwähnt. Doch das Haus konnte nicht so schwierig zu identifizieren sein. Hatte er nicht gesagt, es sei mit einer Metalltür verbarrikadiert, und die Fenster im Parterre seien zugemauert?

Sie erkannte es sofort. Vor dem Haus holte sie ihr Telefon hervor. Kodjo antwortete nicht. Sie ging bis zur nächsten Ecke und zurück, probierte es noch einmal. Immer noch keine Reaktion von Kodjo.

«Wo bist du?», fragte sie die Mailbox. «Ich steh vor dem Haus. Dem in Moabit. Und ich hab kein gutes Gefühl.» Dann überlegte sie, was sie noch sagen konnte, und hörte, wie sich die Mailbox abschaltete.

Was hatte Kodjo erzählt über diese Nacht, in der die Frau umgebracht worden war? Er hatte vom Hinterhaus in die Wohnung hineingesehen. Also musste das Haus, in dem diese Wohnung lag, in der Parallelstraße zu finden sein. Etwas Besseres, dachte sie, habe ich gerade ohnehin nicht zu tun.

Als sie die nächste Ecke erreichte, kam ihr ein Streifenwagen entgegen. Marie blieb stehen und blickte dem Auto hinterher, bis es vor dem verbarrikadierten Haus hielt. Als eine Uniformierte ausstieg, ging sie weiter.

In der Parallelstraße standen zwei weitere Streifenwagen und zwei zivile Autos. Sie waren in zweiter Reihe geparkt, und zahlreiche Leute umringten eine Gruppe Uniformierter und – so schätzte Marie – die Leute, die mit den anderen Autos gekommen waren. Langsam näherte sie sich der Menschenmenge und stellte sich an den Rand. Sie sah eine Blonde mit zu kurzem Rock, die ihre Arme benutzte, um zu sagen, was ihre Worte nicht auszudrücken vermochten. Zwei Frauen in Zivil hörten ihr zu. Das lange Haar der Blonden wippte bei jeder Bewegung. Genau dort, wo sie stand, war irgendetwas geschehen. Und dann da weiter hinten. Vielleicht hatte jemand sie überfallen und war verschwunden. Sie zeigte energisch weg von der Gruppe. Ein Mann neben ihr nickte die ganze Zeit.

Erst jetzt bemerkte Marie, dass in der Menge der Neugierigen eine Uniformierte unterwegs war, die die anderen ansprach. Sie war gerade bei einem älteren Mann angekommen und hielt ihm einen Zettel vor die Nase. Der Mann verrenkte den Kopf ein wenig in die eine Richtung, dann in die andere. Daraufhin holte die Frau eine Taschenlampe hervor und beleuchtete den Zettel. Es war das Phantombild, mit dem die Polizei nach Kodjo suchte. Der Mann schüttelte den Kopf. Die Frau wandte sich an einen jüngeren Mann mit kurzgeschorenem Haar daneben.

Unter den Zivilen, die nahe der Blonden standen, gab es Bewegung. Ein Mann kam in Maries Richtung marschiert. Eine Frau folgte ihm. Erst als der Mann direkt vor ihr stand, begriff sie, dass sich die beiden für sie interessierten. Der Mann zeigte einen kleinen eingeschweißten Ausweis, den er Marie vor das Gesicht hielt.

«Wir sind von der Kriminalpolizei», sagte er. Er sah aus wie ein Hipster. Kurze Haare oben, zu voller Bart, Klamotten von Carhartt. Das Bild von dem Phantom hielt er ihr unter die

Nase. «Haben Sie diese Person hier vielleicht schon einmal gesehen?»

Marie sah dem hippen Bullen in die Augen und danach auf das Bild, das sie so oft in den letzten Tagen betrachtet hatte.

«Hier? Hier in der Gegend?» Ihr Telefon klingelte.

«Ja», sagte der Bulle. Er blickte auf ihre Tasche, in der das Telefon zu hören war.

Marie schüttelte den Kopf, das musste Kodjo sein, aber sie wollte nicht hier reden. «Nein, sicher nicht», antwortete sie.

Die Frau, die sich bislang hinter dem Hipster gehalten hatte, jung, nett, beflissen, flüsterte ihm etwas ins Ohr. Er sagte leise: «Nein.» Aber immerhin laut genug, dass Marie ihn verstehen konnte. Dann wandte er sich wieder um. «Danke», sagte er, «für Ihre Hilfe.»

Das musste sie Kodjo erzählen. Fast hätte Marie gegrinst. Sie waren dreist genug, die einzige Schwarze nach dem Schwarzen zu fragen, den sie suchten. Aber immerhin respektierten sie noch die Grenze der Legalität, nicht weiterzugehen. «Wohnen Sie hier in der Gegend?» – «Wo waren Sie in der Nacht vom … zum …?» – «Kennen Sie andere Schwarze hier?» – «Können Sie sich ausweisen?» Seine Kollegin wäre den Schritt weitergegangen. Kodjo würde schäumen vor Wut. Marie stellte sich vor, dass sie ihn dann küssen würde.

Sie musste ihn unbedingt erreichen. Wo war Kodjo?

20

Als er den Regen spürte, wurden die Rufe der Kontrolleure hinter ihm leiser. Er hatte sich auf den ersten Metern einen Vorsprung erlaufen. Ob der etwas wert war, würde sich bald zeigen.

Der Kurfürstendamm war lang, Kodjo hatte nicht gewusst, an welcher Stelle er herauskommen würde. Das war nicht sein Terrain. Anstatt sich zu orientieren, musste er einfach nur laufen. Die hinter ihm waren schließlich wütend. Und das nicht, weil er kein gültiges Ticket hatte vorweisen können.

Er erinnerte sich noch, wie er dem in der Jeansjacke gegen das Kinn getreten hatte. Das war nicht absichtlich geschehen, aber da hatte etwas geknackt. Damit brachte man jede Gruppe gegen sich auf, und wenn es eine noch so beschissene war wie die Bruderschaft der Berliner U-Bahn-Kontrolleure.

Nun war er oben angekommen. Und rannte einfach.

Was waren hier noch viele Leute unterwegs! Trotz des Regens, der etwas schwächer geworden war. Er war aber auch mitten auf dem Ku'damm gelandet – in dem Abschnitt mit diesen absurden Schaukästen.

Man versteckt sich immer noch am besten in der Menge. Kodjo blickte beim Rennen um sich. Aber wo war die Menge, die ihn aufnahm und unsichtbar machte?

«Bleib stehen», hörte er hinter sich.

Vor ihm hielten Leute an. Eine Frau mit Regenschirm. Zwei junge Männer, beinah bereit, ihn zu ergreifen. Sie entschlossen sich zu spät.

«Haltet ihn!»

«Festhalten!»

Kodjo traute sich nicht, hinter sich zu sehen. Wollte wissen, wie viele Leute hinter ihm waren. Wollte wissen, wie weit weg er schon von ihnen war. Aber sich umzudrehen kostete Zeit. Man rannte in andere Leute hinein. Rutschte aus.

Hinter einer der beschissenen Vitrinen, die auf dem Ku'-damm alle zehn Meter standen, tauchte einer auf und starrte ihn herausfordernd an. Gar nicht so groß. Bundfaltenhose und Sommerhemd. Er wollte ihn festhalten. Kodjo sah ihn kaum, wirbelte den Mann herum, ganz leicht war das, sodass der auf die Straße geschleudert wurde. Kodjo hörte ein Auto bremsen. Ein anderes krachte in das erste hinein. Er sah es nicht, dachte sich seinen Teil zu den Geräuschen. Weiter.

Jetzt waren schon mehr Menschen stehengeblieben. Ineinanderkrachende Autos waren immer für Publikum gut.

Kodjo lief zwischen einem älteren Ehepaar und zwei Frauen hindurch, die auf zu hohen Schuhen herumwackelten. Eine Gruppe Afrikaner kam ihm entgegen. Sie gingen schnell, der Regen hatte die Luft abgekühlt. Als sie ihn sahen, blieben sie stehen. Es gab kurzen Blickkontakt. Hey, sagten die Blicke. Brauchst du Hilfe? Einer trat einen Schritt vor, zwei andere holten ihn wieder in die Gruppe zurück. Sie konnten nichts tun. Ein falscher Ton, und sie waren mitten in einer Auseinandersetzung, die sie nicht gewinnen konnten. Er nahm eine Straße nach rechts und sah im Augenwinkel, dass sich die Afrikaner auf dem Fußweg verteilt hatten. Wer immer das auch war, die den Brother verfolgten, sie mussten um sie herumlaufen.

«Da. Er verschwindet.» Diese Stimme hatte er schon ein paarmal hinter sich gehört. Der Anführer der Kontrolleure.

«Bleibt dran!», war eine andere Stimme zu hören. Entfernt. Die Gruppe wurde kleiner.

Wieder eine Querstraße. Und schräg gegenüber auf der anderen Straßenseite tat sich ein Gang auf. Wo auch immer der hinführte, für einen Moment konnte Kodjo unsichtbar sein. Er lief über die Straße hinüber und rammte beinah einen Radfahrer, der ihm ohne Licht entgegenkam. Der Gang führte zu einem Hof, der mit Bäumen begrünt war. Die Stämme waren alt und dick, er verbarg sich hinter einem. Ganz kurz holte er Luft. Würde jemand auf diese Finte hereinfallen? Würde der Radfahrer reden? War er in eine Falle gelaufen?

Der Hof war beleuchtet, aber nur spärlich. Läden, Betriebe.

Hinter ihm befand sich der Eingang zu einem Pelzladen, daneben war ein Importeur italienischer Feinkost.

Stimmen von der Straße.

Verbirg dich besser! Aber wie?

Kodjo fielen die Rollstuhlauffahrten auf, die zu jedem einzelnen Laden führten. Das war es. Die zum Feinkostladen bestand aus nicht mehr als einem Metallgitter. Dort rollte er sich drunter, als er schon die ersten Stimmen näher kommen hörte.

«Hier ist er nicht.» Einer.

«Lass uns genauer nachsehen.» Ein anderer.

Tappende Schritte.

«Ich sag doch, hier ist er nicht.»

Mehr Schritte. Näher kommend.

«Die anderen haben ihn vielleicht schon.»

Kodjo hörte auf zu atmen. Herzschlag auf dreitausend. Er lag in irgendetwas Feuchtem. Gras und Erde, so roch es jedenfalls. Zum Glück hatte er dunkle Klamotten angezogen. Nur seine Laufschuhe waren weiß und gelb, aber die Füße waren unter seinem Körper verborgen.

Die Schritte entfernten sich.

«Sollen wir den anderen nach?», fragte der, der nicht so genau hatte nachsehen wollen.

«Vielleicht bleiben wir besser hier.»

«Und wenn wir ihn finden?»

«Wir sind immer noch zu zweit.» Stimmen schon weiter weg.

Kodjo atmete langsam wieder ein und aus. Dann holte er sein Telefon hervor.

«Wo bist du?», fragte Marie.

«Sie jagen mich.»

«Wer.»

«Alle. Kontros gerade …»

«Aber wo bist du?»

«In Charlottenburg.»

«Charlottenburg? Was willst du denn da?»

Erneut näherten sich Schritte.

Kodjo verbarg das Telefon hinter sich, damit ihn das Licht des Displays nicht verriet. Vielleicht wollte der Misstrauischere der beiden überprüfen, ob er nicht doch recht gehabt hatte. Die Gestalt war mitten im Hof angekommen und stand hinter einem Baum. Kodjo hatte sie bislang nicht sehen können, jetzt aber kam sie tiefer in den Hof hinein.

Kodjos Blick war zum Teil von dem Gitter verdeckt, unter dem er lag. Deshalb konnte er zunächst nur die Beine des Mannes sehen. Es war keiner von den beiden, die eben schon hier gesucht hatten. Aber irgendetwas kam ihm bekannt vor an der Gestalt. Ganz vorsichtig und langsam reckte er den Kopf nach vorn, als der Mann sich schon wieder umdrehte, um den Hof zu verlassen.

Und als Kodjo ihn endlich ganz sehen konnte, war er auch schon fast wieder verschwunden. Nur für eine Sekunde hatte Kodjo den Mann im Blick, bevor er den Hof wieder verlassen hatte. Verwaschene Blue Jeans und weißes T-Shirt. Irgendein Kopf mit irgendeiner Frisur. Der Mann hätte alles sein können. Und nichts. Aber Kodjo hatte ihn am Bewegungsablauf erkannt. Zweimal nur hatte er diese Bewegungen gesehen, die von den Schultern ausgingen. Erst die eine Schulter nach vorn, dann das Bein. Dann die nächste Schulter und das dazugehörige Bein nachziehen. Ihm lief ein kalter Schauer den Rücken hinab. Holzmacher war ihm auf der Spur.

Aber er hatte ihn noch nicht gefunden.

Plötzlich wurde ihm bewusst, dass Marie noch dran war, Kodjo hörte ihre Stimme.

«Sorry.»

«Was ist los?»

«Er war hier.»

«Wer?»

«Der Mörder.»

«Wie das denn? Ich dachte, die Kontros sind hinter dir her.»

Kodjo erzählte Marie die Geschichte seines Abends.

«So eine Scheiße», sagte Marie, als er aufgehört hatte zu reden. «Wo willst du denn jetzt hin?»

«Ich wollte zu dir.»

«Okay. Das ist gut. Wenn du erst mal bei uns bist, kannst du dich verstecken, solange es nötig ist.»

Kodjo robbte unter der Auffahrt hinaus. «Ich komme gleich zu euch.»

«Abgemacht», sagte Marie. «Ich mache mich sofort auf den Weg. Und ich rufe Anna an, damit sie Bescheid weiß.»

Nachdem er das Telefon in die Hose gesteckt hatte, stand Kodjo auf und stellte sich hinter einen Baum. So konnte er von der Straße kaum gesehen werden, hatte aber selbst die Einfahrt im Blick.

Ein Auto fuhr vorbei. Eine Radfahrerin. Zwei junge Männer passierten die Einfahrt zu Fuß. Dann sah er ein Polizeiauto. Bleib ruhig, sagte er sich. Das muss gar nichts heißen. Polizei war immer unterwegs.

Er ging mit erhobenem Kopf auf den Ausgang des Hofes zu. Stoppte so, dass er einen guten Blick über den gegenüberliegenden Bürgersteig hatte. Ging einen kleinen Schritt weiter. Und noch einen.

Eine Gruppe Jugendlicher stand weit entfernt an der Ecke zum Ku'damm. Lungerte herum.

Noch ein Schritt. Kein Auto unterwegs. Noch einer und dann der letzte Schritt.

Auch der Fußweg auf seiner Seite war leer. Fast jedenfalls. Weit entfernt von ihm kam eine einzelne Gestalt auf ihn zu. Männlich. Nicht jung.

Welchen Weg konnte er nehmen? Den Ku'damm schloss Kodjo aus. Zu viel Betrieb. Zu viele Menschen, die ihn eben hatten rennen sehen. Aber wenn er nach Neukölln wollte, musste er über den Ku'damm irgendwie rüberkommen. Also weg von ihm, parallel laufen, ihn weit entfernt von der Haltestelle überqueren und irgendwie in Richtung Süden kommen. Noch einmal die U-Bahn benutzen? Nein, zu spät. Den Nachtbus? Das wäre eine Möglichkeit.

Kodjo ging vom Ku'damm weg. Die Gestalt, die er eben von weitem gesehen hatte, passierte ihn. Zwei Autos kamen ihm entgegen. An der nächsten Ecke bog er ab. Über den Nachtbus konnte er sich später noch Gedanken machen, zuerst musste er weg aus dieser Gegend.

Er schaute sich um. Nichts.

Aus einem Haus kam ein betrunkenes Paar heraus. Von vorn. Nicht wichtig. Und nicht laufen, wenn es nicht nötig ist. Nur sehr langsam kam Kodjos Herzschlag wieder herunter auf ein Normalmaß.

Wieder eine Ecke.

Viel weiter noch, sagte er sich, bevor ich den Ku'damm überquere.

«Da!», rief eine Stimme hinter ihm.

«Wir haben ihn.» Eine andere Stimme.

Ohne zu sehen, wer rief, wusste er, dass er gemeint war. Kodjo beschleunigte wieder. Die Verfolger waren deutlich zu hören. Kodjo zog an.

Weiter in der Richtung, die er eingeschlagen hatte. Über den Ku'damm konnte er sich später wieder Gedanken machen. Die nächste Querstraße im Blick, auf den Verkehr achten.

Hinter ihm waren noch die Schritte. Die Entfernung wurde größer, er konnte es deutlich hören. Vorn die nächste Straße.

Die Polizeisirene brachte ihn aus dem Takt. Auch sie von hinten. Und gar nicht so weit weg. Meinten die ihn? Schneller laufen. Auf die Straße achten.

Das Fiepen des Polizeilautsprechers. «Bleiben Sie sofort stehen.» Kodjo konnte hören, wie der Wagen beschleunigte. Kodjo näherte sich der Straße, ohne Tempo herauszunehmen. Und sah den anderen Wagen, der von der Seite kam. Aber er konnte kaum noch reagieren. Ein Sprung zur Seite war das Beste, was er zu bieten hatte.

So fiel er um. Gestreift vor dem Auto, das ihm in die Quere gekommen war. Da war Schmerz irgendwo, aber der Schmerz war nicht wichtig. Der Kleinwagen, der ihn touchiert hatte, stand mitten auf der Kreuzung. Kodjo konnte das Gesicht des Mannes genau sehen, als er sich herumdrehte. Es war Holzmacher. Die Polizei hielt mit quietschenden Bremsen vor der blockierten Kreuzung. Da war Kodjo schon auf dem Weg zum Ku'damm. Mit langen Schritten erreichte er die Straße und hoffte, dass er sie überqueren konnte, ohne schon wieder mit einem Auto zu kollidieren. Die Leute hinter sich konnte er noch hören. Es waren mehr als eben noch.

21

Unter den Kollegen wurden leidenschaftliche Debatten darüber geführt, ob die Leute, die ins Märkische Viertel wollten, schlimmer waren als die aus Neukölln, oder genau umgekehrt. Deniz verstand die ganze Aufregung nicht. Das waren junge Leute, die sich doch nur ein bisschen amüsieren wollten.

Wenn man es genau nahm, hatte sich das Publikum allerdings verändert. Weniger das aus dem Märkischen Viertel, da lebten immer noch viele, die das waren, was man in den Zeitungen als den Rand der Gesellschaft bezeichnete. Da waren auch viele dabei, die sich kaum ein Busticket leisten konnten. Aber Neukölln hatte sich schon verändert. Deniz fuhr die Strecke seit acht Jahren, und was er feststellen konnte, waren zwei Dinge. Erstens waren die Busse voller als früher, was wiederum an zweitens lag: Es zogen mehr und mehr Leute mit Geld in der Hosentasche nach Neukölln. Als er die Strecke zum ersten Mal gefahren war, hatte es am Kottbusser Damm außer ein paar türkischen Lokalen nicht viel gegeben. Das hatte sich verändert. Sogar einen Sushi-Laden gab es da mittlerweile. Oder mehrere.

Gerade fuhr er zum ersten Mal in der Nacht über die Kottbusser Brücke. Zeit für die erste Pause, sobald er die Endhaltestelle an der Hermannstraße erreicht hatte. Jetzt wartete auch kaum noch jemand an den Haltestellen.

Der Hänger, der kurz vor dem Hermannplatz zustieg, gefiel ihm nicht. Keine 20 Jahre alt, aber schon tiefe Furchen im Gesicht. Die Klamotten waren nicht zerrissen, aber seit einer Weile ungewaschen. Er zeigte ein Ticket vor, das vom vorletzten Jahr sein konnte. Deniz nickte ihn durch. Er scheute Ärger nicht, aber man musste unnötigen Ärger erkennen und vermeiden. Er war keiner, der gleich den ganzen Bus stehenließ, wenn er nicht ganz sicher war, dass alle, die er beförderte, auch ein gültiges Ticket hatten. Er kannte Kollegen, die in so einer Situation den Motor ausstellten und auf stur machten. Letztlich, sagte er sich immer, gefährdete das die Sicherheit seiner Fahrgäste.

Trotzdem ... der Typ gefiel ihm nicht.

Vor ein paar Jahren hatte er so einen Fall gehabt. Da hatte

sich einer in den Bus gestellt und in eine offene Tasche gegriffen. Er hatte ein Portemonnaie rausgeholt, obwohl es alle anderen Fahrgäste hatten sehen können. Das hatte vielleicht einen Ärger gegeben. Ein anderer hatte ihn geschlagen. Daraufhin war der Dieb hingefallen. Er hatte ein Messer gezogen und damit herumgewedelt. Noch ein anderer hatte es ihm aus der Hand getreten. Und dann hatte der Dieb richtig Keile bezogen. Bevor Deniz damals den Bus hatte anhalten können, schien jeder die Gelegenheit wahrgenommen zu haben, dem Dieb eine mitzugeben. Das war irgendwo auf der Hermannstraße gewesen, nicht weit von hier. Und der Typ, der eben eingestiegen war, erinnerte ihn an den. Wahrscheinlich, weil er ähnlich verbittert aussah.

Aber das Beste war noch gekommen. Der Dieb hatte kein gültiges Ticket gehabt. Irgendeiner seiner Vorgesetzten hatte ihm den ganzen Fall zum Vorwurf gemacht. Er hätte das überprüfen sollen, bevor der eingestiegen war. Dass niemand ohne Ticket einsteige, sei schließlich seine Verantwortung. So ein Riesenarschloch.

22

Wie froh er war, dass er bislang keinen Alkohol getrunken hatte. Holzmacher betrachtete den Schaden, den der Schwarze an seinem Auto hinterlassen hatte. Ein paar Kratzer nur, mehr nicht.

«Sind Sie wieder an ihm dran?», fragte er ins Telefon. Dabei nickte er der Polizistin zu, die neben ihm stand. «Sorry», sagte er zu ihr, «kurzer beruflicher Talk. Ich war auf dem Weg zu einem Meeting.» Er drehte sich wieder ab und redete ins Telefon. «Also?»

«Da sind ein paar Hooligans, die dem Schwarzen hinterher-laufen», sagte die Stimme.

«Das sind BVG-Kontrolleure.»

«Ach so ... Jedenfalls sind wir denen auf der Spur.»

«Und es geht um ihn?», sagte er, das Gespräch vage haltend.

«Garantiert.»

«Da mischen Sie sich also erst mal nicht ein. Oder?»

«Nein. Da ist auch noch ein Polizeiwagen, der dem Kerl hinterherfährt.»

«Tatsächlich?»

«Ja, aber die wissen nicht, wo der ist. Aber man hört die Sirenen schon überall.»

«Sie meinen, es ist schon bald zu Ende?»

«Ausgeschlossen ist das nicht.»

«Okay. Mischen Sie sich nicht ein. Aber wenn sich eine gute Gelegenheit bietet, nehmen Sie sie wahr. Ja?»

Von der anderen Seite kam keine Antwort.

«Hallo?», fragte Holzmacher.

«Ja ... Aber Sie wissen, dass das nicht ganz legal ist.»

«Mein Gott, Sie haben etwas wiedergutzumachen.»

«Ich weiß.»

«Außerdem bezahle ich Sie dafür.»

«Klar.»

«Ich muss hier noch was mit der Polizei klären. Dann komme ich nach.»

Holzmacher drehte sich wieder der Polizistin zu. «Entschuldigung, das tut mir so leid. Aber das war ganz dringend.» Er versuchte etwas, das er für ein entwaffnendes Lächeln hielt.

23

Über den Ku'damm hinüberzukommen, war nicht so schwer gewesen. Jetzt war Kodjo irgendwo südlich davon.

Er hatte eine Vorstellung, in welche Richtung er ungefähr unterwegs war. Schöneberg. Wilmersdorf. Einer der beiden Stadtteile war es wohl. Aber das Ziel war gerade nicht so wichtig wie das Untertauchen. Er musste endlich die Verfolger loswerden.

Es schien Kodjo, als hätte er wieder etwas Raum zwischen sich und die Kontrolleure gebracht. Die waren aber auch hartnäckig gewesen. Aber eigentlich machte er sich wegen der Bande keine so großen Sorgen mehr. Die würden irgendwann aufgeben. Sorge machte ihm die Polizei. Wenn die sich in die Jagd nach jemandem verbissen hatten, gaben die eben nicht auf. Die bestellten einfach noch mehr Truppen. Aber er hatte einen Vorteil. Sie kannten seine Identität nicht.

Die Gelenke begannen zu schmerzen. Was war er gelaufen seit der Flucht aus dem Haus.

Irgendwo eine Polizeisirene, vielleicht in der Parallelstraße. Kurzer Blick nach hinten. Die BVG-Typen waren ihm schon noch auf den Fersen. Zu mehr als zum Rennen hatten sie keine Luft mehr. Da war schon lange kein «Haltet den Kerl!» mehr zu hören gewesen. Aber sie kamen hinter ihm her.

Er konnte das Tempo ein wenig rausnehmen. Musste das sogar. Sein rechtes Knie schmerzte ein bisschen seit dem Zusammenprall mit Holzmachers Wagen. Er hatte komplett verpasst, auf das Modell zu sehen. Aber es war nicht der Mercedes aus der Mordnacht gewesen, irgendetwas Kleineres. Wo Holzmacher nur sein mochte? Und wo waren die Leute, die ihn in Moabit gejagt hatten? Das waren doch dessen Leute gewesen.

Es war gut, nicht so schnell zu laufen. Eben war ihm ein Pärchen begegnet, sehr jung. Die waren zwar mit sich beschäftigt gewesen. Aber sie hatten nicht panisch reagiert, als er ihnen entgegengelaufen war. Sie hatten nicht diesen Blick gehabt, der sagte, Vorsicht, da kommt ein Verbrecher auf der Flucht angerannt. Und auch nicht den, der höchste Vorsicht ausdrückte, weil da ein *schwarzer* Verbrecher auf der Flucht war. Sie hatten einfach geguckt und sich gewundert darüber, dass einer recht schnell unterwegs ist, und sich dann wieder um ihre eigenen Interessen gekümmert.

Zwei Querstraßen vor ihm war der Widerschein eines Blaulichts zu sehen. Kodjo bog links ab, auch weil er dachte, dass er ohnehin irgendwann den Weg quer durch Schöneberg machen musste, um nach Neukölln zu kommen. Oder war das eher der Weg Richtung Kreuzberg? Auf jeden Fall durfte er der Polizei nicht zu nahe kommen. Musste vor den beleidigten Kontrolleuren weglaufen. Und darauf achten, dass er Holzmacher und seine Leute auf Distanz hielt.

Mit ein wenig Glück …

Ein VW Bus kam ihm entgegen und wurde langsamer. Schließlich blieb er ungefähr 20 Meter vor ihm stehen. Aus der Beifahrertür und durch die Schiebetür sprangen zwei Kahlköpfe in dunklen Klamotten. Die meinten ihn!

Kodjo machte einen Ausfallschritt und hatte das Glück, nicht zu stolpern, als er auf der Straße landete. Jetzt rannte er direkt auf den Bus zu. Die Fahrertür wurde ebenfalls geöffnet, und Kodjo reagierte, indem er noch einmal zur Seite sprang und auf dem anderen Fußweg landete. Damit hatte der Fahrer nicht gerechnet und verheddert sich im engen Raum zwischen zwei geparkten Autos. Von den beiden anderen schaffte es nur einer auf die gegenüberliegende Straßenseite. Es war der Dünne aus dem Bürohaus, der Sadist. Er trug eine Bandage um den Kopf. Den Fußweg erreichte er genau in der Sekunde, in der Kodjo passieren wollte.

Aber Kodjo hielt seinen Arm ausgestreckt nach vorn. Mit der geballten Faust rannte er ihm ins Gesicht. Der Dünne fiel hin, Kodjo stolperte über ihn und latschte ihm in den Bauch. Danach versuchte er mehrere Schritte lang, nicht hinzufallen. Hinfallen bedeutet, dass sie mich kriegen, dachte er.

Als er wieder aufrecht laufen konnte, hörte er sie hinter sich. Er drehte sich kurz um. Die beiden übriggebliebenen Dunklen kamen vornweg, aber dahinter sah er auch schon die Kontrolleure, die inzwischen aufgeholt hatten. Und weit hinter den BVG-Typen drohte das Blaulicht. Ein Bullenauto kam mit Tempo näher. Allerdings stand da noch der VW Bus im Weg. Mit dem Auto würden die Bullen ihm nicht folgen können.

Weiter. Es wurde eng in seiner Brust. Das Atmen begann, weh zu tun.

Weiter.

24

Für die U-Bahn war es mittlerweile zu spät. Marie suchte nach einer Haltestelle für den Nachtbus. Dabei scrollte sie auf dem Display des Telefons nach der Nummer ihrer Mitbewohnerin.

«Anna?»

«Hm …»

«Hast du schon geschlafen?»

«Fast …»

«Gut. Also … Gut, dass du zu Hause bist. Kodjo kommt gleich vorbei, du musst ihm aufmachen.»

«Was ist los?»

«Er ist vor BVG-Kontros davongelaufen …»

«Oh, Scheiße.»

«Aber das ist nur die halbe Geschichte. Nicht einmal die halbe eigentlich. Mach ihm einfach auf, ja?»

Als sie das Gespräch beendet hatten, versuchte Marie, aus dem Fahrplan an der Haltestelle des N9-Busses schlau zu werden. Sie leuchtete ihn mit dem Licht des Telefon-Displays an, da hörte sie den Bus schon kommen. Es war nach eins, und er war nicht eben gut besetzt. Marie zeigte ihre Monatskarte vor und setzte sich hin.

Wenn sie Glück hatte, war Kodjo schon bei ihr zu Hause, wenn sie ankam. Wenn nicht …

Was war der Plan des Mercedes-Fahrers? Sicherlich nicht, Kodjo der Polizei zu übergeben. Welchen Sinn würde das ergeben? Er war der einzige Zeuge.

Marie fror auf ihrem Sitz fest. Erst jetzt wurde ihr klar, was es bedeutete, dass der Mörder hinter Kodjo her war. Sie holte das Telefon heraus und rief ihn an. Aber sie bekam nur die Mailbox.

«Melde dich», sagte sie nur.

Der Bus hielt am Bahnhof Zoo, wo sie umsteigen musste. Hier war noch der Teufel los. Ein Polizeibus stand leer am Rand des Bus-Terminals und wartete darauf, dass die Besatzung vom Racial Profiling im Bahnhof zurückkehrte.

Sie war in einer vergleichsweise komfortablen Position. Frauen wurden seltener der Tortur unterzogen als Männer. Und wenn sie sie tatsächlich einmal willkürlich checkten, reichten zwei kurze Sätze, um zu demonstrieren, dass sie besseres Deutsch sprach als die allermeisten Bullen. Und sie hatte natürlich den deutschen Pass.

Der N1 kam. Sie setzte sich gar nicht erst hin. War zu nervös. Rief Kodjo noch einmal an. Mailbox.

Der Bus setzte sich in Bewegung. Marie spürte die Nervosität in sich wachsen. Hätte sie darauf verzichten sollen, nach Moabit zu fahren? Könnte sie Kodjo besser helfen, wenn sie zu Hause wäre? Der Bus fuhr langsam. Viel zu langsam. Sie sah das Europa-Center, das der Busfahrer ganz gemächlich ansteuerte. Es dauerte sicher noch mehr als 20 Minuten, bis sie in Kreuzberg war.

Der Bus stoppte. Ein Mann stieg aus. Etwa ein Dutzend Leute enterten den Bus. Es ging weiter. Warum der Fahrer so langsam unterwegs war, konnte sich Marie nicht erklären. So locker konnte der Fahrplan doch nicht getaktet sein.

Der Fahrer war im Streik. Das war es. Oder Dienst nach Vorschrift. Im Schneckentempo ging es am KaDeWe vorbei. Der Wittenbergplatz. Zwei stiegen aus. Viele ein. Marie drehte sich herum. Blickte aus dem Bus heraus. Vielleicht war das einfacher zu ertragen als die Langsamkeit, mit der hier alles vor sich ging. Warum Kodjo auch nicht anrief …

Der Bus hielt ein nächstes Mal. Und es dauerte. Und dann noch einmal. Das war der Nollendorfplatz.

Das Telefon klingelte. Kodjo.

«Was ist?», fragte Marie.

«Du musst mir helfen», sagte er flüsternd.

25

Kodjo beschleunigte erneut. Längere Schritte. Wieder eine höhere Frequenz. Vor der Polizei hatte er Respekt. Aber laufen allein würde ihm nicht helfen.

Fiepen des Polizeilautsprechers. «Bleiben Sie sofort stehen!»

Was sollten sie auch sonst sagen? Wo sie doch nicht weiterfahren konnten.

Kodjo hörte, wie der Polizeiwagen zurücksetzte, als er selbst über die nächste Querstraße rannte. Wenn er nur wüsste, wo genau er hier war. Sicher noch Charlottenburg.

Aber Charlottenburg war groß. Er lief nach rechts.

Ein Versteck wäre großartig.

Entkommen wäre noch viel großartiger.

Da vorn war eine breite Straße, und da war auch viel Helligkeit. Und wenn sich Kodjo nicht täuschte, nahm er da auch den Widerschein von Blaulicht wahr. Er bremste ab. Rannte noch einmal nach rechts. Das war im Prinzip ganz falsch. So gut wie zurück. Aber diese breite Straße dort machte ihm Angst.

Also rechts. Und er traute seinen Augen nicht. Warum hatte er daran nicht schon vorher gedacht? Ein Taxifahrer hob einen kleinen Koffer aus seinem Toyota und reichte ihn an eine ältere Frau weiter. Die nickte, sagte etwas und drehte sich um.

Kodjo stoppte das Laufen und zwang sich zu gehen. Er hob schon die Hand. Der Fahrer bemerkte ihn und signalisierte, dass er wartete.

Bleib ganz ruhig, sagte er sich. Du wirst mit diesem Mann nun eine Zeitlang in einem geschlossenen Raum sein. Er kennt die Stadt besser als du. Weiß vielleicht, dass die Polizei hinter jemandem her ist. Taxifahrer wissen viel.

Kodjo tat absichtlich gemütlich, auch um das Atmen an seine Bewegung anzupassen. Als er das Taxi erreichte, hechelte er beinah nicht mehr.

«Hi», sagte er zu dem Mann, der wieder hinter dem Steuer saß. «Fahren Sie mich bitte nach Neukölln.»

Der Fahrer nickte, und Kodjo setzte sich auf die Rückbank. Er platzierte sich so, dass der andere ihn im Rückspiegel sehen konnte. Er wollte nicht wirken, als versteckte er sich. Außerdem wollte er den Taxifahrer seinerseits sehen können. Der war nicht mehr ganz jung. Naher Osten oder so. Dichter grauer Schnurrbart.

Es dauerte nicht lange, und sie waren um drei Ecken herum und außerhalb der Sichtweite der Verfolger. Kodjo verkniff es sich, bei jedem Abbiegen den Kopf zu drehen und hinter sich zu gucken. Es kostete ihn Überwindung.

Da war tatsächlich eine Polizeikontrolle in der etwas breiteren Straße, deren Namen er nicht kannte. Der Taxifahrer nahm aber ohnehin einen anderen Weg, bewegte das Auto weg von den Bullen.

Kodjo holte das Telefon hervor und überlegte, was er Marie mitteilen konnte. Öffnete das Feld für Textnachrichten, als sie gerade das Gleisdreieck passierten, und begann: «Bin gleich bei dir. Dauert nur noch ...» Kodjo konnte es doch nicht bleiben lassen, aus dem Rückfenster zu sehen. Ein dunkelblauer Golf rollte in angemessener Entfernung hinter ihnen her. Er drehte sich wieder um.

«Viel los heute», sagte der Taxifahrer, ohne in den Rückspiegel zu schauen. «Die Polizei sucht einen Schwarzen.»

«Dauert nicht mehr so lange», textete er zu Ende und schickte die SMS an Marie. Als er sich wieder umdrehte, sah er, dass der Golf immer noch hinter ihnen war. Dabei hatten sie ein paar Ecken und Ampeln passiert, seit er das letzte Mal hinausgesehen hatte. Zufall? Ein anderer Wagen? Es gab viele Golf auf den Straßen Berlins, keine Frage ... Wenn er nur sehen konnte, ob der Golf ein Logo auf den Seitentüren trug.

«Überall Straßensperren», sagte der Taxifahrer. Er blickte dabei in den Rückspiegel und kratzte sich unter der Nase. «Ganz schöner Aufwand. Das machen die sonst nicht. Aber irgendwas ist ... Da vorn sind sie schon wieder.»

Sie rollten schon auf die Hasenheide zu. Standen an einer Ampel, und Kodjo bemerkte, dass der Fahrer ihn musterte. Er widerstand der Versuchung zurückzustarren. Stattdessen blickte er erneut nach hinten raus. Der Golf rollte langsam aus und blieb in einiger Entfernung stehen, anstatt aufzuschließen. Das würde er nicht tun, wenn der Fahrer nicht irgendetwas zu verbergen hatte. Zum Beispiel, dass er dem Taxi folgte.

In der anderen Richtung sah Kodjo schon wieder ein Blaulicht. Der Fahrer fuhr an. Verdammt. Dort hinten war die Hasenheide gesperrt. Jedenfalls auf ihrer Spur.

Was war zu tun? Was blieb ihm jetzt? Wenn die Cops einen Schwarzen im Taxi sitzen sahen, würden sie auf jeden Fall reagieren. Sie würden ihn rausziehen und zuerst einmal feststellen, dass er illegal war. Und was danach kam, mochte er sich gar nicht erst ausmalen. Noch eine rote Ampel. Der Golf hielt den Abstand.

Es waren noch ein paar hundert Meter bis zur Polizei. Wenn er den Fahrer bat, einen anderen Weg zu nehmen, war die Wahrscheinlichkeit groß, dass der ihm den Gefallen tat. Aber was … wenn nicht? Was, wenn er direkt zu den Cops fuhr und sagte: Seht euch den mal genauer an. Der hatte keinen Bock, euch zu begegnen. Die Fußgängerampel wurde rot. Aber wenn der Fahrer seinen Anweisungen folgte, hatten sie immer noch den Golf hinter ihnen. Wer war gefährlicher? Die Bullen oder Sec-Tech? Wenn es Sec-Tech war.

Der Kleinwagen ganz vorn auf der Spur hatte irgendwelche Probleme. Das andere Taxi vor ihnen war schon halb ausgeschert, musste aber warten, bis die Nachbarspur frei war. Was tun?

Da entdeckte Kodjo den Eingang zum Park. Die Hasenheide. Daher hatte die Straße ihren Namen. Kurz entschlossen öffnete er die Tür und sprang aus dem Taxi.

«He!», rief der Fahrer.

Kodjo ließ die Tür offen stehen und rannte in den Park hinein. Der war groß. Und hier mussten sie ihn erst einmal finden.

26

Eine ruhige Nacht. Relativ ruhig jedenfalls. Eben hatte Deniz im Märkischen Viertel gerade einmal zwei Leute abgeladen. Aber er wäre gelassener, wenn da nicht dauernd diese beiden Karren hinter ihm auftauchten und sich wieder zurückfallen lassen würden. Einmal hatten sie ihn schon überholt. Mit deutlich zu hohem Tempo. Dann waren sie irgendwo verschwunden in einer Seitenstraße, nur um eben schon wieder hinter ihm zu sein.

Sie beschleunigten immer wieder und trieben ihre Wagen ganz kurz auf eine hohe Geschwindigkeit. Und dann ließen sie sie wieder rollen. Muskelspiele. Kleine Autos eigentlich. Ein älterer Nissan-Sportwagen und ein relativ neuer Polo. Was junge Männer so in die Finger kriegten. Jetzt setzte der eine wieder zum Überholen an.

Deniz bremste den Bus etwas ab, aber der Polo wurde auch schon wieder langsamer. Sie reizten sich gegenseitig, und sie reizten gleichzeitig aus, was sie sich auf der Straße alles trauten. Irgendwann würden sie anfangen, gegeneinander anzutreten, ohne die Bremsen zu benutzen. Aber noch nicht heute. So weit waren sie noch nicht. Und das würde auch nicht hier auf dem Wilhelmsruher Damm stattfinden, sondern irgendwo anders, zentraler in Berlin. Dafür wollten sie Publikum haben.

Jetzt überholte der Nissan den Polo und kam schon ran an den Bus. Er scherte noch einmal aus und zog schnell an ihm vorbei. Der Polo-Fahrer wollte es ihm gleichtun und war schon auf der Gegenfahrbahn. Aber dann zog er zurück, weil auf der anderen Seite ein kleiner Lieferwagen angefahren kam. Hätte er durchgezogen, wenn es ein kleineres Auto gewesen wäre?

Egal.

Deniz stoppte den Bus an einer Haltestelle und ließ zwei

junge Frauen in den Bus. Der Nissan und der Polo waren verschwunden, als er den Blinker setzte, um wieder anzufahren. Gleich war es schon halb drei.

Es gab diese Tage. Keiner von den Kollegen konnte es erklären. Da waren die Busse leer, gleich, ob es regnete oder fror, ob es Anfang oder Ende des Monats war oder ob Hertha in der Champions League spielte. Das war sowieso lange her. Man konnte es einfach nicht erklären. Manchmal blieben die Leute einfach zu Hause. Heute regnete es immerhin, wenn auch nicht mehr so stark wie eben noch. Er stoppte an der Endhaltestelle der U8, Wittenau. Für ihn war es okay. Eine ruhige Nacht ohne allzu viel Stress. Morgen schon konnte das alles anders werden. Man musste in der Lage sein, die kleinen Freuden des Lebens zu genießen.

27

Kodjo rannte in den Park hinein und folgte dem asphaltierten Weg bergauf. Weg vom Taxifahrer, den er hinter sich noch rufen hörte. Und vor allem weg von dem Fahrer des Golf. Vor dem fürchtete er sich weitaus mehr.

Seine Lunge tat weh. Er hatte ein Gefühl von Taubheit in sich. Lange konnte er nicht mehr laufen.

Als er auf dem Rundweg angekommen war, hörte er Rufen und hektische Schritte in der Nähe. Kurz drehte er sich um und sah zwei Männer in Blau in den Park hineinlaufen. Er hatte richtiggelegen. Das waren die Sec-Tech-Leute. Nicht stehenbleiben. Nicht hier. Er lief weiter bergauf.

Und merkte, dass er den Laternen folgte, die die Hauptwege in der Hasenheide beleuchteten. Er musste den Verfolgern nicht auch noch helfen, ihn zu finden. Ab vom Weg, über den

Rasen und hinein ins Gebüsch. Kurz stehenbleiben. Ausatmen. Auf dem Rasen, den er überquert hatte, sah er die beiden Sec-Tech-Jungs stehen und debattieren. Einer von ihnen holte ein Telefon aus der Hosentasche. Sie riefen Verstärkung. Aus einer Richtung, die er nicht ganz ausmachen konnte, hörte er eine Polizeisirene. Aus einer anderen Richtung kam der gleiche Sound.

Weglaufen.

Verstecken.

Aber er hatte kein Ziel. Doch. Er wollte zu Marie und Anna. Und dafür musste er wieder raus aus der Hasenheide.

Sammle dich, Kodjo, denk nach.

Der eine Sec-Tech-Typ hatte das Gespräch beendet und zeigte in die Richtung, in der Kodjo sich eben in die Büsche geschlagen hatte. Das hieß: Da gehe ich hin. Dann zeigte er in die entgegengesetzte. Da schaust du nach. Die beiden trennten sich.

Die Sirenen kamen näher. Und es wurden mehr.

Er musste so schnell wie möglich wieder hier raus. So groß der Park auch war und so unübersichtlich mit seinen ineinander verschlungenen Rundwegen, hatte er doch Ausgänge, die kontrollierbar waren, und Zäune, die er nicht überwinden konnte. Und je mehr Zeit er Sec-Tech und den Bullen ließ, desto einfacher hatten sie es, ihn einzufangen. Der eine Sec-Tech-Mann kam langsam auf das Gebüsch zu und orientierte sich. Kodjo versuchte, sich in ihn hineinzuversetzen. Was sah er? Einen dunklen Busch, eine No-go-Area in der Nacht. Warum sollte er sich der Gefahr aussetzen, dort einzudringen? Der Mann war nur noch ein paar Meter entfernt. Er blieb stehen.

Kodjo atmete leise. Die Sirenen kamen näher. Er musste hier raus.

Der Mann in Blau hatte genug nachgedacht über die Gefahren, die ihn in dem dichten Busch erwarteten, und drehte um. Er holte sein Telefon hervor und drückte eine Kurzwahl. Während er davonging, hörte Kodjo noch seine Stimme. Sie war ruhig. Kontrolliert. «Ich find den hier nicht. Hab das Gebüsch durchkämmt. Wo bist du?» Dann war er zu weit weg, um ihn noch zu verstehen.

Kodjo schlich im Schutz des Gebüschs Richtung Süden. Am Columbiadamm war der Park offener, nicht durch Mauern geschützt wie an der Hasenheide. Dort war es einfacher rauszukommen. Das Problem, das ihn dort erwartete, waren die Zäune auf der anderen Seite der Straße. Die vom ehemaligen Flughafen Tempelhof und vom Schwimmbad. Er musste die Lage überprüfen.

Im Licht der Laternen trafen sich zwei Afrikaner auf dem Weg, der weit von ihm entfernt war. Der eine zeigte irgendwohin. Daran hatte er schon wieder nicht gedacht. Auch in der Hasenheide waren Dealer unterwegs. Aber der Park war zu groß für die Bullen. Sie würden den nicht wie eine Armee überfallen und alle einkassieren, die sich hier aufhielten.

Nur eine einzige Sekunde lang fragte sich Kodjo, ob er die beiden um Hilfe bitten konnte. Wenn einer den Park kannte, dann sie. Aber sie waren zu weit weg. Und er musste über eine große offene Fläche laufen, um sie zu erreichen. Er war auf dem äußeren Rundweg angekommen und fing an, wieder zu rennen. Bald musste er den Columbiadamm erreichen. Irgendwo hörte er eine ganze Staffel Sirenen.

Rechts von ihm waren Sportplätze. Der Zaun war hoch, da war kein Durchkommen. Sollte er suchen? Nach einem Loch? Nach einem Weg zwischen Fußball- und Tennisplätzen hindurch? Dafür war keine Zeit. Und dort war schon der Columbiadamm. Und der erste Polizeiwagen. Kein Blaulicht an, keine

Besatzung drin. Vielleicht waren sie im Park und suchten ihn. Kodjo schlich zur Straße.

Der Mannschaftwagen in Blau und Silber kam leise angerollt. Ohne Sirene und Blaulicht. Er blieb stehen, wo Kodjo ihn sehen konnte. Auf der anderen Straßenseite. Direkt am Tempelhofer Feld. Ein Dutzend Bullen stieg aus und vertrat sich die Füße. Das war definitiv nicht der Ort, an dem er rauskonnte.

Kodjo zog sich zurück und rief Marie an. «Was ist?», fragte sie.

«Du musst mir helfen», sagte er.

28

«Wo bist du?»

«In der Hasenheide.»

«Was machst du denn da?» Marie hielt eine Hand vor das Telefon. Mussten ja nicht alle mitkriegen.

Kodjo brauchte eine Weile für seine Antwort. Dann sagte er. «Ist doch egal. Wichtig ist, wie ich wieder rauskomme.»

«Wo ist das Problem?»

«Ist alles von den Bullen umstellt.»

«Scheiße.»

Beide sagten ein paar Sekunden lang gar nichts.

«Wo bist du?», fragte Kodjo.

«Ich bin auf dem Weg nach Hause. Gleich an der Potsdamer Straße. Im Bus …»

Wieder schwiegen sie kurz.

«Wo bist du denn?»

«In der Hasenheide. Hab ich doch gesagt.»

«Aber wo da?»

«Versteckt. Gegenüber vom Flughafen. Da ist schon alles voll mit Bullen.»

Marie blickte sich um im Bus. Niemand hörte ihr zu. Oder jedenfalls fiel ihr niemand auf. Sie drehte sich wieder zum Fenster und redete noch leiser als vorher.

«Wie gut kennst du dich da aus?»

«Nicht wirklich gut.»

«Guck mal … du bist da natürlich am ganz falschen Punkt … Aber es gibt ein paar versteckte Ausgänge. Ich wette, dass die Polizei die ganz zuletzt zumacht. Wenn überhaupt.»

«Wo sind die?»

«Einer ist am Baumarkt. Der am Hermannplatz.»

«Scheiße, kenn ich nicht.»

«Du musst quer durch den Park. Links am Café vorbei. Weißt du, wo das ist?»

«Klar, da war ich schon. Mitten im Park.»

«Genau. Von da führt ein Weg direkt auf eine Straße. Ich hab den Namen gerade nicht auf dem Schirm. Du musst dich parallel zu den großen Straßen bewegen.»

«Aber da stehen die Bullen bestimmt auch, bis ich da mal hingekommen bin.»

«Kann sein. Aber dann gibt's da ja noch den Ausgang, den du nehmen solltest.»

«Der am Baumarkt?»

«Genau. Bevor du die Straße erreichst, musst du nach links. Da geht ein Weg zu dem Parkplatz, an dem der Baumarkt liegt. Dort musst du durch. Die werden da zuallerletzt auftauchen.»

«Meinst du wirklich?»

«Ja. Klar.» Sie würde nicht darauf wetten, dachte Marie. Aber Kodjo musste es versuchen.

«Also muss ich nur noch dahin finden?»

«Nur noch …»

«Und du?»

«Ich versuche, da zu sein. Ich steige am Kottbusser Tor um und komme dahin.»

«Okay ...» Kodjo beendete das Gespräch.

Marie steckte ihr Telefon weg und drehte sich wieder mit dem Gesicht zu den anderen Fahrgästen. Der Bus war leerer geworden, während sie mit Kodjo geredet hatte. Sie war sich nicht sicher, ob sie ihm den besten Rat gegeben hatte. Sicher war, dass das der beste Weg raus aus der Hasenheide war. Und Kodjo hatte so viele Gründe, da rauszukommen, ohne von der Polizei oder von diesen anderen Leuten erwischt zu werden. Einen Unterschied gab es da jedoch: Die Polizei würde früher oder später herausfinden, dass Kodjo diese Frau nicht umgebracht hatte. Wenn die ihn kriegten, würden sie ihn irgendwann abschieben. Bei den anderen wusste sie nicht so genau, was geschehen würde, wenn die ihn in ihre Finger kriegten. Und letztlich war ihr ein lebender Kodjo in Ghana lieber als ein toter in Kreuzberg. Diese Leute, die nicht die Polizei waren, hatten sicher nichts Gutes mit ihm vor.

Eine Träne lief ihr über die Wange.

29

Um zum Café zu kommen, musste Kodjo mitten in den Park hinein. Es war eine dunkle Nacht, aber vor ihm lag ein hell erleuchteter Weg. Er rannte hinüber und verbarg sich hinter einem alten Baum. Blickte sich um. Dann lief er weiter.

Der eine der beiden Sec-Tech-Typen war verschwunden, als er mit Marie geredet hatte. Und er würde irgendwo im Inneren der Hasenheide nach ihm suchen. Genau wie sein Kollege. Die waren also zu zweit unterwegs. Dazu noch die Besatzung des

Streifenwagens? Würden die allein nachts in den Park hinein-
gehen?

Ein weiterer Weg, unbeleuchtet. Zwei Radfahrer kamen aus
Richtung Kreuzberg. Kodjo wartete. Rollende Weihnachtsbäu-
me. Die Fahrer hatten selbst am Helm vorn und hinten Lampen
angebracht. Als sie ihn passiert hatten, machte Kodjo die paar
Schritte über den Weg und versteckte sich sofort wieder hinter
einem Busch. Da war ein Zaun, aber er konnte nicht erkennen,
was sich dahinter befand. Er folgte dem Zaun eine Weile, als
er Schritte hörte. Zwei Leute kamen mit festem Schuhwerk
heranmarschiert. Einen von ihnen erkannte er. Es war der, der
ihm in der Passage aufgelauert hatte, an der seine Wohnung lag.
Seine Ex-Wohnung, verbesserte er sich in Gedanken. Vielleicht
wäre er nie in diese Situation hier geraten, wenn ihn Jeanette
nicht rausgeschmissen hätte.

Keine Schritte mehr. Die beiden waren stehengeblieben.
Kodjo legte den Oberkörper so weit nach vorn, wie es möglich
war, ohne zur gleichen Zeit die Beine zu bewegen. Er konnte
ihre Silhouetten gut sehen. Sie standen nebeneinander und
taten nichts. Sie redeten nicht einmal. Hielten auch nicht
Ausschau. Es dauerte noch ein paar Sekunden, bis Kodjo bemerkte, dass der eine darauf wartete, dass ein Telefonat zustande kam.

«Wir sind mittendrin», sagte er. «Keine Spur.»

Und: «Ja, die sind auch hier.»

Und: «Ja ... viel Polizei. Aber die sind ja nicht wegen dem
hier. Oder?»

Und: «Der Auftraggeber? Okay ... Aber an der Polizei kriegen wir den nicht vorbei.»

Und: «Die sind eher an den Ausgängen.»

Dann hörte der Typ zu. Währenddessen kam der andere
näher auf den Busch zu, hinter dem sich Kodjo verborgen hielt.

Der zog sich wieder ein wenig zurück. Er sah, wie sich der eine Schritt für Schritt auf ihn zubewegte und dabei an seinem Hosenstall pulte. Der andere hatte wieder angefangen zu reden. Gerade als der mit dem Bedürfnis ihm am nächsten war und seine Hand in den Hosenschlitz schob, setzte Kodjo aus dem Gebüsch und sprintete los.

Der mit der offenen Hose sagte nichts. Der andere brauchte auch eine Weile, bis er «Was ist denn das?» rufen konnte. Es dauerte viele Sekunden, bis die beiden die Situation kapiert hatten, was Kodjo einen guten Vorsprung einbrachte.

Einer von den beiden rief: «Hier ist er!» Zwei Sekunden später auch: «Wir haben ihn!»

Das war gelogen, aber vor ihm tauchte plötzlich ein anderer auf und versperrte ihm den Weg. Er breitete die Arme aus und hielt das für eine gute Maßnahme. Dadurch war er ziemlich unbeweglich, und Kodjo konnte einfach um ihn herumlaufen. Jetzt hatte er schon mindestens drei Leute auf den Fersen.

An der nächsten Ecke standen drei Schwarze und sahen ihn fassungslos an. Kurz darauf hörte er, wie sie die drei Verfolger stoppten.

Kodjo drehte sein Tempo herunter und blickte sich um. Die drei hatten die Sec-Tech-Männer in eine Keilerei verwickelt.

Weiter geradeaus. Lass nicht nach, sagte er sich.

30

Das hatte alles so viel einfacher sein sollen. Was konnte schon schiefgehen, wenn man einen Schwarzen festsetzen wollte, der sich nicht einmal frei durch Berlin bewegen konnte, weil er von der Polizei gesucht wurde? Holzmacher ließ seinen Wagen langsam ausrollen. Der Polizist blickte wortlos zu ihm ins Auto hinein und winkte ihn weiter.

Sie jagten den Schwarzen schon seit Stunden durch die ganze Stadt. Holzmacher umkurvte den Hermannplatz und suchte nach einem Ort, an dem er den Wagen abstellen konnte. Jetzt musste er noch selbst in die Hasenheide hinein und mithelfen, den Kerl zu finden und … Ja, was eigentlich? Ein toter Schwarzer dort im Park war etwas anderes als in Moabit. Da hätte ihn die Polizei sofort mit Mandy in Verbindung gebracht. Wenn er aber da im Park gefunden wurde, brachte ihm das vielleicht gar nichts.

Das Telefon brummte. «Ja?»

«Wir hätten ihn beinah gehabt», sagte der Mann, der ihn angerufen hatte, ohne sich vorzustellen.

«Das heißt?»

«Einer von uns ist hinter ihm her. Aber hier sind diese ganzen Afrikaner. Die machen Ärger.»

«Wo ist er denn jetzt?»

«Er ist Richtung Hermannplatz abgehauen. Einer von uns ist dicht an ihm dran. Und ein anderer Wagen ist bald auch noch zur Verstärkung hier.»

«Informieren Sie mich, wenn es mehr gibt», sagte Holzmacher und beendete das Gespräch. Ein weiteres Mal fuhr er um den Platz herum und suchte nach dem Schwarzen. Er würde den Radius vergrößern müssen.

31

Manchmal konnte einem die Polizei wirklich auf die Nerven gehen. Das war nicht wirklich eine Straßensperre, die sie hier hinter dem Kottbusser Tor errichtet hatten, aber es kam dem beinah gleich. In Richtung Süden und Osten hatten sie je eine von zwei Fahrspuren blockiert und schauten genau in die Autos hinein, die sie passieren ließen.

Deniz war natürlich informiert. Als Busfahrer wusste man immer, was geschah. Buschfunk.

Einen BMW winkten sie gerade heraus. Am Straßenrand stand schon ein Taxi, dahinter hielt der BMW. Ein Uniformierter schaute in den Bus hinein und bedeutete ihm, dass er langsam an ihnen vorbeifahren sollte. Ein paar Kollegen von ihm blickten dabei in den Bus hinein. Niemand wies ihn an, stehen zu bleiben, er beschleunigte wieder.

32

Als der N1-Bus sich der Potsdamer Brücke näherte, drückte Marie auf den Knopf, der das Stopp-Signal auslöste. Im Augenwinkel hatte sie ein Taxi gesehen, das mit leuchtendem Logo langsam hinter dem Bus herrollte. Sie sprang heraus und winkte. Der Wagen hielt, und sie stieg ein.

Die Fahrerin war nicht mehr ganz jung, hatte kurzes, rot gefärbtes Haar und schaute sie an, ohne zu lächeln. Sie sagte kein Wort, wartete nur. Marie atmete erst einmal durch.

«Ich fahr schon mal los», sagte die Fahrerin. Ihre Stimme war tief. Raucherin.

«Hermannplatz.» Marie wischte sich die letzten Tränen aus den Augen.

Die Frau gab dem Gaspedal einen ordentlichen Tritt, der Wagen überholte schnell die anderen Autos, die in der Nacht noch unterwegs waren.

Die Hasenheide war so unübersichtlich, dass die Polizei selbst bestens organisiert viele Leute brauchte, um sie abzuriegeln. Das brauchte nicht nur Leute, sondern auch Zeit. Wenn Kodjo Glück hatte, war er bald schon entkommen. Er konnte auch nicht der einzige Schwarze sein, der sich zu der Zeit im Park aufhielt. Auf der anderen Seite würde die Polizei sowieso jeden Schwarzen stoppen, den sie dort fanden. Wenn Marie ehrlich war, wusste sie gar nicht so genau, wie sie Kodjo helfen sollte.

In der Urbanstraße blieben sie an einer roten Ampel stehen. Die Fahrerin blickte Marie kurz an und wieder nach vorn. «Liebeskummer?»

Marie schüttelte den Kopf. Komische Frage. Sie holte das Telefon hervor. Anna meldete sich sofort. «Er ist noch nicht hier.»

«Ich weiß», sagte Marie. «Kannst du zum Hermannplatz kommen?»

«Was soll ich denn da?»

«Ich weiß es auch noch nicht so genau. Aber Kodjo braucht unsere Hilfe.»

Als Anna nichts sagte, setzte Marie nach. «Komm einfach, ja?»

Kurz darauf hielt die Taxifahrerin am Hermannplatz. Marie zahlte und stieg aus, ohne sich zu verabschieden. Anna war natürlich noch nicht da. Sie hatten gerade erst telefoniert. Also ging Marie direkt zu dem Parkplatz, zu dem sie Kodjo gelenkt hatte.

33

Der Ausgang zu dieser Seitenstraße war nicht nur von den Laternen markiert, sondern auch vom Blaulicht eines Streifenwagens.

Kodjo rannte weiter und suchte zur gleichen Zeit den Ausgang nach Uniformen ab. Keine zu sehen. Er sah einen Spielplatz und verließ den Weg. Der Ausgang, den ihm Marie beschrieben hatte, war noch nicht zu sehen, aber da er links von jenem sein sollte, vor dem das Polizeiauto stand, verdrückte er sich nach links ins Gebüsch hinein. Wenn er dort um den Spielplatz herumlaufen konnte, war er vielleicht sicher vor den Bullen.

Noch im dichten Gebüsch war es viel heller als mitten im Park. Das Licht der Laternen von der Straße, die Lampen aus den Häusern, in denen Leute in den Fenstern lagen, und das diffuse Leuchten, das vom Parkplatz herkommen musste, von dem Marie geredet hatte, waren Kodjo schon zu viel der Helligkeit. Und dazu noch das Blaulicht.

Der Zaun, an dem er jetzt mehr entlangging als -lief, trennte die Hasenheide von einem Hof, der an einen Betonklotz anschloss. Kodjo musste kurz stehenbleiben, um sich zwischen einem Busch und dem Zaun hindurchzuzwängen. Das Grün hatte mit einigen dünnen Armen schon in den Zaun gegriffen. Als er sich den Weg freigerissen hatte, hörte Kodjo ein Knacken hinter sich. Nicht weit weg.

Er drehte sich um. Sah Grün und Dunkel und den Widerschein vieler Lichter. Da war nichts. Er sah niemanden, und ein Knacken hörte er auch nicht mehr. Weiter. Der Weg, von dem Marie geredet hatte. Er verlief parallel zum Zaun und führte irgendwo in die Tiefe. Kodjo erreichte die Ecke des abgezäunten Geländes und schaute zwischen zwei Betonwänden hindurch. Eine Treppe führte hinab. Und ein langer Gang endete dort, wo der Parkplatz sein musste. Zwei Stufen auf einmal. Er spürte die Müdigkeit deutlich. Rannte weiter. So schnell es ging.

Als er die Mitte des Gangs erreicht hatte, blieb er stehen und drehte sich um. Kodjo blickte zwischen den Betonwänden hindurch auf die steile Treppe, die er eben hinabgerannt war.

Ganz oben auf der Treppe stand jemand im Schein einer Laterne und beobachtete ihn. Telefonierte dabei. Es war einer der Sec-Tech-Leute. Ganz sicher war Kodjo sich nicht, aber möglicherweise war es der, den er eben schon beim Telefonieren beobachtet hatte. Einer der beiden, die ihm schon früh in der Hasenheide auf den Fersen gewesen waren. Oder ... der mit der Brandnarbe? Er glaubte, auf dem Kopf die Bandage zu sehen. Unter dem Schweiß auf der Haut wurde Kodjo ganz kalt. Er musste hier weg. Drehte sich um und lief weiter.

Der Parkplatz war beinah leer. Jetzt erinnerte er sich auch, früher schon hier gewesen zu sein. Ein Baumarkt und Supermärkte, blinde Häuserwände und viel Platz für Autos. Hier und da war noch ein Wagen abgestellt, vergessen vielleicht oder von Gästen des Casinos, das an der Straße lag. Schnell hatte Kodjo die Hälfte des Platzes überquert, ohne ein einziges Blaulicht zu sehen. Marie hatte recht gehabt, ihn hierherzuschicken. Er reduzierte das Tempo und sah sich um. Der Sec-Tech-Typ war weit entfernt, und es war zu dunkel, um zu sehen, ob er immer noch ins Telefon redete. Aber mit wem er auch immer telefonierte, wusste Bescheid, wo er war. Kodjo lief weiter.

Da vorn war die Straße. Da musste er irgendwie rüber und dann in einer Nebenstraße verschwinden. Auf gar keinen Fall wollte er auf den Hermannplatz. Zu viel offene Fläche. Zu gut war er dort sichtbar. Und schon tagsüber gab es dort viele Bullen.

34

Schmitt spürte, dass sie ihn hier kriegen würden. Der Schwarzafrikaner war eben an ihm vorübergelaufen, und er war viel zu schnell für ihn gewesen. Aber er hatte ihn trotzdem noch einmal eingeholt. Jetzt sah er, wie er auf diesem Parkplatz verschwand.

«Hasenheide, Hermannplatz, die Ecke», sagte er ins Telefon. Der Schwarzafrikaner drehte sich um und schaute nach oben. Kurz spürte Schmitt die Versuchung, ihm locker zu winken. So wie er es auf so einer DVD gesehen hatte. Den Film hatte er vergessen. Aber irgendwen hatten sie da auch verfolgt, und dann, als sie ihn gefunden hatten, konnte der das gar nicht glauben. Einer von den Guten hatte so eine ganz kurze Handbewegung gemacht, dabei war die Hand kaum über Hüfthöhe gewesen. Er hatte dabei sehr gemein gegrinst. Und dann war der Kollege von dem Guten aufgetaucht und hatte dem anderen eine volle Ladung verpasst.

Der Schwarzafrikaner konnte sein Grinsen aber sowieso nicht sehen.

«Ja, mache ich», sagte er ins Telefon. Dann lief er, so schnell es ging, die Treppe hinab. Der Schwarze war schon weg, aber vielleicht war es sein Schatten, den er auf der anderen Straßenseite der Hasenheide sah. Schmitt joggte. Er gab nicht alles, aber er strengte sich an. Über den Parkplatz und in diese Straße gegenüber hinein. Vielleicht glaubte der Schwarze, dass er schon entkommen war, und hörte auf zu rennen.

Der Abend war nicht so gelaufen, wie sie das geplant hatten. Vor allem, dass er von dem Typ zweimal von den Beinen geholt worden war, schmerzte ihn. Im wahrsten Sinne des Wortes. Er hatte eine Beule am Kopf. Und er hatte sich anstrengen müssen – bei dem Kopfschmerz –, um darüber nachzudenken, ob er diese Sache mit dem Telefon erzählte. Aber es war immerhin im Dienst geschehen. Sec-Tech würde es ersetzen. Zum Glück hatte Mirko ein zweites Telefon bei sich gehabt. Hatte er ihm gar nicht zugetraut. Der Allerhellste war Mirko nämlich nicht.

Jetzt schnell über die Straße rüber. Seine Lunge brannte.

Auf dem Hermannplatz war noch erstaunlich viel los. Marie schaute auf die Uhr. Nach drei schon. Zwei Grüppchen standen rum, Bierflaschen in der Hand. Eine Gruppe hip, die andere abgerissen. Paar Leute knutschten, andere warteten auf irgendetwas. An der Ecke zur Hasenheide wurde Marie von einem vorbeifahrenden Auto angehupt. Sie ließ es passieren und überquerte die Straße. Der Parkplatz des Baumarktes war nicht mehr weit entfernt.

In der Querstraße, über die sie rübermusste, sah sie weiter oben das rotierende Blaulicht eines Polizeiwagens. Der sollte genau vor dem Eingang zum Park stehen, dachte sie. Wenn sie Kodjo dort gefangen oder ihn auch nur gesehen hätten, hätte der Wagen längst Gesellschaft von anderen.

Als sie den Blick wieder geradeaus richtete, sah sie Kodjo vom Parkplatz spurten. Er nahm wenig Rücksicht auf den spärlichen Autoverkehr und überquerte die Straße mit großen Schritten.

«Kodjo!», rief Marie unentschlossen. Wenn er Grund hatte zu rennen, sollte er rennen, dachte sie. Sie fing selbst an zu laufen und hatte schnell den Zaun erreicht, der den Parkplatz von der Straße trennte. Kodjo war schon weit entfernt, und sie erkannte auch, warum er immer noch so schnell unterwegs war. Über den Parkplatz kam mit langen Schritten eine dunkle Gestalt auf den Ausgang zu. Ganz so schnell wie Kodjo war er nicht auf den Beinen, aber er war ohne Zweifel auf dessen Verfolgung aus. Marie erhöhte ihr eigenes Tempo und erreichte den Dunklen am Ausgang des Parkplatzes. Sie verpasste ihm einen Bodycheck von der Seite und sah, wie er gegen ein geparktes Auto fiel. Der Mann schrie auf vor Schmerz.

Marie rannte einfach weiter. Dahin, wo sie Kodjo vermutete.

Über die Straße rüberzulaufen, ohne auf den Verkehr zu achten. Nicht so gefährlich, wenn es drei ist in der Nacht. Oder
vier. Aber wenn du von einem Wagen gerammt wirst, bist du
trotzdem am Ende.

Auf der anderen Seite der Straße weiter. Der Hermannplatz
war immer voll. Unberechenbar. Zu viele Leute, um sie mit
einem Blick einzuschätzen. Also weg von ihm. Kodjo lief in die
nächste Querstraße hinein.

Ein Mann stand ihm im Weg. Als Kodjo versuchte, ihm aus-
zuweichen, machte er schwerfällig einen Schritt zur Seite. Zur
falschen Seite. Kodjo rammte ihn und stieß ihn um. Dabei stieg
ein Geruch an seine Nase, als hätte er ein Fass faulen Alkohols
ausgeschüttet.

Der Mann grunzte. «Geh doch dahin …», lallte er. «Ach,
Scheiße …»

Mehr konnte Kodjo nicht verstehen, weil er schon zu weit
weg war. Ganz kurz tat es ihm leid um den Mann. Er hatte ihm
wirklich nicht weh tun wollen. Aber der hatte da auch blöd
rumgestanden.

Weiter.

Die Schulter tat ihm weh. Der Betrunkene hatte instinktiv
seine Fäuste vor sich gehalten, in die Kodjo hineingelaufen war.

Weiter. Ein paar Straßen noch. Dann war er bei Anna und
Marie angekommen. Und deren Wohnung würde er so schnell
nicht wieder verlassen.

Marie hastete über die Straße und bog in eine Querstraße ein. Telefon in der Hand. Irgendwohin musste Kodjo ja verschwunden sein. An einem Laternenmast zog sich einer hoch, der bis zum Anschlag besoffen war. Der Mann guckte sie an und fing schallend an zu lachen. Sie ließ ihn stehen und joggte weiter.

«Kommst du?», fragte sie hechelnd in ihr Telefon.

«Bin gleich am Hermannplatz», sagte Anna. «Und du?»

«In der Nähe. Ich hab Kodjo eben gesehen. Und jetzt ist er schon wieder weg.»

«Aber weg ist gut. Vielleicht hat er sich versteckt.»

«Ja ... Vielleicht.»

«Wo bist du genau?»

«Keine Ahnung, wie die Straße heißt. Aber gleich an der Urbanstraße.»

«Warte da auf mich. Ich komme da hin.»

«Okay, bin gleich schon da», sagte Marie. «Aber wenn ich Kodjo sehe, kann es sein, dass ich ...» Anna hatte schon aufgelegt.

An der Ecke blieb Marie stehen. Ein paar Autos, die sich bewegten. Eine Gruppe junger Männer, die vom Halleschen Tor kam. Sonst tat sich nicht viel. Ein Radfahrer hatte Mühe, die Linie im Blick zu behalten. Marie sah in die Richtung, aus der die Gruppe kam. Die Jungs schienen nicht betrunken zu sein.

Sie versuchte noch einmal, Kodjo zu erreichen. Aber hörte nur die Mailbox. «Kodjo», sagte sie. «Ich bin's ...» Dann beendete sie das Gespräch. Sie wandte sich um, in Richtung Hermannplatz, aber von Anna war noch nichts zu sehen.

Marie versuchte, sich in Kodjo hineinzuversetzen. Wenn er dem Dunklen entkommen war, dann war er doch vielleicht ganz raus aus der Verfolgung. Da war niemand anderes gewesen, der ihm gefolgt war. Aber wohin mochte er gelaufen sein? Wenn er sich irgendwo verbarg … Okay, vielleicht hockte er irgendwo versteckt und konnte nicht mit ihr reden. Für einen Moment sah sie Kodjo hinter einer Mülltonne kauern und fühlte tiefes Mitleid.

Der Schlag traf sie völlig unvorbereitet. Da war zuerst der Schmerz im Kopf. Danach der Impuls, etwas zu tun. Irgendetwas. Sofort zurückzuschlagen. Gleich, wer verantwortlich war. Aber dann kam auch schon die kurze Schwäche in den Knien. Ein Zucken nur, eine Reaktion, die sich durch den Körper gemogelt hatte. Das kurze Einknicken verhinderte alles andere, was ihr gerade als Möglichkeit erschien.

Bleib aufrecht. Du fällst jetzt nicht hin!

Da waren die Jungs auch schon weitergezogen. Sie sagten kein Wort. Drehten sich nicht einmal um. Da war nicht einmal Häme oder irgendeine Art von Freude. Marie fasste sich an den Kopf. Auf ihrem Schädel war etwas Feuchtes. Sie zog die Finger wieder zurück, als sie den Schmerz unter ihnen spürte. Die kurze Benommenheit wich, die Gruppe ging einfach weiter, sie konnte sie jetzt klar sehen. Alle hatten eine Bierflasche in der Hand.

Es waren fünf. Fünf Männer. Und einer von denen hatte ihr eine Flasche über den Kopf gezogen.

«Hey!», rief Marie. Etwas Besseres fiel ihr nicht ein.

Und: «Arschlöcher!»

Und: «Hurensöhne!»

Einer aus der Gruppe hielt den Arm hoch und reckte seinen Mittelfinger in die Höhe. Weil die Jungs gerade eine Laterne passierten, war die Geste deutlich sichtbar.

Aus der Hosentasche kramte Marie ein Papiertaschentuch.

«Ihr sollt alle sterben!», rief sie. Wo Anna nur blieb? Sie

warf das blutige Taschentuch auf die Straße. Sie musste weiter. Ob mit oder ohne Anna.

38

Kodjo blickte sich um. Er war an diesem Platz angekommen, der keinen Namen hatte. Spielplatz, Sportplatz, Parkplatz, alles in einem. An dem entlang. Über den Kottbusser Damm hinüber. Dann irgendwie zu Anna und Marie und …

Er blickte sich noch einmal um. Da war niemand hinter ihm her. Unsinn. Die Kneipen waren noch offen. Leute, die quatschten, soffen, rauchten, sich küssten. Was man so tat. Aber da war niemand mit auch nur irgendeinem Interesse für ihn. Er kriegte nicht einmal die üblichen Blicke ab, die man als Afrikaner eben abkriegte. Ein zivilisiertes Umfeld. Die Leute kümmerten sich um sich selbst.

Sein Herzschlag ging immer noch auf hunderttausend. Er drehte sich noch einmal um die eigene Achse. Und noch einmal. Und noch einmal. Und schon wieder. Er hatte gar nicht mitbekommen, dass es aufgehört hatte zu regnen. Wann war das gewesen? Bevor er in das Taxi gestiegen war? Obwohl es jetzt gerade wieder anfing.

Egal. Er holte das Telefon hervor. «Kodjo», hörte er Maries Stimme. Was für einen schönen Klang die hatte. «Ich bin's …», sagte sie noch. Als ob er das nicht wüsste. Er stellte sich vor, dass sie ihn küsste. Mit diesem Mund, der so schön klingende Worte sagte. Schloss einen Augenblick die Augen. Und blickte sich noch einmal um. Die Leute, die er sah, kümmerten sich um sich selbst.

Kodjo machte sich unsichtbar. Ging auf den dunklen Platz. Hundert Meter noch, vielleicht mehr, bis zum Kottbusser

Damm. Sandkästen, Sport auf Hartgummi, alte Bäume. Unsichtbar sein. Er fühlte eine … er konnte es nicht ausdrücken. Nicht einmal für sich. Nicht einmal irgendwie. Leicht aber.

Leicht schon.

Er fühlte ein ganz irres Schweben in sich. Das eine kam mit dem anderen. Gleich würde er Marie zurückrufen. Aber zuerst musste er sich gegen einen Baum lehnen. Der war groß. Und kalt.

Der Kopf war leer.

Komm, Kodjo. Konzentrier dich. Ein Kichern war in ihm. Und der Schmerz, der alles auffraß. Gierig wie ein Virus. Alles aufsaugend.

Denk an Marie.

Marie.

Der Kopf war so leer. Und da war der Schmerz. Der überall war. Alles mitnahm.

Konzentrier dich. Geh weiter.

Er ging weiter. Musste grinsen. So weit war er nicht davon entfernt durchzudrehen.

Denk an Marie.

Denk an Marie.

Sein Herz hörte auf zu schlagen in dem Moment, als er das quietschende Bremsen des Autos hörte. Es setzte aus für eine ganz lange Weile. Und Kodjo nahm die Geräusche, die auf das Bremsen folgten, als Abfolge eines einzigen dissonanten Abstiegs wahr. Die zugeschlagene Tür. Das Stolpern auf dem Asphalt. Die Schritte im Sand. Das Keuchen in seinem Ohr, das auf ihn zukam.

Kodjo hatte gerade begonnen, sich zu ducken, als die Gestalt auf ihm landete. Es war zu dunkel für Konturen, und er war zu matt für Differenzierungen. Das Ding kam wie ein Hammer und hieb auf ihn ein. Schnell hatte er ein paar Schläge eingesteckt, die meisten ins Gesicht. Erst dann konnte er die Arme bewegen. Versuchte abzuwehren, was da über ihn gekommen war. Langsam erst war er in der Lage, sich zu koordinieren. War imstande, die zahllosen Arme, die auf ihn einschlugen, auf die zwei zu reduzieren, die es tatsächlich waren. Griff den einen, versuchte den anderen zu fassen. Und fühlte Blut in den Augen.

Jetzt hatte Kodjo trotzdem die zweite Hand abgewehrt. Und noch einmal. Er ahnte den nächsten Schlag kommen und duckte sich. Der andere hatte plötzlich keine Mitte mehr und wankte. Kodjo nutzte die Unsicherheit und schlug mitten in das Ding hinein. Er tat das noch einmal. Dann war er gedanklich schon auf dem Weg. Verschwinde!

Aber er sammelte sich noch einmal. Er nahm seine Kraft und Konzentration und auch noch den Hass des Tages zusammen. Holte so weit aus, wie es der Arm zuließ, und traf mitten in die Struktur, die er als das Gesicht des anderen wahrnahm. Er hatte keine Zeit, den Schrecken zu empfinden, der in ihm erwachte, als er irgendetwas kaputtgehen hörte. Stattdessen drehte er sich um.

Und lief.

Bald hörte er den anderen hinter sich.

39

Deniz Ortaç war genervt, als er die Kottbusser Brücke ansteuerte. Er fühlte sich müder als erwartet. Und es war eine viel stressigere Nacht geworden, als er es sich gewünscht hatte. Zwei Trinker schleppten sich von der *Ankerklause* über die Brücke. Deniz ging vom Gas, bremste ein bisschen und ließ den Bus ausrollen. Eine junge Frau stieg hier aus. Das war es schon. Blinker raus und wieder auf den Kottbusser Damm.

Kurz warten, weil vor der Dönerbude jemand in der zweiten Reihe parkte. Um den Polo herum und schon wieder ausrollen lassen. Eine Haltestelle alle paar Meter. Es dient dem sozialen Frieden, sagte er sich immer. Alle Menschen haben ein Recht auf ein Zuhause. Und in manchen Ländern haben sie auch ein Anrecht darauf, sicher nach Hause zu kommen. Das war seine Aufgabe. Er fuhr wieder an.

Der Mercedes fuhr zu schnell, und der Porsche, der ihm folgte, war keinen Stundenkilometer langsamer unterwegs. Deniz ließ die beiden Autos passieren. Beschleunigte. Nicht zu sehr. Bald musste er ja schon wieder anhalten. Im Bus hatte auch schon jemand das Stopp-Signal bedient. Deniz trat noch einmal auf das Gaspedal. Die Nachtbusse waren zwar langsam, aber sie waren hier ja nicht zu Fuß unterwegs. Noch ein bisschen, hier erreichte er meist knapp über 40 Kilometer, bevor er das Tempo wieder herunterfuhr.

Er sah die beiden zuerst im Augenwinkel. Und er begriff nicht, was sie da taten. Zwei Männer. Beide dunkel gekleidet. Noch ein Stück entfernt. Sie standen zwischen zwei Autos und … Was machten die da?

Ein Motorrad überholte den Bus. Dann ein Taxi. Und noch eins.

Und schließlich kapierte Deniz es doch.

Die beiden prügelten sich. Er sah den Arm vom einen niederfahren auf den Kopf des anderen. Der andere schlug zurück. Schwer. Massiv. Die Dynamik der Schläge war nicht die einer Kneipenrauferei. Die stritten sich nicht um Fußball. Das war elementar. Das war tödlich.

Eine Lichthupe irritierte ihn. Sein rechter Fuß war schon auf dem Weg zur Bremse. Dann kam der kleine Sportwagen angedüst. Er war zuerst noch hinter dem Bus, aber nicht zu übersehen. Die Lichthupe wieder.

Da scherte der Sportwagen aus. Die beiden Prügelnden dahinten waren noch mit sich beschäftigt. Der Sportwagen schlingerte ein wenig. Nicht viel, aber ein bisschen. Die Lichthupe bediente der Fahrer wieder und wieder. Deniz war unsicher. Er bremste ein wenig ab. Die beiden Männer am Straßenrand machten weiter. Am Rand seiner Wahrnehmung schlug einer dem anderen so auf den Kopf, dass der andere taumelte.

Der Sportwagen war unterdessen mit der Schnauze auf gleicher Höhe mit dem Kühler des Busses. Nur für den Bruchteil einer halben Sekunde. Deniz schaute nach links. Unter ihm beschleunigte der Sportwagentyp und verabschiedete sich endgültig. Einer der beiden Männer betrat währenddessen die Straße.

Das waren nur ein paar Schritte. Und Deniz verstand erst ein paar Tage später, dass er doch gesehen hatte, wie der eine den anderen gestoßen hatte, aber seine Aufmerksamkeit war von dem Sportwagentyp abgelenkt worden. Der Mann, der auf die Straße gestoßen worden war, war schwarz. Das war die nächste Wahrnehmung. Deniz war jetzt endgültig dabei, den Fuß zur Bremse zu bewegen.

Die Spur neben dem Bus war jetzt frei. Und wenn der Schwarze das gewusst hätte, dann wäre nicht passiert, was dann geschah. Der Schwarze stand mitten auf seiner Spur. Und er sah den Bus. Deniz war zu spät. Viel zu spät mit dem Fuß unterwegs zum Bremspedal. Aber er war unterwegs. Ein komplett bewusster Akt. Deniz war klar und wusste, was er tat.

Und doch beeinflusste es ihn unterbewusst, dass der Schwarze die Balance nicht nur fand, sich aus der Dynamik zu befreien, in der er war, als er auf die Straße gestoßen worden war. Er war auch geschickt genug, die Bewegung nicht nur zu stoppen, sondern auch noch umzukehren. Während er also auf den Bus starrte, schaffte er es, den Stoß balancierend aufzufangen und sich zur gleichen Zeit schon wieder in die andere Richtung zu bewegen.

Im Grunde genommen war das Problem schon gelöst, als Deniz es begriffen hatte. Die Verzögerung in seinem Fuß war durch die Irritation entstanden. Der verdammte Sportwagen. Aber auch dadurch, dass er die Situation am Straßenrand zu lange nicht kapiert hatte.

Als der Schwarze von der Straße verschwunden war, hatte Deniz den rechten Fuß gerade auf das Bremspedal gesetzt. Und es waren diese beiden Bewegungen, die dann einfach nicht mehr zueinanderpassten. Dass er die Bremse nicht durchtrat, lag daran, dass der Schwarze von der Straße runter war. Deniz' Spannung lag nicht mehr auf dem Fuß. Und als der Schwarze noch einmal auf die Straße gestoßen wurde, hatte er dem Fuß gerade diese Spannung genommen. Er hätte noch rechtzeitig reagieren können, dachte Deniz später, wenn er nicht voreilig und ganz unbewusst dem Fuß diese Entspannung gewährt hätte.

Und so fuhr der Bus einfach weiter. Deniz konnte es nicht mehr ändern. Der Schwarze wusste es auch schon. Er sah die Kollision kommen, Metall und Körper, und er sah auch den Verlierer der Kollision. Das war ihm alles völlig klar. Deniz konnte es erkennen in seinen Augen. Die Augen waren so verstehend. Als ob das Ende, das er jetzt erleben musste, etwas Logisches hatte. Und auch Deniz hatte sich ergeben in die Situation. Es war der Albtraum jedes Busfahrers.

Als er die Bremse endlich trat, sah er, dass der Schwarze nicht allein war in seiner Bewegung. Er zog noch etwas mit sich. Das war der andere, den er im Griff hatte. Während Deniz dem Schwarzen in die Augen blickte, bemerkte er die Arme des anderen. Wie ein ertrinkender Vogel, der am Gefieder in die Fluten gezogen wird, schlug er um sich, als er – viel später als der Schwarze – kapierte, dass er diese Geschichte mit ihm teilen musste. Er versuchte noch, irgendwie aus der Jacke herauszukommen, die er trug, weil es ja die Jacke war, die der Schwarze im Griff hatte. Wahrscheinlich hatte der Weiße den Schwarzen gestoßen. Und der Schwarze hatte ihn noch an der Kleidung gepackt.

Der Schwarze sah ihm immer noch in die Augen, als der Aufprall ganz kurz bevorstand. Deniz war da schon auf die Bremse getreten. Der Bus rutschte vorwärts. Der Regen. Während Deniz sein ganzes Gewicht auf die Bremse stellte und trotzdem wusste, dass es nicht reichen würde, drehte er den Kopf zur Seite und sah den anderen Mann. Der Weiße, dessen Blick ihm Signale von rotierender Panik schickte. Für einen Moment nur trafen sich ihre Augen. Während der Bus weiterschlitterte.

Und erst ganz spät, als sich Deniz schon darauf eingestellt hatte, dass geschehen musste, was dann auch geschah, sah er noch diese dritte Figur auf der Straße. Die Frau, die ein paar Meter weiter auf die Straße gerannt kam und die Arme so ausbreitete, als hätte sie den Bus so zum Halten bringen können. Die stand einfach da. Augen zu. Arme ausgebreitet. Erst später, viel später, bei der Befragung durch die Polizei, fiel ihm diese Frau wieder ein. Und auch, dass sie ebenfalls schwarz gewesen war. Sie war verschwunden.

Und dann folgte das, was kein Busfahrer je erleben wollte. Schlimmer als die Erwartung und schlimmer als die Gewissheit einer solchen Kollision. Denn mit allem lernt man zu leben. Aber das Rumpeln, das du fühlst, wenn dein Bus über diese Körper rollt …

Das wirst du dein Leben lang nicht vergessen.

DANKSAGUNG

Danke an Dorothee Plass, Gerda Heck und Martin Baltes, die mich während des Schreibens unterstützt und beraten haben. Und danke an Anette Hoffmann und Julia Oelkers, die die Ersten waren, die das fertige Buch gelesen und mir geholfen haben zu verstehen, dass der eingeschlagene Weg nicht ganz falsch ist. Danke auch an Burkhard Schirdewahn und Klaus Viehmann, die das Buch vor dem Satz gelesen und mich vor vielen Dummheiten bewahrt haben. Danke auch an Abdel Amine Mohammed, der Erfahrungen mit mir geteilt hat, die Weiße in Berlin normalerweise nicht machen. Danke ebenfalls an Barbara Wessel, der ich tiefe Einblicke verdanke in das Recht sich aufzuhalten. Und danke auch an William Awusi und Sevgi Ortaç, die mir ihre Familiennamen für das Buch überlassen haben.

Weitere Titel von Max Annas

Die Mauer

Finsterwalde

Illegal